莫飞 —— 著

十一叶常春藤

shi yi ye chang chun teng

宁波出版社

图书在版编目（CIP）数据

十一叶常春藤 / 莫飞著 . -- 宁波：宁波出版社，
2022.10

ISBN 978-7-5526-4702-0

Ⅰ.①十… Ⅱ.①莫… Ⅲ.①短篇小说—小说集—中国—当代 Ⅳ.① I247.7

中国版本图书馆 CIP 数据核字（2022）第 168588 号

十一叶常春藤

SHIYIYE CHANGCHUNTENG

莫　飞　著

出版发行	宁波出版社
地址邮编	宁波市甬江大道 1 号宁波书城 8 号楼 6 楼　315040
责任编辑	罗樱波
责任校对	李本君　陈　钰
装帧设计	金字斋
印　　刷	宁波白云印刷有限公司
开　　本	889 毫米 ×1194 毫米　1/32
印　　张	10.125
字　　数	203 千
版　　次	2022 年 10 月第 1 版
印　　次	2022 年 10 月第 1 次印刷
标准书号	ISBN 978-7-5526-4702-0
定　　价	45.00 元

如发现缺页或倒装，影响阅读，请与出版社联系调换。联系电话：0574-87248279

（版权所有　翻印必究）

目　录

回　家　001

山的另一边　015

挂在屁股上的钟　031

你要去哪里　049

去往海的另一边　067

搬　家　078

失落的萤火虫　097

童年的最后一个夏天　116

下　山　137

像鸟一样飞过天空　157

遥远的地方　180

如花美眷　199

其实，我并不知道他们是谁　220

胆小的人　237

十一叶常春藤　252

回　家

　　一整天，她都在地里采烟叶。下叶片清脆的剥落声总让她身体觉得疼痛，她说不清楚具体是哪个部位，是手指，还是僵硬的膝盖或者是吸进了大量烟气的胸腔。此刻，烟雾弥漫着全身，让她混沌不清。她不得不再次停下手中的活计，缓慢地走到烟叶地的边缘，坐在河滩上。一只枯瘦发黄的手从口袋里掏出报纸包的烟丝，用卷烟纸哆哆嗦嗦地卷烟，她急不可待地将第一口烟吸进去，没卷紧的烟丝撒到了地上。

　　元江的支流打这边经过，现在是十月，水流像一股拧紧发亮的线顺着歪歪扭扭的河床流向远处朦胧的山峰。红色砂页岩的河岸裸露在阳光下，无数条黑色的裂缝像此刻她随着水流凝神望向山峰的脸。她高耸的颧骨上方堆砌着深深的褶子，棕色眼珠嵌在最深的褶子里，水流牵引着她迟滞的目光。她知道这河水打楚雄而来，经过玉溪、红河三个地州流向红河,再到河口县流入越南。

她曾顺着这条河流去过她认为这一辈子去得最远的地方。是八岁还是九岁?她趴在马背上,沿着河流,绕过哀牢山脉,路途遥远得让她以为这一辈子再也回不了家。见不着母亲,她还哭过。父亲是怎样趴在她耳边安慰她的,她已经忘记了。可是这一次,到了尘土都快淹没到她胸膛的年纪,她还要去一个更为遥远陌生的地方。她摇了摇头,在心底深深地叹了一口气。她注意到地上刚撒落下来的细细烟丝,小心地捡起来,放进嘴巴,慢慢咀嚼起来。

她弯着腰把一整天采的十几捆烟叶背上了肩膀,宽大的粗布条紧紧勒着穿过腋下。她弓着背走路,双手不时地抓住腋下的布条来控制平衡,但还是走得摇摇晃晃。

西垂的太阳下,她像一个黑点在广袤的土地上缓慢地移动。她吃力地抬起头,连抬动眼皮都觉得吃力,背部的力量像在一路往下拉扯颈部到头部前额的皮肤,紧绷得像敲打中的羊皮手鼓。手鼓,在她心里呼呼呼毫无节奏地响起来。她舔了一下嘴唇,觉得全身干燥。家里的手鼓此刻正静静地躺在老伴身边,他脾气的好坏都能从催促她出现的鼓声的频率里得到断定。这一整天她多半也是为了躲避这个声音才去采烟叶,也是为了钱。

一季烟叶的采摘,可以换上几个月的生活费。

她已经走到了山坡,十几幢木结构的房舍立在山地的斜坡上,呆板地露出同一副开着小窗的灰面孔,竖着泥砖垒的烟囱,死死抓住地面,唯恐顺着斜坡溜下去。

"死气沉沉的地方。"她想起有一次返乡的儿子这样说过。

"这把老骨头背这么多东西,骨头会压碎的。"村口烟叶收购处的几个外来的村民看到她背了一座颤颤巍巍的山过来。

年轻力壮的收购员替她把烟叶卸下来。她跟过秤的收购商说,要结清这十多天来所有的钱,她要用钱。

她把几张钱反复数了几次,收购商的两片厚嘴唇吧嗒吧嗒控制着香烟,歪着嘴嘿嘿笑了两声:"老婆婆,我还能少了你钱不成?"

她摇摇头,神情尴尬地笑了笑,眼光瞟到杂货店到处缠着黄色的封箱胶带纸的玻璃柜台。她看过一次也是这辈子唯一的一次电影,记不清名字喽,只记得一个从战场上下来的士兵,浑身缠满了绷带,只露出两只乌黑忧伤的眼睛。这个柜台就像那个伤员。她常这样想。柜台上,放着一部米黄色的电话机,以前是白色的。关于这一点,她一直清楚地记得。今天早上,她就是从这部电话机里听到令她浑身颤抖的消息,她感觉到自己身体里的血液凝结到一块,浓稠得化不开,几乎令她窒息。

她走到家门口,一条棕色的杂毛小狗从门缝里钻出来,走近她。它没有奔跑,看起来像是从薄暮中飘移过来的,一直到它蹭到她的脚边,好让她粗糙的手能够摸到它的脑袋。

他们一起走进了暮色笼罩的院子,又走向昏暗凝重的屋子。屋子里一直有一股复杂的中药气味。她站在门口停顿了片刻,屋内沉寂着。她细细辨别了一下干燥的口腔里烟叶留下的气味,吞咽了一口口水当作润滑剂。狗先她一步,走到床边伏了下来,喉咙里发出呜噜呜噜的声音。老伴知道她回来了,在床上弄出一点动静来。

"我去做饭。"她并没有再上前张望一下他,只是看了一下床边放着的空水杯,盘子也空着。早上的时候,她在这个盘子里放了两个面饼、一个煮熟的鸡蛋。

她听到他"嗯"了一声,算是答复。她走出门口,看着黑暗逐渐吞没院子里仅剩的暮景残光,长长地舒了一口气。她想,还是先不要告诉他。可她又没办法正视他深陷在眼窝里的眼睛。一天到晚在昏暗的屋里躺着的人,眼睛亮得跟黑夜里的猫一样,她知道是瞒不过他的。

厨房里的一切都是冷的,发黑的墙壁,没有夯实的地面,锅灶前柴火浅色的灰烬,几个缺口的碗碟放在门板做的简易桌子上。不过她决定取出牛干巴,采一把薄荷叶,爆炒一下,要弄出一些香味来。可是她忘记把牛干巴放在哪里了,在原地转圈,一边转一边喃喃地说:"在哪呢,在哪呢,放哪去了呢?"她听到狗叫,于是朝厨房门口的方向张望了一眼,发现一个人影在门口。

她纹丝不动地站在那里,屏住了急促的呼吸。接着她慢慢地抬起头看向那个人影,尽量用自己平常的声音讲话,控制着面部表情,甚至用对婴儿的口吻讲话,怕吓着对方。

"薇儿,"她说,"我的小薇儿,不怕,妈不怕,妈在这儿呢。"

然后，她走向薇儿，步子缓慢，每迈一步她都要提一口气，再轻轻地落下。可是当迈第二步时，她发现薇儿在后退。她立即止步，试图用眼睛阻止薇儿的消失。可薇儿还在后退，一直退到厨房外的黑暗里。

"等等，宝贝。"她把手伸进了黑暗中，胡乱地去抓空气。

她回到厨房，用肮脏的卡其布围裙擦干刚刚在院子里流下的眼泪。她赌气似的生火做饭，把手里的器物都弄出很大的响声，嘴里嘟囔着："妈晓得，你在怪妈呢。妈就来，就来了。"

她伺候老伴吃了晚饭。隔着拉开一半的灰色苎麻的床帐，她坐在一盏发白的节能灯下修补胶鞋。以前她也坐在这黑暗的屋里，点上烛火修补衣服或者用具，她的三个孩子像蝴蝶扇着翅膀飞来飞去，摇曳着烛火，她怎么赶也赶不走他们。如今有电了，白炽灯"唰"的亮起来，儿女们倒像是被光线驱散掉了，留下四堵散发着冰冷气息的墙。

"薇儿……薇儿叫我帮她把小娃儿带回来照顾一段时间……三个娃不好带呢。"她在厨房的时候已经把话编好了，"想当年，我们带三个小娃的时候，日子可不好过……咱的女婿也是个可怜人，父母都走了……"

老伴没有回话，床板发出咯吱的声音。他在床上躺了三年，有时很清醒，有时几天都不会开口说一句话。她侧耳听了一会儿，他的喉咙里有痰，呼噜呼噜地响起来。

她放下手里胶过五六次的胶鞋。

床边方凳上，蓝白条纹的毛巾盖着一样鼓出的物件，下方露出一段黑色圈线，像一缕卷发。她缓慢移动自己矮小的身体，仿佛在移动一堵墙。她揭开毛巾的动作让人怀疑她正小心翼翼地揭开婴儿的襁褓。里面露出一台黑色的电话机，上面凝固着白炽灯的光。她拎起听筒贴到耳边，没有任何声音，除了她自己的呼吸。一年多前，她还常常拎起这个听筒，里面传来"嘟"的一声长声，接着又会"嘟——嘟——嘟"地发出短促的声音。

薇的声音也是一年多前从这个电话机里消失的，不只是薇的，还有小女儿和儿子的。她的宝贝薇出钱装了全村除村里杂货店之外的第一部最时髦的电话机。三个腰上缠满电线的工人，橙色的头盔反照着太阳的光芒，村里的人站在山坡上看着他们慢慢地带着太阳的光晕向村庄走来。一根黑色的电话线穿过村里几位老人单调的眼睛，他们被牵引着，跌跌撞撞地来到她家。那天像过节，她沏了一壶红茶，一手托着紫陶的茶盘，一手端着刚出锅的桂花饼，她都不敢大口喘气，怕双腿一下子跌倒在幸福的颤抖中。阳光满满当当地挤在院子里，老伴歪斜着身体坐在轮椅中，苍白的脸上浮着一层奶黄色的淡淡光晕，像孩童般稚气的眼神注视着穿过院子上空的黑漆漆的电话线。老伙伴们热切地谈论着过去，谈论着孩子，抬头看电话线。她感到幸福得要落泪，目光柔和地注视着院中的石榴树，迸开的裂缝里挤着无数如玛瑙般的籽粒。她看到她的三个粉红色的娃娃呱呱坠地，蹒跚学步，坐在这棵树下剥石榴,树叶摇落阳光的斑点晃动在他们稚嫩的脸上。

这根空中的电话线仿佛接通了曾经被切断的生活。薇会打电话来,几个外甥会怯生生地喊外婆,问她老家都有些什么。她常抱着电话机幸福得流泪,又生怕挤坏了它,像一个初次生育的母亲般慌慌张张地把它放回原处,用毛巾轻轻为它盖好。儿子打电话来,她听得出在外生活艰难,对她也是态度潦草。她却总是宽慰他:"实在不行,就回家吧。"

"回家?家里有什么……你看村里还有几个年轻人在家,大伙都走南闯北,玩玩闹闹就把钱挣到手了……为什么要死守着老家、老绵羊和煤油灯?"儿子干过搬家工、送水工、建筑工、餐馆跑堂的,总是跑来跑去。他像她心中的一头不听话的小鹿,总是乱跑乱撞,让她心慌。

"通电了,早几年就通了,电话都安上了……你也得成个家,安定下来。"她紧握着话筒磨蹭着鬓角灰白的头发,为他年岁逐增却不成家而担忧。

小女儿嫁给了一个常年在外的货车司机。她向母亲抱怨深夜躺在床上听到外面刹车声的惊惧,不听话的儿女,工厂十二小时轮班倒的工作时间。末了,女儿总会问起她的生活。

她想到躺在旁边的老伴,一周去一次十五公里远的镇上买中药,侍弄田地,后院咩咩直叫的绵羊催促她割草的频率,一只狗随她进进出出空旷寂寥的院子。"我和你爸都好着呢。

你爸吃了老中医开的方,精神不错……羊长得可肥了,到过年能卖一笔不小的钱。对了,那羊毛,我给你们留着,到时候过冬做被子。"

"妈,羊毛被盖着多重啊,现在都盖羽绒被,轻巧、保暖。"她从儿女的话语里了解着外面的世界,了解着一些她永远无法理解的变化。可这种时间并没有维持多久,电话没几个月后突然中断了,只会发出忙音。别人告诉她,是电话线断了。她沿着电话线走过村庄,又走过山丘,看到黑色的电话线与无数的线交叉会合,直到自己的眼睛再也分不清哪根是由自己家中延伸出来的电话线。与儿女热络络话语的生活又一次中断了。她垂头丧气地回到家中跟老伴说:"电话断了好,听说长途电话贵得很……孩子们一年也挣不了几个钱。"

月亮已经升起来了。

她和狗走在白晃晃的月光下,别人都说她不显老,除了背有些驼,走起路来还是噌噌的。可她自己知道自己老了,身体里的骨头日日夜夜发出咯咯的摩擦声,她迟早要磨成一堆粉末和脚底的泥土睡在一起。她沿着梯田的田垄走,狗和她的影子被拉得狭长,她觉得那是一把银晃晃的剑梗在胸口。他们又穿过树林,影子被树枝和叶片扯得支离破碎,她感觉她这颗星星也快破碎了。对,星星。她的父亲曾在她趴在马背上哭泣的时候告诉过她,每一个人都是一颗发亮的星星,都能找到在天上的位置,如果哭泣,星星就变暗淡,如果死亡,星星就会破碎。她的星星……她抬头望了一眼浩瀚的星空。

她的表妹制止了狂吠的狗。她不肯进门，面色凄惶地站在篱笆外。她从口袋里拿出三百元钱，迟疑了一下又拿出一张五十元，拜托表妹要照顾好她老伴。表妹深深地叹了口气，点了点头。

"那孩子们……"表妹欲言又止，替她忧虑。

她抿了一下干燥的嘴唇，低头看了一眼自己的双脚，喉咙里哽咽了一下说："我去带回来。"

她转身走了几步，还听到表妹在黑夜里叹息。

两节车厢的接缝里，风肆无忌惮地来回穿梭，不时还夹杂着厕所里的异味。她不得不在这里卷烟抽，把整个蜷缩的身体都埋在烟雾里，来回走动的乘务员已经注意过她几次了。前面一次是在绿皮的硬座上，她小心地从怀里掏出一包烟丝。嗬，那可是上好的烟丝，她整整切了三天呢。金黄色的，看着就让人喜悦。起先坐在旁边的年轻女人抱着小娃娃，用余光扫了她几眼，对面的人佯装打着哈欠。等她卷完烟，用火柴划出一朵豆火，所有的人好像都醒了，那朵火在别人眼里抖动起来。她猛烈地吐出一口烟，年轻女人尖叫起来："怎么在车厢里抽烟哪？还是这么烈的，没看到小娃娃吗？"

"车厢里是禁止吸烟的。"对面打哈欠的男人努着自己的薄嘴唇示意着说，"你看，旁边都贴着字呢。"

她在烟雾里顺着对面男人的手指看到一张反光油纸上的四个字。

她并不认识字,却认真地点了点头,她用手指捻灭了抽了几口的烟。年轻女人微微地张了张嘴,身体紧紧向窗户边靠去。对面的乘客都没有发出声音,将目光投向了窗外的黑夜。她把烟重新装进口袋,两手放在膝盖上,一会儿又去慢慢解开缠在头上的藏青色的细格子头布。旁边的人又不自觉地被她的动作吸引了,他们看到她取下头布的额头上纵深的纹路,像一块犁过头遍的地粗糙生硬。

她心里还在为自己刚才的行为愧疚着,她并不知道有孩子在的场合不能抽烟。年轻的时候她可不抽烟,孩子们走了后,曾经的鲜花种植园里改种烟叶,也是在那个时候,烟像孩子一样天天缠绕着她。

"真是对不住了……我这是第一次坐车,不懂车上规矩。"她局促地摆弄自己手里的头巾。"你的娃娃真漂亮,我有个小外孙也这么大。"她说完之后才发现,她记错了,她是五年前见过小外孙的照片。五年了,那时五岁,现在不是奶娃娃了。

她对自己混乱的记忆感到羞愧。她慢慢地离开了座位,走到两节车厢的交接处。这里的晃动让她觉得自己无法稳妥地站立,她蹲了下去。

她看到车厢外掠过黑夜的村庄,点着一两盏灯火的人家一晃而过。渐渐地,她趴到自己的膝头上,几十年来的时光全拥挤到这来回晃动的车厢里。是谁在她的肩头晃动,是薇吗?薇在她肩头晃动,那是几岁?她曾带着薇,像父亲带着她一样长途跋涉,相依为命。为了勉强能填饱肚子,她和许多村里人一样去山里挖陶土。薇骑在她的肩头,手里拿着野花挥舞。一片强烈的金辉,似乎是流质的,由她们顶上的山巅像把扇子一样散开,在湛蓝色的天空下,向远方射去。黑夜里,她们相互做伴回家,头顶繁星点点,薇安静地伏在她的肩头,听她说着那些星星的名字和来历。

黑暗里,火车咀嚼着她的悲痛。她突然哭起来,哭得很伤心。因为她意识到薇已经不在这个世界了。年轻的女乘务员过来问她,是不是钱包被偷了?

她从膝盖处仰起头,发髻散了,灰白的头发裹住她皱巴巴的脸,嘴唇开裂着,棕色的眼珠里围着一圈红血丝,眼眶里蓄满了泪迹。她使劲摇了摇头,含混不清地用自己的方言说:"我女儿没有了,没有了……她死了,死在一条我从没有见过的河流里……和我女婿一起死了,留下我三个可怜的外孙……我可怜的小外孙们,成了没人照管的孤儿,现在住在孤儿院里……"

没有听懂她话的乘务员听懂了她的悲痛,轻轻拍了拍她耸起的肩膀。她又伏在膝盖上,抽抽搭搭的。慢慢地,随着火车的摇晃,她平静了下来。

薇是自己的长女,她宠爱她,再穷都会想方设法满足她的心愿。不到十六岁,那个新鲜得跟清晨带着露水的嫩草一样的年龄,她绑着麻花辫子,欢天喜地地出远门了。回来的时候就变了,剪了短发,穿着让她费解的衣服,扬着清秀的眉毛说以后要在大城市里生活,等她稳定了,就把爸爸妈妈都接去。

薇怎么结婚的?她费了好大一会儿神才想起来,是她写信要她寄户口本时才知道的。她没有见过女婿,直到薇第一个女儿出生,她才见到矮小黑瘦的女婿和鼻头长满黄疸的外孙女。她不怎么看得上女婿。女儿宽慰她,说男人能吃苦,对她一心一意,两人勤俭,会把日子过好的。她觉得女儿讲得有理,便点了点头。这是她们最后一次见面吧。

如今女儿和女婿都毫无声息地隐没在河流里了。她感觉自己又像接到派出所打来的电话时一样掉入冰窖中,连站立都显得困难。可是电话另一头的事实又不得不让她紧张地站立着,连脚趾都蜷缩起来。她能感受到放下电话后的那片寂静,耳边四面八方的寂静。寂静犹如实质的存在,压迫着她的心脏,刹那间的呼吸仿佛都随着躺在水底的女儿停止了。

三个无人照管的孩子,两个姑妈都不愿增加负担而收养他们。孩子的舅舅因为姐姐的死亡而去厂方闹事,打斗,折了一条腿。阿姨工作太忙无暇照顾,三个孩子只能暂时安排在孤儿院。她瑟瑟发抖地从冰窖里爬出来,换了长长的一口气,哆嗦着嘴唇说:"我得把小星星们接回来啊。"

火车停在一个站点。她被上车下车的人拥挤着,慢吞吞地走回了座位。年轻女人已经下车,她靠窗坐着,脸挨着丝绒的墨绿色提花窗帘。

火车又徐徐地开动了,窗外灰蒙蒙的天空下高耸着的建筑让她觉得突兀。火车路过天桥,她往下看,车辆和面容模糊的人群拥挤在道路上,好像刚刚火车上下去的人全扎堆到了一块。她用手掌揉了一下干涩的眼睛,吃惊地发现儿女们同样面目模糊不清地出现在人群中,并且离她越来越远,道路上车辆扬起的尘土和尾气遮蔽了她的视线。

她知道这是自己的幻觉。可记忆是不是在欺骗她?曾经的记忆是如此鲜明动人。在她还拥有三个子女的时候,他们在鲜花种植园里采孔雀菊,孩子们捧着一捧捧橙色的花朵,像捧着一堆耀眼的金色阳光,脸被照得闪闪发亮,清晰动人。他们向她跑来,她张开了口袋,把花朵装进去,像把孩子们和幸福装进了自己敞开的怀里。她带着明媚的笑容看着孩子们又像云雀般飞入花海中。

阳光从双层的玻璃窗里射进来,照在她放在折叠板上的手。她注视着自己的手,干瘦,指节粗大,灰紫色的血管隐藏在干皱的皮肤里。她紧握成拳,又张开。还很有力,她这样想,自己还得用这双手有力地牵住他们。

她微微仰起脸,阳光落进了她脸上的褶皱里,深棕色的眼珠正蕴藉着薄薄的一层泪水。

火车鸣起了长长的笛声,报站声里有她记住的陌生城市的名字。周围的人开始像一锅即将煮沸的水,在她身边骚动起来。她有些紧张不安,看着他们整理衣服、水杯,把吃了半包的零食装进塑料袋,挤着去洗手间清洗切过水果的刀具。她环顾了一下,除了一个塑料的蓝盖杯子,没有任何东西属于她。

回家

她局促地站立了一会儿后,开始整理自己的行李包,思路清晰,动作敏捷。在下车前,她已经想好了,家里经常脱轴的木门要上些油,去砍两棵针叶松做成三张床,孩子们将躺在散发着松油香的床上睡觉。明年的春天在院子里牵上一架葡萄,种上一棵孩子们喜欢吃的荔枝,在前面的地里种一畦菠萝。

她想起外孙们在电话里最爱问她,老家都有些什么?

在她走出清晨的站台,深深吸一口气时,她已经想好了这个答案。她想起在她无数孤独无伴的日子里她所哼过的古老的民歌。她咽下一口口水,清了清嗓子,那些婉转的调子在她的心里悠扬起来:

小乖乖来小乖乖

我来说给你们猜

什么长　长上天

哪样长　海中间

……

小乖乖来小乖乖

你们说给我来猜

银河长　长上天

莲藕长　长海中间

米线长　长街前卖嘛

……

山的另一边

夏天快来临的时候，我还在医院的洗衣房。墨绿色的地砖，乳白色的墙砖，成套的清洗烘干设备。一筐筐堆积的病号服、床单、被套，由一辆辆平板推车拉过来，卸在地上，堆成山。我和其他四个女人就会像陀螺一样不停地在洗衣房里旋转。

别看机器上标的都是看不懂的字母，可它们的清洁功能其实很有限。我们向洗衣设备放入足量的洗衣粉，塞进去它清洗能力范围内的衣服和床单。如果塞得多了，它就会罢工，甚至发出呜呜的抱怨声，它不像我们的双手和身躯总有超乎自身的忍耐力。

还有一些，我们得挑出来，污迹和印痕就像留在上面的疾病信息以及死亡的样子，供我们直视、揉搓、清洁。成摊的血迹，时间一久便发硬，就像一块遗失的拼图，一个人的生命记忆全部浓缩在那里。还有一些带着血腥气,前一秒还在冒热气,让人联想起电视新闻中播放的战地医院,外面正在进行恶战。可我们不就是在打仗吗?跟自己,跟别人,跟疾病和时间。

新来的一个女人,还很年轻。她到的第一天,抖开床单,看到上面的内容比较复杂,她直接就跑到外面呕吐起来。我们在嚼青橄榄,把核像暗器一样射到窗外的绿化带中。

薛生命给我打来电话,让我过去陪他几个月,就当是可怜他,说不定过几个月他就死了,或者更快。我为什么要可怜他?难道他比我可怜,他得了癌症就比我可怜?

他给我打了第二个电话。他说,表弟借了他一个地方住,在山上,面朝大海,每天早上太阳像个红色的大圆盘从海面上升起。他问我记不记得,年轻的时候,我们整个冬天的晚上都抱在一起,床边生着煤球炉,说我要去海南看大海,晒太阳?我说,不记得。我只记得有天晚上,半夜两个人都煤气中毒。我们相互搀扶到门口,打开门,瘫软的身体再也回不到床上,只能裹着薄被躺在冰凉的水泥地面,直到冬天的第一缕阳光照耀到我们。第二天,我们又活蹦乱跳,感恩自己活了过来,并信誓旦旦地说,大难不死,必有后福。时间不停地流逝,关于"福"这个字,就像过年时贴在门上的喜庆装饰,它丝毫不想融入我们的生活。

薛生命给我打了第三个电话。他就是那种不达目的不罢休的人。他说,早上散步的时候发现有一匹白色的马,在山坡上啃草。我说,是不是做化疗,把他的全部细胞杀死了,就留下吹牛扯谎的细胞?他说,是真的,为什么我连一个即将踏进坟墓的人说的话都不相信?他要在明天,去会一会那匹马,骑到它的身上,然后去沙滩上跑一圈。

我敢肯定他得了妄想症。如果真有那么一匹马,那么他的骨头就会摔得比鹅卵石还要碎。

他求我过去陪他,语气像儿子小时候要求我把他抱到膝盖上一样,可怜巴巴的。我看着眼前一堆堆的床单被套,周而复始。从太阳升起到落下,我不太确定自己是被这些东西捆缚住无法动弹,还是我把自己的时间全部用来捆缚住这些东西?

别说走一两个月,就是几天,这里就会有人取代我。况且,我还有一个男人,我们没有同居。别人都管他叫老铁,我也从来不知道他的全名叫什么。他负责医院一幢十六层楼的楼道卫生,每天自上而下地扫楼梯间的烟头。中饭的时间,他替我把食堂蒸的盒饭取出来,我们坐在楼梯间里吃饭。他用筷子把餐盒里的一根茄子掐断,分一半给我。我敢肯定这茄子是他偷来的。自从他在河边的绿化带里发现有人在种蔬菜,他就时常光顾那里。有白菜的季节吃白菜,有芹菜的日子就吃芹菜,有时还会有几个萝卜。他半夜为那些蔬菜施上肥料,天气炎热的夏季为它们浇水。

老铁负责楼梯间的清扫。如果病房代表着救治和希望,楼梯间就意味着放弃和无望。有人在病房里阳光满面地陪着家属,转身在楼梯间里捂脸痛哭,止不住的眼泪,就算十六层的楼梯也流不完。他清扫这些人留下的纸巾和烟头,有时也跟怔在那里半天的人搭一两句话,递上一张从厕所里扯下来的纸巾,聊以安慰。

"我前夫让我去陪他住一段时间,他应该没有多少时间了。"我以前跟他提过薛生命得癌症的事。

他坐在楼道里抽着烟,手指摩挲着自己眼睛四周细瘦的骨头和嘴巴边一圈松垮的皮肤。我很好奇,他在想什么,想他逃走的老婆,还是孩子?

老铁有三个儿子,在这个城市的不同角落里打工。大儿子是水电工,二儿子是泥瓦工,三儿子是个在码头拉货的驾驶员。我开玩笑,三个儿子各有本事,可以齐心协力盖起整幢房子。老铁叹口气,说塌掉半堵墙的老家房子,至今没有修缮。而在这座庞大的城市里,三个人都租着极小的房子,整日忙碌。儿子们对他只有两个要求:千万别生病,能赚钱顾管自己的生活。逢年过节,儿子们会提着白酒、保暖内衣、食用油来看他。他在医院附近租了个车库,里面放了张弹簧折叠床,我跟他在上面做过爱。寒冷黑暗的斗室,他沉甸甸的手搁在我的胸口,我抚摸他皱巴巴的指关节,像一撮板结的泥土,僵硬,长久的干旱。他压在我上面,那些弹簧发出惨叫声。他每动一下,我的背部就会触地一次。没有卫生间,每次他都提前烧好开水在盆子里放凉,把毛巾浸湿,递给我。

"那就去吧,生病的人很可怜的。"他把烟头扔在地上,奋箕就在一边,张着大嘴。他慢慢站起来,手在草绿色的工作服的口袋里摸索,掏出一沓散钱塞给我。

我没有伸手去接,他硬要塞过来。

一个年轻的女人号啕大哭地冲进楼梯间,像一道光从我和他之间闪过,他张着嘴看着那个女人消失的方向。哭声在楼梯间回荡,像水浪一样拍打着我的耳膜。他把钱放回口袋,一阵摸索,发出纸币摩擦的声音。

薛生命来车站接我。公交车还没停稳,我就看到他站在铁栅栏围墙外,戴着红色头盔,旁边停着辆电瓶车。一件花花绿绿的宽松V领套头衬衫。我对这件衣服是有记忆的。那时他正春风得意,用自己的肥肉自信地撑起衣服,体重秤的指针始终颤抖得无法平静。此刻,这件不伦不类的衣服下摆就像刚蹲过厕所,急匆匆地还没来得及整理,被胡乱塞进牛仔裤,弄出了女人百褶裙的效果,整个干瘦的人就像插在花瓶里。

我已经两年多没见过他,自从他动手术,做了化疗,便开始意志消沉地过起隐居生活。刚查出癌症时,他觉得他能够扛过去,就像当初他毅然决然地离开单位、离开家庭,做生意亏本,跟人干传销连儿子的抚养费也拿不出来,他都没有气馁倒下,疾病只不过是一浪一浪的打击中多一个浪花而已。直到医生跟他说,剩下的日子,该吃就吃,该玩就玩。

薛生命很努力地朝我笑笑,想表示一下对我最终能来陪他的真挚情谊,可那笑容像一张苍白极薄的纸,一抖,就没有了。他凹陷的脸更像是一个深深的洞穴，硬生生地被病魔一拳一拳打了进去。

电瓶车沿着河流缓慢地行驶，成排成排高大肃穆的水杉在后退，河流的光在树木间跳跃。我把包住头的围巾扯一点下来遮住眼睛，有点畏光。这个时候，我不得不承认自己的衰老也来得同样的快。十字路口，有两个交警把我们拦下来，原因是电瓶车不能载人，况且我还没有戴头盔。薛生命跟他们解释，我是他老婆过来看他，他得了癌症。他用一双无辜的眼睛看着交警。交警问他，得了癌症就有特权？薛生命摇摇头。交警给他开了二十元的罚单，并让我自己走，不能坐电瓶车。

薛生命把电瓶车开出一公里外，他在那里等我。换作以前，他一定跟交警吵上了，宁可把自己搭进派出所关上一天也不服软。现在他认输了，病魔让他知道生命不该浪费在逞强上面。

可是，他吹牛撒谎的本事估计是会带到坟墓里的。这哪是什么海边的房子，那是海水吗？浑浊得跟黄河一样。

薛生命解释说，因为这是钱塘江的入海口，近海，所以海水是黄的，是黄色的海。

山是一个半岛，一半与陆地相连，一半伸向海水。房子建在靠海的那面山坡上，两层楼，镶着红色的琉璃瓦，装了许多玻璃窗，待在室内的时候就像住在山林里，那些暗绿的色调一直渗透到屋子里。寂静环绕。屋子周围都是松树，一只松鼠用屁股举着它的尾巴正在练习平衡,从这棵树跳到那棵树。

院子很小,用黑色的卫矛做栅栏,试图阻挡那些植物越境。可这根本就是异想天开,植物不认识卫矛,各种各样的藤蔓攀附在上面,一些草本植物都挤了进来。如果长期没有人住,我想,这房子就会被绿色吞噬。

我们去镇上买了胡萝卜、芹菜、蘑菇和五花肉,准备包饺子。他买了啤酒,然后像根木头一样杵在放香烟的玻璃柜前,把每一种香烟都看了一遍。回去的时候,电瓶车电量过低,薛生命只能推着它上坡,我拎着一包蔬菜走在后面。他的后背就像纸片,要不是抓着电瓶车,随随便便一阵风就能把他吹起来。以前家里有辆凤凰牌自行车,孩子坐在前面,我坐在后座,他总能把自行车骑得四平八稳。想想也真奇怪,那么小的一辆车,怎么能承受得住我们,还运转自如?

薛生命说,我包的饺子还是他记忆中的味道,他已经有十多年没有吃到了。不可能,他生病住院的时候,我给他包过几次,难道都吃到了垃圾桶里?

"我估计以后都吃不到这么好吃的饺子了。"他竟然咧开嘴哭,筷子上还夹着饺子。

我说:"你再哭,我明天就回去。我跑三百多公里的路来这里,不是为了给你做饭,看你哭的。"

他止了止哭声,换成哽咽:"年轻的时候,想要的都有了,爱我的老婆孩子,但不知道怎么搞的,又有谁知道我们该做什么?为什么要这样做或那样做?结果到了今天……"

我咬着筷子,自己包的饺子让我恶心。我真瞧不起自己,到底来这里图什么?

事情是从什么时候开始的?他的手不停地抚摸头上刚长出的一茬头发,稀疏虚弱。

从他离开家的时候?我不知道,或许更早,谁知道呢?那个时候我们年轻,拥有彼此,可以整个晚上说话直到太阳升起。可是情况总是会变的,孩子出生,两个人单独的时间被一点点挤掉,他的工作更加繁忙,终于他把自己也挤到我们的生活之外。可是如今,这一切还有什么可以抱怨的,要发生的都发生了,不想发生的也都发生了。

薛生命领着我去海边,可以真正靠近海水的地方。有一条陡峭的山路蜿蜒而下,身体得像一只壁虎从那些巨大的岩石壁上爬下去。风化的岩石看上去就像千层蛋糕,平坦的岩石上有几条狭长的坑洼积着褐色的水,带刺的植物把根深入到缝隙深处,谁也看不见的地方。

海边是碎石和泥滩,一些酒瓶的碎片被打磨得像绿色的宝石。许多拇指般大小的螃蟹在它们的洞穴边进进出出,一看到人走近就全都躲起来。

黄色的海水正退往很远的地方,卷起白色的长条细浪。如果站在这个地方往上看,我们住的房子隐在一片浓荫之中,只有认真看的时候,才会看到一点红色琉璃瓦,以及玻璃窗上时明时灭的闪光。

"表弟为什么会把房子建在这里?"我问薛生命。

"不是他造的,好像是跟人赌博赢来的。"薛生命说,"他做事情全凭一时兴起,没头没脑的事都会做的。"

这个没头没脑的表弟,在我们结婚宴上喝得烂醉,跟邻桌的朋友打起来。他用酒瓶砸破人家脑袋,自己却倒在一边睡觉。我和薛生命只能送伤者去人民医院,陪护了整个晚上。表弟自己睡了一觉,什么事也不记得,第二天大摇大摆地上我们家吃饭。

夜里,他用干枯的手掌抚摸我的胸部,说我那里已经塌陷成平地。

"黄土都埋了一半,能不塌陷?"我想只要是人,都是自己一边挖坑,然后填土,最后掩盖自己。

薛生命说他好多年都不做爱了,不知道自己这方面的功能还行不行?

"我有一个男人,我们半个月就会做一次。"我觉得老铁很好,他从来没有过多的要求。当然,我也从来不对他有什么要求。

薛生命把自己的手从我的乳房上抽回去,用肘支撑起自己的脑袋,黑夜里像只猫露着精炯的眼睛。

"你跟那个男人做起来怎么样?"这个时候他倒不像一个病人。

"就像你以前跟别的女人做爱的时候一样。"我回敬他。难道他已经忘记,自己为了跟别的女人在一起,我们两个人大打出手?我扇他的脸,他一拳把我嘴唇打得开裂,鲜血直流。

他要离开家的那一天,把自己的行李都搬到桑塔纳轿车上,后备厢盖开着。最可恨的是那个女人也来了,他们一块儿坐到车里,竟然还谈笑风生。

我发疯一样冲过去,双手抓住打开的后备厢盖子。启动的车子把我拉倒,我膝盖跪地,仍死死不松手。直到路边的人发出惊叫,薛生命才刹住车,他下车看到我两条血淋淋的腿。我到现在仍然清楚地记得,当时他的眼睛瞪得比铜铃还大,骂我是疯子,把我的手指一根一根地从他的车上掰开,就如同他要把我从他的生命中全部剔除干净。

那时候,我们的儿子就站在离我不远处的人群中。

"我搬到这里来的第一天,看到这黄色的海,想到的竟然是你。我也不知道自己是怎么了,反正我没给别的女人打电话。"听这语气,他应该是生自己的气。

"如果你打了,她们也不会来。"我喜欢说实话。

他在黑夜里沉默了一会儿,神秘兮兮地说要送给我一样东西。他下了床,在床底摸索一阵,让我伸出双手抱住。是个盆子。他开了灯,是袖珍玫瑰,茂密的绿叶里有好几个花苞,有两朵已经开了。

薛生命说,这是他捡回来的,换了盆,养了两个月,它就起死回生,而且开出了花。这些红色的充满生命力的花,让他感到激动,甚至在深夜里热泪盈眶。

每天太阳下山之前,山上的植物和海边的岩石都带着一种金属似的光线,有质感却不强烈。我们会沿着海边散步,山上的树木大多粗壮低矮。据说是因为每年台风或多或少都要光临,树必须小心翼翼,这样才能抵御狂风。海边的路,因为不常有人走动,野菊花长得异常茂盛,粉红色的蔷薇开得到处都是,有时不得不低下头,才能避开带刺的藤条。

山路是一个环线,走完海边的一段之后便向陆地延伸。薛生命在水文站停住脚步,原路折返。他说那边走的人更少,长了好多荆棘,会拉住裤腿,扎进皮肉。过了一会儿,他又说:"那其实是墓地,半面的山坡都是。"

"原来我们住在墓园。"我原本想,他那个表弟还是有点良心的,让他住到这里来度过生命中最后的日子。

"我给你打电话说起的白马,就是在背面的墓地里看到的,不过我后来去过两次,再也没看到那匹马。"薛生命的口气里听不到一丝生气,我觉得他快死了。

我们在水文站的位置停留,那里是个观景的绝佳位置,海面上三座岛屿清晰可见,彼此孤立,又遥遥相望。薛生命说,其实还有许多岛,都在我们看不见的地方。

"这些小岛有没有名字?"

"一座是你,一座是我,还有另一座是儿子。"薛生命说。

我们在山坡上发现了一棵杨梅树,果子是紫红色的,已经成熟了,可是却酸得掉牙。我爬到树上,采了一篮子下来。薛生命去镇上买了一些无烟的蚊香和几斤白酒。晚上,我们把杨梅一颗颗丢进玻璃瓶中。这些浸泡过的杨梅对拉肚子有着神奇的疗效。

薛生命还从镇上买回一个风筝。他说小的时候,隔壁邻居爷爷会用棉纸扎风筝,他求了好久,终于爷爷给他扎了一个。他第一次放风筝,很激动,结果那风筝栽到了屋顶上,勾住瓦片,怎么也扯不下来。邻居爷爷很生气,连声说着晦气,搬了把梯子上屋顶把风筝捡下来,再也不给他放了。他后来才知道被风筝挂在屋顶上是件不吉利的事。

"我想在海边放一次风筝,这样不会挂到谁家的屋顶上。"薛生命晃了晃手里的老鹰风筝。

可是,整个下午,除了跑得气喘吁吁,我们两个人都没有办法把风筝放上天。最后,老鹰风筝坠在海水里,我们连拉回来的力气都没有。我们满身狼狈地坐在泥沙滩上,看着风筝在海水里载沉载浮,直到消失不见。

这大概是薛生命最后一次想跟命运抗争。连一只风筝也放不天上。那天晚上,他给自己倒了杯杨梅烧酒。

我们在海边认识了一个八十多岁的老人,他在平坦的岩石上搭了一个棚子,这个棚子只有顶棚,最多也就能避避太阳。如果下雨,非把他淋湿不可。他有一个非常大的提网,每隔十几分钟,或者半小时,他就会把网提起来。提网有一个转轴,他不停地摇动它,借助绳索的力量,把网从黄色的水中提起来。有时会有大鱼,有时是一网小鱼。

我们总是期待下一网会捕到什么,长时间静坐在棚下面等待。有时他会睡着,头就靠在我的肩膀上,眼泪从戴着的太阳镜框下滑落。我为他轻轻拭去。他醒来,我问他,为什么哭了?他说梦里有许多云飘过,十八岁的他刚考上中专,录取通知书来的那天,他用自行车载着我在乡间的小路上,风吹起我俩的头发和衣袖,麦田一浪一浪温暖地涌向我们,直到汹涌地挤满了眼眶。

我们从老头那里买回鲻鱼,他说只有这片江与海的交汇处才会产这种鱼,只要清蒸,味道就很鲜美。

老头用芦苇的叶子穿过鱼鳃,穿成一串递给我。我们提着鱼往回走,薛生命拉着我的手。回家的斜坡上大朵大朵白色的蛇床子像云雾般盛开着,夕阳的光正慢慢地收回。

回到家里,我按老头的做法蒸了鱼,并让薛生命给儿子打个电话。他有点不乐意,儿子说过,没什么事就不要给他打电话。

我不知道这个老子怕儿子怕成这样,帮他接通了电话,把手机塞给他。

儿子在那头瓮声瓮气地问,是不是又住院了?

"没有呢,没有住院,你妈跟我在一块儿。"薛生命的口气就像欠了儿子好多钱。可不是嘛,自从他得了癌症,儿子给他出医药费,动完手术后几天还专门请了个护工照看。

手机在薛生命手里像个烫手山芋,他赶紧扔给了我。儿子问我,身体好不好?我说,哪能不好。他沉默了一会儿,压低声音问我,薛生命是不是快死了?

薛生命站在餐桌前,摆放碗筷,目光小心翼翼地投向我。

我背过身继续跟儿子打电话,心里由衷地希望如果薛生命能继续活下去,该有多好。

儿子没问我发什么神经会跑去跟薛生命待在一起,有些事情他不想知道,对父母的关系最好的态度就是不闻不问,只要我们尽量不把他扯进来,他就感恩戴德了。过完夏天,他就二十五岁了。勉强上完职高后,他就跟着别人跑到外地去卖卫浴的装修材料。他觉得跟着别的人,哪怕是陌生人,都比待在父母身边有安全感。有一段时间我曾酗酒,每一次跟薛生命要抚养费,都是醉醺醺地抓着儿子的衣领,拎到他的新家门口。

酗酒不仅让我丢了工作,损伤了身体,就连儿子和亲妈都不想看到我。我把酒瓶藏在电表箱里,每一个深夜,我都偷偷溜出去,在门外喝酒。一清早,我妈打开门,看到我,用脚踢我,跟我说:"我真高兴你爸不用活着看到这些。"

我跟儿子说,如果他有空,可以来这边住几天,马马虎虎的风景,但关键是我们都在。儿子说,他没空。

表弟来看我们,提着一个红烧蹄髈。他还是那副样子,一屁股坐到沙发上,就像把什么东西随随便便扔到沙发上一样。变化还是有的,他变得肥胖,肚子是圆的,脖子是圆的,头也是圆的,所以他看起来像个足球,一个戴了条大金链的足球。

我们三个人都喝了一点酒,两个男人喝得多,嫌啤酒不带劲,薛生命倒出一些浸泡杨梅的白酒。表弟给薛生命递烟,大着舌头说自己这几年过得不如意,但他相信,下一个十年,他一定能挣很多钱。薛生命没有喝多,他沉默地抽着烟。

表弟说,有个傻蛋买了这里的房子,定金都付了。

"所以呢,我的好哥哥,下个礼拜你要搬走。"表弟把手搭到薛生命的肩膀上,"如果你还没地方住,我帮你再想想办法。"

薛生命把表弟的胖手从他瘦弱的肩膀上拿了下来。

表弟喝醉了,躺在沙发上睡了一晚。第二天,他又忘记自己喝醉酒时说过的话,关照薛生命要赶紧搬走,好不容易找到买家,自己得去烧高香了。

薛生命从沙发上,坐到表弟刚刚坐过的位置。他面容苍白,嘴唇很薄,用力抿嘴唇的话,整个嘴就只剩下一条线。他从口袋里掏出指甲刀,这个习惯他从来没有变过。他出门可以忘记带钱,忘记带各类证件,甚至是妻子和儿子,唯独指甲刀他是不会忘记的。他把腿盘到沙发上,开始专心致志地修剪起脚指甲。修完自己的,他就拉住我的手,一个手指一个手指地修剪过去。然后,他又脱掉我的袜子,开始修剪我的脚指甲。

薛生命抬起头,手捏着指甲刀,微微颤抖地说,他希望能重头来一次,这一次一定要做对。

老铁给我打了个电话,他很关心地问了问薛生命的状况,还问我什么时候回去,洗衣房那边还缺着人。

玫瑰就放在一楼的窗台,太阳出来,穿过松树,再穿过玫瑰,阳光就像溪流的水一样流淌到褐色的地板上。

那天傍晚,应该是我和薛生命的最后一次散步。我看到夕阳的光从他的眼睛里一点点地消逝。没有光线,海一下子就在眼前消失了,雾气布满了山路,山风变得猛烈,吹起我们的衣袖和头发。

我想着冰箱里还剩下半个蹄髈,明天,我们就把它清理掉。对了,还有一瓶杨梅酒,它还需要时间来转化,其他就没有什么了。我想,这就是结束。

挂在屁股上的钟

离七点半还有十分钟。

鲁克朝墙上的钟看了一眼,手熟练地把三勺定量的奶粉放入水温适宜的奶瓶,螺旋状地晃动。如果上下不分乱摇一气,宝宝喝下去的奶粉中就会充满空气,她会打嗝,甚至会吐奶。他在五个月前买了一本育儿指南,书上是这么讲的。

宝宝坐在床上,双手捧着奶瓶。她的头发长了,都快长到眉毛。洗头的时候为了不碰到她眼睛,特地买了洗澡的帽子给她戴上。可是年轻的鲁克笨手笨脚的,洗头水还是会流到她的眼睛里。

宝宝大哭大闹,帮她洗头发,就像要跟人打架,明知道打不赢却又硬着头皮上。再过两个月,天就会变得很热,她还会长痱子,所以要抽个时间带她去理发。说起来,从她出生到现在,她还没有经历过夏天呢。一个还没有经历过夏天的生命。鲁克觉得这个软乎乎的生命如此可贵、娇弱。他摸了一下她柔软的头发，在她身后塞了个枕头，防止她太过沉迷吮吸时会不由自主地往后倒去。

他开始穿袜子、鞋子，绑紧鞋带。这个过程中，他还得抬起头，跟宝宝对上几眼，吹一个响亮的口哨，学公鸡打鸣，再挤眉弄眼。宝宝会放下一只捧着奶瓶的手，拍拍自己的大腿，算是对他卖力表演的回应。

接下来，他穿上防风防雨的黑色夹克外套，戴上了半封闭的头盔，然后走到阳台，扯开窗帘。今天是个好天气，他一向喜欢好天气。

宝宝吃完奶，嘴里发出呜噜呜噜的声音，把奶瓶丢在一边。她开始四处爬动，像头无知无畏的小兽，嘴上留着奶水的痕迹。鲁克制止她朝床的边缘爬去，用毛巾给她擦了嘴。她不喜欢毛巾，拼命地摇着头挣脱。

鲁克洗完奶瓶，拿了一个玩具小熊在宝宝面前晃了晃。她伸出手来。他把小熊藏在身后，又迅速拿出来，做了一个高空抛物的动作。她的眼睛还停留在上空，小熊却已经稳稳当当地落在他的手心里。宝宝咧开嘴笑，伸出手想让他抱。他看了一眼墙上的钟，七点三十分。

没有敲门声。过道发出关门的声音，那是其他租客出门了。他们下楼时急匆匆的脚步，听着让人心生焦虑，直到那些脚步声消失，又立马陷入一种空空荡荡的、不知所措的状态里。直到另一户租客出门，新一轮的焦虑在鲁克身体里升腾。他不知道这个房子里究竟住了多少人,小小的、鸽子笼般的屋子,到了清晨,人们就急急地飞奔出去,钻进公交和地铁,然后再钻进其他的笼子,透明的玻璃笼子,闲暇的间隙,会抬起头看看笼子外来往的人。

鲁克抱起宝宝走到阳台。阳台的一半被改装成厨房,安了水槽、油烟机,还有一个只能放电磁锅的地方。另一半阳台,放着一台洗衣机,用绳子拉起的晾晒绳上的晾衣架上面挂的全是宝宝的衣服。要穿过这些障碍,才能到窗口,那里勉强还有能站立一个人的空间。窗外也是拥挤的。虽然是六楼,但住宅楼密集,从这幢楼到那幢楼,只有两棵合欢树的距离。合欢树开出粉色的如同羽毛般的花朵,轻盈得像踮起脚走路的小仙子,从绿色的波浪里,从这个窗口走到那个窗口。对楼的窗口,有一扇大的落地窗,那里有个女人,她在练瑜伽。通常她在一个姿势上停留很久,久到鲁克转身洗完一条内裤,她依旧保持着那个姿势。他看到她脚下的紫色瑜伽垫,想她为什么要在这么小的一块垫子上停留这么久?

他不是故意要盯着那女人看的,只是屋里很闷,宝宝睡觉的时候,他会站在阳台上。他想过那个女人脚底下的瑜伽垫,占据了客厅中央的整个位置,大约她的时间跟她所占据的空间一样多。有时他也不看那个女人,楼下长着茂密的香樟树,树底下常会有声音传来,他就会竭力想听清他们在说些什么。

墙壁上的钟,秒针滴滴地转着。七点四十五分,整整超过了十五分钟。鲁克长长地吸了一口气,他想抽上一支烟。想到宝宝,他把烟又放回了口袋。

上一周,房东来抄水电表,使劲地盯着墙上的钟看了一会儿。

鲁克站在背后说:"我到元德大厦送外卖,有一层办公室正在搬家,他们把这个钟还有一些杂物放在一起,说要扔掉,我问能不能送给我,他们就很大方地塞给我了。怎么样,很好看吧?"

房东是个矮子,五十多岁,身体就像超市干货区里挂在墙上做样品的虾干。

"你随便在墙上钉钉子,破坏墙面,是要赔偿的。"他一说话,脸上的皮肤就会使劲地皱缩到一块,口气总是显得很愤怒。鲁克租这个房子的时候,中介就提醒过,房东是个鳏夫,其他都好,就是脾气有点差。

墙壁上有一具蚊子的尸体,就像一个庞然大物,骇然地出现在房东的眼前。他深陷在皱纹里的眼睛恨不得贴在墙壁上,以观察这个蚊子对墙壁的破坏程度。

鲁克把手机打开,此起彼伏的订单信息像潮水一样涌来。宝宝一听到手机发出的声音,就咿咿呀呀地叫唤,偶尔发出"爸爸"这两个字的音节。

楼梯间里响起沉重的脚步声。庞阿姨很胖,她也不知道自己为什么这么胖,她有点嫌弃自己,却更嫌弃住得高而且没有电梯的房子。爬楼梯会让她觉得自己更胖。

鲁克抱着宝宝已经站在楼梯口。他急不可耐地打开门，手没有控制好，门把手撞到了墙，发出"呼"的响声，墙壁上又会留下印子。房东下次来，一定会盯着墙壁盯得更久一些。他的心怦怦地加速跳着，吸了一口气，希望平缓一下自己的情绪。

庞阿姨气喘吁吁地上来，她还来不及喘个舒坦的气，鲁克就把怀里的宝宝塞进她宽阔的怀里，然后迅速背起快递包，像一阵风，在楼梯间旋转。虽然他很想告诉庞阿姨，她迟到了。但他跑下楼梯的时候喊了一句："庞阿姨，你辛苦了，我会早点回来。"

鲁克开始有条不紊又争分夺秒地工作。他先去早餐店，拿了打包好的炒面、馄饨、油条。然后是蛋糕店，全麦的吐司、芝士蛋糕、榴梿千层、热咖啡。电瓶车后座的保温箱挤得满满的，沿着春华路，先进小区，在进单元门之前就打电话，顺利通过门禁，把炒面、馄饨、油条都热乎乎地送到客户手里。写字楼里赶早班的人等着他送的吐司和热咖啡。电梯拥挤，他把快递箱抱到胸前，避免挤压。男的女的，胖的瘦的，只要电梯不发出超载警报，他们都拼了命地往里挤。鲁克只能踮起脚，避免一只只高跟鞋虎视眈眈的威胁。这个时候他最容易分神，他想着那个站在瑜伽垫上的女人。

一楼的保安还没吃早饭，他让鲁克去隔壁买一份米线过来。鲁克买来两份，加了很多辣油。大厅里种着一缸两米多高的芭蕉树，两个人坐在树后的角落里，看着一双一双腿从芭蕉叶缝里走过。如果看到女人漂亮的腿,他们就会伸长脖子张望一下,想看看漂亮的腿上面的那张脸。他们露着满嘴的红油,还没看清楚就继续投入热辣的米线中。

私人诊所的牙医,会点一份糯米烧卖、甜豆浆,有时是蛋黄包、红糖馒头。早餐店离他只有五十米距离。他喜欢把自己关在玻璃门内,哪怕里面一个看牙齿的病人也没有。他眼袋浮肿,像一整夜没睡觉,在玻璃门边踱步,路边的树影子就在那些玻璃上晃来晃去,把他变成一个不完整的躯体。

鲁克进去的时候总会感到一阵凉意,或许是那些冰凉的器械发出来的。牙医慢条斯理地把一个个袋子打开,取出餐盒,揭开盖子,拆掉一次性筷子的包装。这个过程中,鲁克会一边把外卖箱的拉链缓慢地拉上,一边看摊放在桌子上的《今日晨报》。他迅速地翻到第十版,上面登着一些失物招领、遗失声明,还有无名尸体的认领。他的眼睛紧紧盯着那些字眼,关心每一个细节,比如死者衣物的颜色,有没有耳洞,还有胎痣。报纸的最下端还登着几个弃婴公告,他逐一看看那些弃婴的面容,还有被丢弃的地点。

鲁克每一天都会读牙医订的报纸的其中一版。

十点一过,是个比较清闲的时刻。这个时候要接的订单会很少,鲁克把电瓶车停到春华路一侧的林荫道上。五六个同伴都停在那里,抽烟、聊天,或者玩一种简单的纸牌游戏,赌注就是抽一根烟。有一个流动卖水果的,也会凑上来看。这就像一个临时据点,时间一到自然一哄而散。

鲁克已经戒烟,他也不看纸牌,蹲在一边,看着手机,查看一上午的外卖订单中有没有客户投诉他。

"开业那天八折,可以去买奶粉。"大彭递给鲁克一张纸。附近一家育婴店的宣传册,上面列着国内外许多牌子的奶粉,还有婴幼儿用品。

"管宝宝的那个女人今天迟到十五分钟,一天比一天晚,明天估计要到八点才来。"鲁克把宣传册装进衣兜,上午等待的情绪还没有消化完,"十五分钟,我最起码能多送五六份外卖了。"

"有机会我帮你问问,我一个老乡的老婆前两个月刚过来,找不到工作,就专门帮人到幼儿园接孩子,负责照看到父母回家。"大彭说。

"现在要找一个人,带小娃娃,给的钱又不多,实在难找。"鲁克从大彭耳朵上面取下烟,拿到鼻子下嗅了嗅。自从有了宝宝,他就很少吸烟,也不会出去喝酒吃夜宵,他的生活被哭闹、奶瓶、尿不湿占满。

"再难的日子熬着熬着就过去了,等到宝宝会跑路,会喊爸爸,背着小书包去上学,一想就觉得高兴。"大彭四十三岁,没有结婚也没孩子。他说主要自己的个子长得太小,别人看不上他。

"你真的再干一个月就不干了?"鲁克想到大彭前两天说要回老家。

"嗯,不想干了。出来这么多年,最早在电子厂,做电子配件，按件计工资，手眼没有停过，哪怕到下班了，眼前都是工作的场景，一幕幕在闪过。后来到服装厂包装部，一天到晚手拿着蒸汽熨斗，一件件衣服从手里过去，忙的时候屁股从不沾凳子。现在送外卖快两年了，忙着接单、送单，时间都是掐着秒算的。这么些年，我有种感觉，感到屁股上挂着一个钟，滴滴转着，被它指使着东跑西跑，你压根看不见时间到哪去了，却从不敢停歇，不敢坐下。这么想着，突然觉得想家了，现在也攒了点钱，回家盖个漂亮的小楼，说不定哪个女人看在房子的面子上，还愿意跟我搭伙过日子呢。"大彭想到自己回家乡盖房子，晒得发黑的脸上显得亮堂堂的。

鲁克想起自己挂在墙壁上的钟，不由自主地在心底叹了口气。

"那我以后会带宝宝来看你的。"他真心希望，在不久的将来，可以带着宝宝去外面走走。

"到时，你们父女俩就住上个十天半个月。我跟你说啊，我家屋后的山坡上有一棵很大的野果子树，其实就是野苹果，等到成熟，那果子又酸又甜。想着那果子的不止我们，还有野猪，那些家伙可聪明了。我们都得爬树上去摘，它们呢，就一头一头排好队，挨个用头去撞那棵树，不停地撞啊撞，果子就掉下来了，它们就围在树下吃果子。"大彭说得绘声绘色，开始手舞足蹈，"我可以带你和宝宝去山里白龙池游泳，水清着、凉着呢。"

下午，送的外卖最多的是写字楼。鲁克决定三点三十分收工，这样，回家就很准时。往家赶的时候，又接到一单，他看了一下地址，就在家附近，顺路。水果店的一份水果拼盘，留言上写着要送到幼儿园门口。

幼儿园门卫是个性情古怪的老头，他不愿意有人把外卖放到他那里。

"如果里面少了一片苹果，那你们都会认为是我偷的。"老头的胡子都白了，眼睛小得只能插下一根缝衣针。

鲁克怀疑老头的心还没缝衣针大。

没办法，他只得给那位订外卖的客人打电话。客人说很抱歉，让他多等十分钟，她儿子就从幼儿园出来，到时给他就行了。你知道的，小孩子，要多吃水果才好。

鲁克说，十分钟他等不了。

客人说，有本事你放路边好了。

鲁克当然不想被投诉，他拿着水果盒子站在幼儿园门口，和一些等待的家长站在一起。

三点五十五分。他悔得肠子比水果拼盘里的猕猴桃还青。

有个小男孩跑过来，拿过他手上的水果盒子，急不可待地挑了一块最大的凤梨塞进嘴巴，嘟囔着说了声，谢谢。

鲁克骑着电瓶车往回赶。半路上，碰到大彭正一手提着外卖袋子，一手扶着车把，朝他打着口哨。他朝大彭抬了抬手腕，告诉他，自己回家的时间已经过了。

四点十五分，鲁克气喘吁吁地跑在楼梯上。

庞阿姨很生气。"我家里还有那么多事情要做，早上的衣服没洗,还有一个孙子要从学校里接回来,还要买菜,做八个人的晚饭。"

鲁克说:"对不起,庞阿姨。"

"小鲁,我也很想帮你,不过我家里实在事情太多,从明天开始,我就不来了,你把钱结给我吧。"庞阿姨把宝宝放在床上,把自己的胖手在水龙头下反复冲洗,又在肥硕的腰间把手擦干。

本来鲁克想说些挽留的话,但一想也是留不住的。他还是客客气气地说:"这段时间真是麻烦庞阿姨了,就是今天身边没这么多现金,我明天取来,送到你家好不好?"

庞阿姨说:"好,记得要送来,我还等钱用。"

鲁克点点头,朝坐在床上的宝宝拍了拍手。宝宝挥动着双手,嘴里发出咿咿的叫声。他看到桌子上的奶瓶没有清洗,奶粉罐周围有些撒出来的奶粉。

他准备出门,带了一个黑色的背包,塞了几件宝宝的衣服、半罐奶粉,还有几块尿不湿,然后抱起宝宝,往她的脸上亲了一下。问她,有没有想爸爸?

宝宝知道要出门,显得很高兴,不停地抓挠鲁克的脸部和头部。

他和宝宝坐上一辆开往郊区的公交车。一个多小时的车程,离开拥挤的市区,视野慢慢地开阔起来。他们下了车,走过一条长长的街道,那里种着梧桐树。树叶刚长出来不久,薄脆的绿色,阳光一下子就穿透了。一扇生锈的铁门,院子里堆满了报废的轮胎、铁丝和铁片,堆成一座座小山。几个小孩在轮胎上翻上翻下。有一个孩子跑过来,喊着鲁克,舅舅、舅舅。

鲁克发现了外甥,用手摸了摸他的头,又蹲下身体,让宝宝的手跟外甥的脏手握了一下。七岁的男孩很喜欢这个宝宝,他提出想抱一抱。

鲁克说:"她太重了,你抱不稳。"

男孩说:"不会,我经常抱妹妹。"

鲁克只好把宝宝放到他手里几秒钟。

"你妈在吗?"鲁克问男孩。

"在的,妹妹在睡觉。"男孩自告奋勇地在前面带路,"舅舅,小孩子生来就是来讨债的?"

"讨债?"鲁克没有明白。

"我妈最近生气时骂我和妹妹的时候总说,你们这两个讨债鬼。"男孩对妈妈生气时骂人的话一知半解。

鲁克摸了摸宝宝的头说:"你妈身体不好,生病的人有时心情很差,对吧?"

男孩想了想,点点头。

他们走上楼梯,墙面又湿又潮,明天可能要下雨。想到要下雨,鲁克就不自觉地皱了下眉头。

男孩听到有人在楼下叫他。他看了眼鲁克,鲁克说:"去啊,去跟小朋友玩去。"

男孩刚下了两个台阶,又被鲁克叫了回来。

鲁克从口袋里掏出十块钱递给他:"去买点吃的自己吃,舅舅抱着妹妹,所以买不了零食,没给你带来。"

男孩脚步格外轻快地飞奔下去。

房间的门正对着走廊,一个大通间,蓝色的布帘子做了隔断。外面一间放着单灶的煤气灶,折叠的圆桌,几把绿色和红色的塑料凳子。紧靠墙根,排着满满当当的空酒瓶子。地面发黑,成年累月的灰尘和油腻,粘着鲁克的鞋底。

鲁克撩开了布帘子。

两张单人床分别靠在一边,中间放着脸盆,堆了满满的一盆尿布。写字台顶着床头,上面有扇很小的窗户。太阳最后的余晖落在窗棂上,让那里看起来像陈年老旧的静物图,满面灰尘,无可救赎地苍老下去。

"身体好点了吗?"鲁克坐在一个矮凳子上,肩上依旧背着黑色的背包。

鲁勤半躺在床上,她盯了一眼鲁克手里的孩子,有气无力地回答:"好多了,这两天能出去走走了,还要打一阵子针灸。"

"那你带孩子没问题吗?"鲁克又看了眼姐姐五个月大的女孩,此刻正悄无声息地躺在一边。

"我躺着,她就躺着,饿了给她吃奶,尿湿了就换,反正就这样。"鲁勤替自己拉高了一点毯子,"都初夏了,可我还是觉得冷。"

"他还是要很晚回来吗?"鲁克问的是他姐夫。姐夫是个沉默寡言的人,喜欢喝酒,下了班,一个人坐在矮桌边就着花生米喝酒,眼睛盯着酒杯,这一喝就得喝到睡觉。喝多了也不会发酒疯,倒头就睡,外面发生再怎样惊天动地的事也与他无关。

"晚上九点以后。如果要出货的话,要十一二点。就算再晚,他那一顿酒总是免不了的。"鲁勤见到自己的丈夫总是在晚上,她都怀疑自己丈夫有没有看清过自己女儿的脸。

"现在什么工作都不好做,附近好多工厂都在裁员。"鲁克送外卖的队伍里,就有很多从服装厂、毛纺厂还有锦纶厂出来的中年大叔。以前以为在厂里缝衣服、修机器是门技术活,可是厂都没有了,上哪展示技术去?

宝宝睡着了,鲁克把她轻轻地放在另一张床上,脱下自己的外套,替她盖上。

"长得越来越漂亮,像你。"鲁勤说。

"你家的也很好看。"鲁克觉得自己说出这句话显得他们姐弟俩很生分。

鲁克小的时候,姐姐可是天天抱着他睡的。他们陆续到城里打工后,好像慢慢变得疏离起来。隔在他们中间的,除了各自的爱人和孩子,还有这个忙碌的城市。

"早知道生这个孩子要受这么大罪,打死也不生。"鲁勤因为坐骨神经痛的折磨,常常不能下地。

"你婆婆会来帮你带孩子吗?"鲁克问。

"她来了住哪?更何况,她不太愿意离开家。"鲁勤说,"本来想租个别的房子,多一个房间,但现在租房不便宜。"

鲁克想到自己租的房子,那个房东的确让人很头疼。

"小弟。"鲁勤小心翼翼地问,"她妈妈还没消息吗?"

鲁克摇摇头:"她不会回来的。"

"天底下说不要自己孩子的女人还真是少见。"鲁勤叹了口气,"你们年纪都太小,如果当初不要这个孩子,你现在的处境总要好点。"

鲁克看了看熟睡中的宝宝,手轻轻地拍打她几下。他看了看窗外,太阳已经隐没,只有灰色的光停留在狭小的空间里。他站了起来,把双肩包的背带往肩膀上方拉了一下。姐姐的目光一直追随着他。他出去的时候重新把布帘子拉好,这样就好像把她的目光切断,然后把她和一个仿佛不存在的小孩留在黑暗的空间里,一个小时,两个小时,三个小时,或者更久。

鲁克抱着宝宝飞快地下楼,几乎是小跑着赶到公交车站,赶上了最后一班公交车。路上,他给大彭打了电话,他希望现在就替他介绍他老乡的老婆,请她明天帮忙照看。

电话没有接。

宝宝醒了一会儿,伸出手拉扯着鲁克额前的头发。鲁克把脸贴到她的脸上,幼儿柔嫩的皮肤让他想哭。他抬起脸,不让眼泪弄湿宝宝的脸,拼命地盯着车窗外掠过的景物。黑暗已经来临,城市转换了另一副脸孔,昏暗与灯光不停地交织变幻。他想起十岁的冬天,姐姐拉着他的手走在山路上,黑夜的风就像刀子围逼着他们。他们要找许多天都不见的妈妈。他们顺着那条山路走到了天亮,可是却怎么也没有找到妈妈。鲁克不知道,妈妈是走出了大山,还是永远消失在了黑暗中。

鲁克给自己做面,给宝宝冲了一小碗米粉,再用勺子刮苹果泥喂给她。她一边吃一边吐,弄脏了围嘴。

大彭还是没有回电话给他。

他抱着宝宝决定去小区边上走走,想碰碰运气。小区门外有几块布告栏贴着各种租房信息和招工信息,还有出手二手电脑和自行车的信息。有些人站在前面能看好久,好像也不是为了找房子找工作,只是为了看一看上面写的字。

布告栏前只有一个老头,他背着手,边看边嘴里发出艰难的声音。

或许,明天应该去家政公司。可是正儿八经请一个保姆,他支付不起工资。

鲁克准备往回走。一个人手里提着东西跟他擦身而过。他觉得眼熟,应该同是送外卖的人,平常只是点头之交。

那个人又走了回来,重新走到鲁克面前。

"你说怎么会发生这样的事,真是太让人难过了。"跟鲁克一样年轻的小伙子,他盯了一眼鲁克手中的宝宝,接着把眼睛投向茫茫黑夜。

鲁克不明白他在说什么,但知道他在说一件很重要而且他必须要知道的事。他有点紧张,手习惯性地拍了拍宝宝的背。

"你说的是谁?"鲁克很紧地抱住宝宝。

"啊,你不知道吗?我上午还看到你们在一起讲话。"年轻人轻轻叫了一声。

"你说,大彭吗?"鲁克的心吊在嗓子眼里。

"是啊,下午他送外卖,转弯的时候撞上一辆工程车,小腿被碾成两截。"年轻人的嘴角哆嗦着,"我都不敢看,现在脑子里满是那个画面。"

"送在哪个医院?我真是一点也不知道。"鲁克决定马上带着宝宝去看望大彭。大彭还曾送过一罐进口奶粉给宝宝,说是商场减价。

"他死了,失血过多,抢救不过来。"年轻人低下头,手里拎的袋子似乎太沉重,一侧的肩膀往下垂。

"死了?"鲁克愣了一下。

宝宝睡着了,鲁克抱着她去医院。

太平间在地下一层,里面亮着白晃晃的灯,整个涂成绿色油漆的墙面就像在流动。鲁克觉得自己像是踩在水流之上,除了怀里的宝宝,这个还没有经历过夏天的宝宝,带给他唯一的真实感。管理间的老头准备睡觉了,他只移开一点点窗户,露出一双眼睛,盯着鲁克。

鲁克说:"我要找大彭。"

老头没听清楚,他把玻璃窗开得大一点:"叫什么?"

鲁克又说了一遍。

老头说:"这里没有。"

"就下午腿被撞成两截,失血过多死的那个人。"鲁克说。

老头翻了一下桌上的登记簿,又看了一眼鲁克怀里的宝宝,朝他挥挥手,示意他离开。

鲁克想起来,他并不知道大彭的真实姓名。

他很想哭,可是不知道为什么哭不出来。因为鲁克觉得他并没有看到大彭的尸体,所以这一切都是不真实的。

他坐在楼梯口,一只手抚摸着宝宝。宝宝身上裹着他的工作服,口袋里有什么发硬的东西。他伸手掏了出来,是大彭给的育婴店的宣传册。

纸上还留着他和宝宝的体温,那么这个是真实的吗?

他感觉到水泥地面传达给屁股的丝丝凉意。他站起来,对,他没有办法在一个地方坐很久。他屁股上挂的是滴滴转动的钟,从此刻开始,还有六个小时,他又得出门去工作,像个陀螺不能停歇,因为一停,它就会倒下。

明天要带着宝宝一起工作吗?

鲁克一路抱着宝宝往回走,走得踉踉跄跄,手感到太沉的时候就往路边一坐。他想起去年夏天刮台风,外卖送到一半,桥洞积水,道路管制,任何车辆都过不去。他和大彭两个人骑着电瓶车就近找了个避风处。是个水泵站,门已经被风刮跑。两个人脱下雨衣铺在地上,又各自从外卖保温箱里拿出了烤鸭、蒸茄子、狮子头,还有甜点、奶茶和巧克力千层蛋糕。丰盛的食物,让人确定那是一种幸福的感觉。

台风在房子四周发出咆哮。为了让对方的声音不被怒吼的风盖过,所以他们一边吃一边拼命地大声讲话。嘴里的蛋糕、奶茶,都会喷溅到对方的脸上。可是,他们毫不在意,继续大声地跟风一起喧哗。

他记不起来,那天,整个下午,他们都讲了一些什么话。

你要去哪里

她仰着头注视詹德的侧影，但詹德显然还没发现她在楼下。蓝色细条纹衬衣裹着他肥胖的身体在缠绕着爬山虎的欧式铁扶栏间影影绰绰，浓密的黑发上盘旋着几缕灰色的烟。他正跷着二郎腿悠闲地抽烟，佳玛想。

他站了起来，一手搭在栏杆上，一手夹着烟，神情像四散的烟飘忽不定。佳玛看到一轮红日从他的后脑勺方向竖着避雷针的高楼楼顶滑落，詹德的脸顿时变得黯淡，缺乏生机。佳玛闭了闭眼，掂了一下手里刚买的芹菜，走过狭窄阴暗的楼道。芹菜的叶子挠在她的小腿肚上，她闻到芹菜的类似某种药物煎制过程中溢出窗户的气味。

佳玛皱了皱眉头，有些东西可以慢慢暗示自己接受，譬如她吃不惯芹菜，但可以为詹德做。

她在厨房里做饭。攀爬着爬山虎的露天走廊连接厨房和卧室,走廊里养着一盆芦荟、一盆茂盛的吊兰。天晴的时候,卧室里的藤椅会做客到走廊,花盆里常会积着好几个詹德的烟头。

佳玛看着滞留在走廊铁扶栏上的一抹余晖,爬山虎的绿色逐渐变得黯淡。詹德陷在另一端的卧室的藤椅里,盯着电脑屏幕,双手敲击着键盘的声音显示出一点生机。他的脑袋遮挡着屏幕,只露出一角的蓝光在闪着。佳玛拧亮了厨房的灯,走廊和卧室顿时都陷入了黑暗。

她摆好了两菜一汤,站在门口望向黑暗中。

这一天是佳玛一个月中难得休息的一天。整整一天,詹德都坐立不安,从卧室走到厨房,在走廊上徘徊,看天上来来往往的云,时而趁佳玛不注意的时候盯着她的后背。从这一切,佳玛都知道詹德在下一个决定,那个不可知的决定就像一个深不可测的黑洞,自己一定会在什么时候一脚踩空掉下去。佳玛知道,自从詹德薄薄的嘴唇说话变得严谨和客气,懒散地躺在宽阔脸上的眉毛在不经意间拧紧,这在都向她暗示着什么。

"刚在玩什么游戏,这么入迷?"吃晚饭的时候佳玛问詹德。

"没有玩游戏,在聊天。"詹德瞧了她一眼,"跟卫星在聊一些事。"

佳玛跟卫星见过几面,也知道詹德的这个朋友并不喜欢她。几次见面都是卫星抱着一箱啤酒来家里,他三十多岁,长得皱皱巴巴,闪婚,又迅速离了。他喜欢在走廊上把腿架得老高,一边抽烟,一边盯着在厨房里忙碌的佳玛。他的眼底总是装着许多忧虑,他从来不去卧室里上卫生间,而是摇摇晃晃地下楼,找一个角落方便。有次佳玛下楼正好撞到,他慢慢悠悠地转过来,拉上拉链。佳玛由此断定,这个人不太尊重女性。佳玛厂里的日本老板,见到女工走来,都是侧着身让捂着嘴咏咏发笑的女工先走。她相信卫星一直在帮詹德出主意,如何追求女人,以及如何摆脱同居一年多的她。

"你们天天在一间办公室,好像总有聊不完的话题。"佳玛一想到詹德跟卫星,就像一头熊跟一只瘦猴在一块咬耳朵,可是她的眼前却浮现了抱着熊胳膊的女人。

詹德的大腮帮停止了缓慢的咀嚼,又紧紧抿了一下嘴唇,好像要收回分散的严谨表情,以期恢复课堂上自信的神情来展开谈话:"人结交朋友,很大程度上是交流思想……思想的交流才是重要的。"

他在嘲笑我没有思想。佳玛这样想。虽然她知道这样想不对,她是在怄气,怄气会有种快感,感官上的享受。现在,她想抓住詹德的只言片语大做文章。可是她知道,论夸大细节、混淆思想这一点,她肯定是说不过詹德的。她像一只鼓鼓的气球,被扎了一下,满怀委屈又无可奈何地慢慢瘪下去。

"那么,昨天整个晚上,你都在跟他交流思想?"詹德一晚上都没有回家,也没有打来电话。佳玛这只软塌塌的气球要趁着最后一口气折腾一下:"是在交流追求女人的思想?"

詹德撂下了筷子,显然是生气了。可他竟然什么也没说,在重新拿起筷子的一瞬间平息了自己的情绪。这在佳玛看来,他在酝酿一种更大的情绪。

"昨晚卫星新交的女朋友请客,在他家喝多了。"他看到佳玛盯着他的嘴唇,好似在期待他说,他喝得不省人事,忘记打电话了,这类带有愧疚和安慰性质的话。詹德的话在喉咙里翻滚了几下,又咽了下去。

"那个女人漂亮吗?"她不说"卫星的女人漂亮吗?",但佳玛知道詹德并不会注意到这一点。如果她不说,他将永远不知道她在无意中窥探到了他的秘密。在发现这个秘密之后的今天,他所说的话对佳玛来说都是一种谎言,所有的动作都成了虚伪的姿态。

"还不赖。"

佳玛笑起来,詹德的用词让她心领神会。她不再有和詹德谈下去的欲望。

晚上,佳玛在台灯下赶一批手工活。詹德挨了过来,他把头蹭到她的头上,接着又用自己的厚手掌抚摸佳码的头发。

"佳玛,没有人比你更勤劳了。"

她停止了飞针走线,聚精会神地听起来,甚至听得到詹德小心翼翼的呼吸声。

"我们厂里的女工个个都很勤劳……也和我一样,都希望嫁一个好男人。"佳玛侧过脸,定定地注视着詹德。

詹德显然被她镇定的眼睛看得有些心虚,慌忙地把嘴凑了过去,吻了一下佳玛的眼睛。他曾经说她看人定定的眼神就像一头牦牛,犯着傻劲。

"我有一件事想跟你商量。"他说,"其实再早些的时候就应该跟你说了。"

"什么事?"她口气有些焦躁,"快说吧。"佳玛好像做好了义无反顾的准备。

"就是关于你想进厂办公室的事,我倒是可以想想办法。"

她绷紧的线突然松弛下来,感到疲软。佳玛放下手中的活,无精打采地说:"都无所谓,只是一个月比待在车间多休息两天罢了。"

她好像又想到什么,警醒起来。这难道是他想踢开我,用来安抚我的办法?

"你有什么关系可以这样做?"

"是托卫星的关系,他说他可以帮你。"

她试探地说:"那如果成功的话,可要谢谢卫星……可是如果我做不好的话,说不定会被一脚踢出厂里,到时你可得养我了。"

"说什么傻话。"詹德明显勇气不足。

佳玛感到了詹德的退缩。她将整个身体使劲往詹德怀里挤,她觉察到容纳他的怀抱正在往后退去,她就像挤进了一个泡沫之中,那些在阳光下转动的色彩,瞬间都会消失。

詹德也感觉到了她的执拗,用粗壮的手臂紧紧搂住她,想竭力转移她的注意力。

他们在沉默中拥抱了很久,直到詹德再也抵挡不住困意,低下了沉重的脑袋。

詹德已经睡着了,脸枕在自己的臂弯里,像一个无知的婴儿。佳玛灵巧的手正在给毛衣钉珠子。毛衣柔软的触感让她想起曾经养过的两只羊。她把手摸到羊柔软温暖的肚子上,接着把脸贴到羊的腹部。祖父说,羊是她的学费。父亲给羊脖子套了圈,拉到镇上,羊叫着。她啼哭着,看着羊被拉去集市,看到父亲跟一群人赌博,看到羊被人拉走。拉走的羊扭头看着她,咩咩地叫着。她永远记得它的眼睛、它的眼神。她在酒馆门口等到半夜,管输得精光喝得烂醉的父亲伸手要钱。父亲一脚把她蹬到了泥沟里。她举着满是淤泥的双手像个木偶般躺在沟里,初春的月亮看着她。

詹德说得对。她有时就像一头犯了傻劲的牦牛,许多人告诉她,到了她这个年纪还去上什么学?何况她的基础那么差,能学到什么东西?可她偏偏对学校充满了热爱,想在成年有能力的时候去实现童年的梦想。这样有没有意义,佳玛没有考虑过。她只想着父亲把她的羊牵走时,她绝望无助的心情,如今她想用自己能赚钱的能力去抚平这种无以平复的心情或者情绪。

她眼睛发痛,可还是不想放下手里的针线。她有时不明白,自己这样毫不懈怠地工作最后会换得什么?她想起两年前见到瘦得像竹竿上披了件旧外褂一样的祖父母,还在长年累月侍弄着跟他们同样贫瘠的山地。他们除了种地,已经没有了生活。可是她还年轻啊,要一个男人,还有一个吵吵闹闹的孩子。

佳玛被自己的想法搞得很伤感,一不小心就扎破了手。她赶紧将手指伸进嘴巴。她倒不是怕流血。鲜血沾到毛衣上,她干零活赚的钱就都得赔给东家。她怀着气恼和绝望看了一眼詹德,他露着一张无辜的侧脸,沉沉地陷在自己的深度睡眠里。佳玛觉得从一开始就被这张看似善良敦厚的脸给心甘情愿地骗了,其实这张宽阔的脸后隐藏着冷酷尖利的东西。

手指在黑暗里隐隐作痛,佳码没有一点想睡的欲望。她听到了闹钟的滴答声,越来越紧迫地在她耳边响起,几乎是刺着她的耳膜进行的。她想着种种可能发生的灾难,先想到他要遗弃她,找了一个说话柔和、披着一肩长发的身材娇小的年轻女人。她想到了死,自己漂浮在河里,他站在河边护栏上看,就像在家里的走廊里,每每当他站着凝望,她想着他在看她,可是每一次,他看向的只是屋宇之上的苍穹。这让她泄气、无助。一想到他把她当成对爱和恨完全无动于衷的人,就让她想发疯,想抓起枕头捂住他的脑袋,可最终,佳玛在疲惫的思想行进中睡着了。

第二天,佳玛起得很晚,她只能在上班途中买两个包子当早饭。詹德还在床上,他比她晚一个小时上班,即使去上班了,没课的时候也是在办公室里上网或者跟卫星聊天。

"我快来不及了,没做早饭,你一会儿自己买点吃的。"佳玛一边穿鞋一边对刚睁开眼的詹德说。

"你快来不及了吗？打个的去好了，别挤公交了，现在上班高峰。"詹德好像想起了什么，眼睛一下子从蒙眬的状态苏醒过来，"那我等你回来，我有件事跟你说。"

佳玛看着床下紫色的高跟鞋，她有些瑟缩，这双新鞋挤脚的隐痛在提醒她，并不适合她。她几乎想哭了。"我今天可能要加班到很晚。"

"没关系，我会等你的。"

佳玛觉得詹德的话像一个轻飘飘的幽灵一样跟着她穿过厨房，走到狭窄的楼道，拼命地挤压她，又尾随她走到路上，像风一样从左耳窜到右耳，直到走到人群熙攘的公交车站台，这个幽灵好像才被更多的声音从她的耳边赶走。

公交车带走了佳玛。

佳玛暂时忘记了幽灵的事，车子里正在播报新闻。西部的哪个省的哪个市发生了两帮人的火拼，造成了十多人伤亡；山西的一个煤矿发生了瓦斯爆炸；去山区旅游的一辆大巴坠入了悬崖。一早上，车子里的人听着新闻吃着包子咬着油条，喝豆浆的人得时刻注意着前方的玻璃，要精准地判断司机的下一个刹车会在什么时候。乘客脸上安然自若的神情加重了佳玛的不安，她环顾了车内的气氛，不用掏出手机看时间，就知道已经迟到了。她并不害怕迟到，是打卡器上发出"咔"的一声让她心里哆嗦，门卫保安慵懒和嘲笑的目光让她觉得浑身长满了刺。迟到早退会扣除一个月的全勤奖。

佳玛工作的厂是个日资企业，要求缝纫工的针脚就像要求上班时间一样，不能差一分一秒。

上一次迟到是什么时候？佳玛心情灰败、十分不愉快地回想。她不愿意让这些回忆重新来到眼前，可是它们就像拨准的闹钟，到点就全然不顾主人慵懒的情绪，哇啦哇啦地叫开了。那时候才认识詹德两三周，他让她留宿在现在那套有点奇特的居室里。可她喜欢啊，爱啊，全然掩饰不住地兴奋。完全独立的属于詹德和她的小天地，一端通往卧室一端是厨房，她在这两端跑来跑去，感觉就像在云与云之间穿梭。第二天，她被自己设定的闹钟惊醒，这是她住在厂区宿舍里设定的时间，完全脱离了她住在詹德家的时空概念。她心里很急，可又有些害羞地慢慢地穿自己的衣服。詹德伸出粗壮的胳膊搂过她。她望着他宽大的脸庞，门卫上的打卡器、同宿舍姐妹的嘲笑逐渐在她的意识里淡去。她自己也在消融，在詹德的身边。她迟到了一个小时，门卫那曾向她献过殷勤的保安，一双遮在帽檐阴影下的眼睛像是要洞穿她在胸口揣得热乎乎的秘密；收发报纸、邮件的老头皱着鼻子，像要从她的身上嗅出一丝放荡女人一夜未归的邪恶气味来。她慌慌张张地打完卡，像一只逃出猎人眼睛的兔子，可心里还是不免得意。詹德早上答应过她，以后她上夜班，他会来接她。她一想到詹德高大的身影出现在这厂区门口时，不自禁地哼起不着调的歌。连进车间时，女工人盯着她的目光好像都被这种快乐给屏蔽了。

她在厂区两个种满蔷薇的花坛挤出的一条鹅卵石的小道上急匆匆地走着。

"佳玛,你迟到了。"驻厂的日本经理离着十多米的地方让开了道。他的中文很流利,但怎么听都像嘴里含着块生硬的石头。

"对不起,经理先生。"佳玛面无愧色地从经理身旁走过,但还是礼节性地向他微微低了下头。

她的车间里充满了严谨和友好的气氛,但无论哪个人迟到了,推开那扇沉重的玻璃门,所有的女工都会从布料堆里抬起粉红的脸,带着激动人心的神情,瞧着别人身上被几分钟时间折磨着的神经在脸上呈现的惶恐与不安。前面说的车间严谨和友好的气氛一般出现在经理进来的时候,他常点头哈腰巡视车间,女工们总会向他还礼、巧笑和低头,悄悄议论这个男人的年龄,三十五或者三十七,也可能超四十岁了。可是日本经理堆笑的脸、挺拔的个子和一丝不苟的头发总让女工们推翻自己的说法。她们在吃中饭的时候就会把头巾摘下,头发散在肩上,再摘下千篇一律的厂里边角料裁成的袖套,露出自己本色的衣服。她们热烈地期望平易近人、说话像嗑着石子一样的经理与她们坐在一起,还称他的声音"妙极了"。有时,年轻一点的女工们会为了谁在勾引经理而争论得面红耳赤,但只要他一来,车间里又恢复了严谨和友好的气氛,只听得到电动缝纫机发出流利的咀嚼声。

佳玛趁着上厕所的时候去了一趟更衣间,查看手机,没有任何电话和消息。詹德以前都会给她发一条信息,以便她在午饭休息时看到。短信的开头,总是以各种让佳玛起初会脸红心跳的昵称开始的,"宝贝""我的亲亲""我的小马儿"。这样的问候短信,是什么时候消失的,佳玛想不起来了。

佳玛的缝纫机位置前有扇不大的窗户,被修剪成球状的红叶石楠遮住了大部分的空间,隔着铁栅栏的行人和车辆便在枝叶中一闪而过,像一个微型的世界,一切来往有序,好像各人都有各人的步伐和梦想。她踩着缝纫机,像小心翼翼地踩着跳板。她想到,他睡觉的时候,她在干零活赚钱。他上班的时候,她在踩缝纫机。他从学校回家的时候,她还在踩缝纫机。他周末出去玩的时候,她还得踩缝纫机。一个月里,她只有两天可以休息。他有大把的时间出去跟别的女人搭讪约会,她连上个厕所都得看准时间。

她几乎气馁得想快些结束这样的关系。分手,不过是分手。离了他,我就不能活吗?

佳玛无数次地想到她和詹德的关系,以及今天晚上他将会向她提出分手的事。

詹德是成校的一名计算机课老师,一周只有两三天有课。佳玛当初怀着美好的意愿,将几个月的工资交到了学校。她想感受一下坐在教室板凳上的感觉,以区别多年坐在缝纫机板凳上的感觉。那种新鲜感和满足感还没有持续一个月,詹德就挨近了她的身体。

她不知道詹德喜欢她什么。詹德说喜欢她的不聪明,太聪明的女人不好玩。

佳玛想起她曾经同居过的两个男人。一个是在火车上认识的，做倒卖服装生意的，样貌都像他倒卖的服装一样没有特色。他坐在她的对面，跟她天南海北地聊，惹得她发笑，逗她勉勉强强一字一句咬着音说着带着浓重乡音的普通话。在他要下车的时候，他看到她手里紧紧捏着包，问她："你要去哪里呢？"她茫然地看了一眼窗外，又迅速抓起手里的包，跟着男人下了火车。他送她去上了缝纫班，半年多后，她能一个人完整地完成从裁剪到制作。他带着她去地铁站、地下通道、天桥下卖衣服，没有摊位，衣服搭在胳膊上，跟着向多看几眼衣服的行人搭讪，将衣服硬塞给他们。他觉得她不够聪明，好几次都被客人将衣服扔到了地上，好几次被城管追得把手里的衣服全弄丢了。他们同居了一年多，她克服了刚从内陆出来的浓重乡音的自卑感后，便和他分了手。

第二个男人是在一家小餐馆认识的，戴着油腻的厨师帽，说着一口川普，炒得一手好川菜。可她常常因为他身上的油腻味而心生嫌隙，她知道自己是不爱他的。她其实不知道什么才是爱，像和厂里的大多数女工聊天一样，只说喜欢一个人，却很少有人说爱一个人。爱对她们来说也许太重大了，或许爱就意味着要承担更多的责任。可是，几乎没有人不想拥有爱情，她们的爱情就像用锡纸，小心地紧紧地和自己可怜的自尊心包裹在一起。

她和厨师不到一个月就分开了。男的总是嫌她太聪明，有着城里人的娇贵和洁癖。而他不活络，在到处要钱的城市里他没有办法和她同甘共苦。

车间的工友来喊佳玛，通知她去厂办公室一趟。

佳玛好大一会儿失神，看了看停止的缝纫机，又环顾了周围忙碌的景象。她真的能离开这个环境？她摇了摇头走出了车间。她曾经挣扎过，对生活的要求也少得可怜，可是未来真能脱开这缝纫机？她在认识詹德以前的很长一段时间里停止了思考，工作疲乏得让她都无法顾及她所失去的东西和正在失去的东西。

可现在她知道，她正在失去他。像一个沙漏一样，缓慢地，由她的这一端流向另一端。她清楚得几近痛苦，却毫无办法去挽回这一切。在休息日的前一天，佳玛跟采办员坐公交车去采买一批女员工的鞋，她就是在市中心缓慢移动的车窗玻璃前看到詹德的，一个娇小的女人踩着尖细的高跟鞋，身体不稳当地挂在他的胳膊上。

那天，她买了一双平时不舍得买的皮鞋，新鞋夹得她脚痛。

如今，是不是连工作也要一并失去？她突然想到今天早上自己无故迟到的事。前阵子不一直听说，厂里效益不怎么好，订单偏少，那就意味着员工可以少一些。

佳玛惊得背上一身汗。办公室里负责女工出勤和心理健康咨询的一个矮墩墩的女人，坐在窗口的办公桌上，用粗短的手指捧着一杯绿茶，她的嘴唇很厚，涂了很鲜艳的口红。

佳玛看了一眼女人的嘴唇,又看了一眼杯子,接着把目光移到了窗外。天阴沉沉的,办公室的留着渗水痕迹的墙壁像是响应梅雨季节的潮湿,此刻正散发出一股霉味裹挟住了她。佳玛在心底沉重地呼吸,带着倾听噩耗般的心情,等待鲜红的嘴唇慢慢喝完茶。

"佳玛,你们出来打工都不容易,特别像你还去过日本劳务派遣,应该知道一些工厂的纪律……你可不是第一次迟到了。"红嘴唇把杯子郑重地放到玻璃台面上,加重了口吻,"你去写一份检讨来,到时挂在食堂前面的黑板报上。"

佳玛大舒一口气,她几乎欢天喜地感恩戴德地向红嘴唇鞠了一躬:"我会写好检讨,下次再也不迟到了。"

佳玛出办公室门的时候撞到了经理。

她在这个工厂工作的几年,经理总是对她投来关注的目光,就像詹德在黑压压的课堂上像发现了一颗星星一样,激动得让自己的眼睛闪闪发亮。

佳玛从来不掩饰自己的美丽,可是几个同车间的大姐告诉她,千万不要相信男人看中的美丽,那只是因为年轻,它像花一样,折了就萎了。

佳玛偶尔怀念起自己在潺潺的溪水边放牛牧羊的童年。那是在山脉和河流切断的内陆度过的。祖父母还在那里,他们的眼睛越来越接近尘土的颜色。父母打年轻时迁居小镇,堵了一个桥洞当家,在里面生了五个子女,像撒鱼苗一样将他们撒了出去,之后任他们游于大海,陷入沼泽,或者固守日渐干涸的一潭死水,全看孩子们的造化。佳玛是最小的孩子,祖父母领着她长大,她没读过几年书,一到了十六岁,她就离开了他们。从内陆漂流到沿海城市,她渐渐克服了因自己的口音而产生的自卑心理。

可在一口流利普通话的詹德面前,她还是有强烈的自卑。他像太阳,而她是露珠,一眨眼,就会被蒸发得无形。可詹德大多数时候是宽厚的,总是以一种怜悯的眼神听她讲女工们十多人住在宿舍的状况。那种环境,她现在想起来也会觉得不舒服,所有的床铺上系着绳子,晾满了内衣内裤,一年四季潮湿着。有不喜欢晚上去上厕所的,就摆了痰盂,宿舍里永远都充斥着尿骚味和用电磁炉煮泡面的味道。

佳玛站在整齐的厂区里,她往外墙剥落得像一个皮肤得了白癜风患者的宿舍楼望去,觉得心在打战。

电铃的声音划破了宁静的厂区,女工们像两股潮水,一股涌向了宿舍楼,一股涌向了门口。天下起了雨,并不妨碍她们因为不加班而兴高采烈的样子,五颜六色的伞簇拥着像一条迅速涌动的河流。她们将奔向温暖的家里,孩子们会为母亲的提早归来而高兴,张开手臂要求抱抱。她们会撸起袖子,炒几个小菜,和爱人喝几杯黄酒,直到她们的脸变成红彤彤的,爱人的眼变得炽烈而深情。她们,在家里扮演着多么重要的一个角色!

佳玛看着彩色的河流奔向了各自的家,她站在空空荡荡的厂区。一把黑伞移动过来,是经理。

"佳玛有心事,来我办公室坐坐?"经理从伞底歪着脑袋,以探询的目光看着满腹心事的佳玛。

佳玛接过经理泡的绿茶,盯着墙壁上的一幅画。画上樱花盛开,一个穿和服的女子的背影站在成片的烂漫之下。

她感到,他在旁边观察她。

"佳玛,觉得这画美吗?"经理看着佳玛沉浸到画里的脸。

"美……其实我从来没有看过樱花。"佳玛知道在这个城市里有一个非常漂亮的樱花园,春风一拂,花飞如雪。这是詹德跟她描述过的,可是他从来没有带她去看过。当然,佳玛也从没要求过。她的眼里,堆满了小山一样高的手工活。

"有机会,我可以带你去看,樱花盛开的样子。"经理说。

佳玛吃惊地从画上转到说话男人的脸上,怀疑这是自己看画的错觉。

她尴尬地笑笑,把手中的杯子放到茶几上,手竟然有些颤抖。

经理也跟着佳玛笑了。她不知道他为什么笑。

"你跟车间里的女工都相处得好吗?"

"很好。"佳玛说,"她们平常可爱议论你。"

"议论我什么?"

"有没有结婚的问题。"

"你说呢?"经理又微微笑着问佳玛。

"这个,我怎么可能知道?"佳玛朝窗外看了一下,雨下得很大。

"其实,我很眷恋我的家乡,背井离乡出来总是不容易……你看,在你们中国汉字里,家的笔画,上面是个屋顶,下面是一家人,无论走多远,总是牵着一根中轴柱。"

经理用手指蘸着茶水在玻璃茶几上缓慢地写了一个"家"字,他炯炯有神的眼睛里带着一缕思乡的哀愁。

佳玛咬着嘴唇看了一眼字,又把目光移到别处。窗外的雨正拍打着几棵颤抖着的瘦竹,发出噼噼啪啪的声音。

她有点怕他,不是身体危险的惧怕,而是他本身所具有的亲和力唤起了她身上某部分的响应。这些东西埋藏在长年累月的机器前,过手的无数布料里,一次次无疾而终的恋爱中,她似乎一直把这种东西隐藏在内心深处。如今,她感到一种温暖,是思乡的温暖,家乡那条溪流发出的声音在召唤,或者祖父坐在门槛前用烟管吐出的浓烈的烟味,此刻都萦绕在她眼前,让她鼻子发酸。

她控制着自己,不让眼泪在经理面前流出来。他不只是经理,还是一个男人。佳玛不太明白,心底像云团般的愁绪是被一个异国人牵引出来的。现在,他使她感到安全,虽然他那曾经多出的几分对她的友好让她深感不安。其实,很多时候,她都习惯于不友好的人。但她并没有觉得她要跟经理做朋友,就像跟卫星一样,表示有什么事,可以直接找他。可她知道和他永远做不了朋友,更不可能跟他去日本看樱花。

"日本离我太远了。"佳玛知道自己的眼睛里一定含着泪,像窗外被打湿的竹子,晶亮晶亮的。

"我明白,明白……"经理注意到她情绪上的变化,轻轻地拍了一下她的后背,"现在雨太大了,等雨停了,你再走。"

佳玛心神不定,却义无反顾地冲到雨幕中。

她一路奔跑着出了厂区。四周的雨声打在绿化带里发出很大的响声,皮鞋在路面薄薄的一层积水里发出啪啪的声音,鞋里蓄满了水,湿透的衣服紧紧包裹着身体,眼睛里也积了水,她被水包围着。她拿起公用电话亭的电话筒,想告诉詹德,她是爱他的,从他走进课堂的那刻起。

她掏遍了身上所有的口袋,都没有硬币。话筒里是嘟嘟的忙音。佳玛又重走回雨里。她想起十六岁那年,瘦弱的背背着简单的行囊走出老家低矮的门框时,祖父在她的身后问她:"佳玛,你要去哪里呢?"

她拧着脖子回答祖父:"我不知道。"

去往海的另一边

时间已过正午,天气酷热。路面汇聚着直射的光线及海面反射的光线,蒸腾的暑气,将人眼前的砂石路面扭曲变形。

女孩一手提着一个蓝底小雏菊图案的布包,一手拉起孔雀花纹的波希米亚长裙的裙摆,露出左膝盖。

"我说过,不要做那么危险的事。"男孩比女孩高出一个头,背着蓝色的双肩包,用手揽过女孩的肩头。

"不危险,只是擦破了点皮。"女孩看了眼自己的伤口,然后把裙摆放了下去。伤口只是擦破了点皮,隐隐地渗出血丝。

两个人走在桥下的阴影里,一堆腐烂的西瓜皮正在发酵,发出腐烂的气味,苍蝇在上面围着。行驶过桥的卡车发出震耳欲聋的呼啸声,有那么几个瞬间,他们彼此都以为噪声阻断了对方的声音,互看了一眼,才发现彼此都沉默着。

下午的阳光照在路边屋子的一排彩钢瓦上,一阵阵的热浪,像点燃的透明烟雾,让人觉得路面起伏不定。刚才,女孩跨到高于路面的海塘堤坝上,感觉走得自信沉稳。突然间,身体像被剪了羽翼的鸟,直直地跌落,跪在石子路上。男孩还来不及去扶,她却以极快的速度站起来,仿佛刚刚只是因热气蒸腾而产生的幻觉。

男孩要察看她的伤口,她满不在乎地挥挥手。

"我们喝点冰的,我的肚子好像要着火了。"女孩只感到热,不感到痛。有很长一段时间了,她感受不到身体的疼痛。无论是被勒得发红的掌心和手指,还是刚刚擦破的膝盖。

路边的小酒馆,外面拉着藏青色的帆布棚子,下面支了几张矮桌矮凳。女孩把包放在桌子上,摘下帽子,刘海粘在额头上,像一片海苔。她把藤编的草帽盖到包上,一根细藤编织成的蝴蝶缀在帽檐的边缘,蝴蝶的正中央缝着一颗水滴状的粉色水晶,此刻正反射着太阳的光。这是妈妈喜欢在她的衣帽上留下的无聊痕迹。她撇了撇嘴,似乎为这个时候想到妈妈而心生闷气。

"啤酒吗?喝了上车会好睡点。"男孩把双肩包卸下,拉了一张方头矮凳。凳子的腿不齐整,坐着有些不平稳。他拉动凳子,希望是不平整的地面造成的摇晃。

"我不想喝酒,冰橙汁就可以。"女孩看了眼屋里,感觉门帘里有双眼睛注视着他们,却没有打算出来接受热浪的烘烤。一定有个电风扇吹着那个人的后背,凉凉的。女孩想着摸了一下擦破的膝盖,那里也有丝凉意。

"再要点东西吃,会饿。"男孩说。

"不会饿。"女孩说。

"就要凉拌黄瓜、卤鸡翅,切一份红肠。"男孩说。

女孩抬头看了眼男孩,没再坚持,点了下头说:"卤鸡翅就够了,我真吃不下。"

男孩扭过头朝着帘子喊:"来一瓶啤酒,一杯橙汁。"

女孩把帽子上的粉色水晶迅速揪下,握在手心,以极快的速度向外扔去。水晶就是一个光点,在空中一闪,就消失在砂石路边几棵无精打采的狗尾巴草中间。

帘子被一只手掀开,一个女人走出来,穿着白色的高跟凉鞋,声音清脆地走到桌边。女孩瞟见她丰满的身材裹在一件黑色丝质连衣裙里,长度刚刚到大腿。

"没有橙汁,只有冰镇西瓜。"女人把一瓶冒着冷气的啤酒放到桌上。她的声音和动作干脆利落,从她走出来到放下啤酒,这一系列动作像在完成一项优雅的运动。

"西瓜要吗?"男孩问女孩。

女孩摇了摇头。

"那再来盘黄瓜、卤鸡翅。"男孩说。

"你在看人家屁股。"女孩并没有看男孩,她低着头,脚底下有一条水泥裂缝,从脚底延伸到桌腿下。

"有什么好看的。"男孩收回了目光。

"可你就是盯着人家看了。"女孩不依不饶。

"你不知道。"男孩将脑袋凑近女孩的耳朵,"这里的服务员除了端茶上菜,还要陪人家喝酒,还要……"男孩朝女孩使了个眼色,又朝门帘内瞅瞅。

女孩将信将疑地看了眼男孩。

"真的,不骗你,到了傍晚,附近工地上的工人下工,这些小饭馆里的女人全跷起二郎腿坐在外面,涂脂抹粉,招揽生意。"男孩言之凿凿。

"你来过?"女孩淡淡的眉毛拧在一起。

"我哪来过,听朋友说的。"男孩赶紧申辩。

"那你的朋友肯定来过,你的朋友都不是好人。"女孩拧着眉毛,嘴巴微微翘起。

女孩还在学校的时候,她就和男孩出去约会。热闹的夜市上,男孩遇到他的朋友在吃夜宵,一个朋友拍着男孩的肩膀说,忘了带钱,先借些钱。男孩转身望望女孩。女孩从包里掏出钱,替他们付了吃烧烤喝啤酒的钱。

这些钱,男孩从来没提起他的朋友会还。

"我跟他们一样都不是好人。"男孩一脚蹬在桌脚上,桌子发出难听的叫声。

女孩把头转向海的方向。海面像个巨大的盛满光线的容器,泼洒着,晃动着。她闭上眼睛,想象着海对面的城市。上初中时,她就收听过海那边的电台,一个名叫阿染的女人在深夜播一档《半夜心香》的栏目。她躲在被窝里听别人的心事,替别人流泪,听一些伤感的英文歌曲。她也给阿染写过信,却从未寄出去。

女孩收回目光,偷偷瞧了一眼男孩。男孩紧盯着地面,一动不动。他感觉到女孩在看他,便抬起目光。女孩来不及躲避,朝他勉强挤出个笑容。男孩也朝她笑笑。

这样,两人算是冰释前嫌了。

女人托着盘子出来,盛着一瓶啤酒、一个玻璃杯、一碟花生。她看了一眼男孩和女孩,又进去拎了一个电风扇,打开。热风呼呼地吹,女孩的头发被吹得凌乱无措。

"太吵了,你把电风扇关了吧。"女孩说。

"吹一吹,你的头发都粘在一块儿了。"男孩说。

"我觉得吵死人了,你就不能关一下吗?"女孩站了起来,走出遮阳棚,阳光立刻让她变得耀眼起来。

"还是进来喝杯啤酒吧。"男孩冲着站在外面的女孩喊着,电风扇继续咯吱咯吱转着。

"这么冰!"女孩着实受不了外面的太阳,一屁股又坐下去,猛喝了一口酒。

"冰的喝着舒服。"男孩给自己又倒了一杯。

"我觉得寒气直往肚子里钻。"女孩摸了下肚子。

"可你头上还冒着汗……你是心里不舒服吧。"男孩心里也不舒服。自从一个多小时前,她给她爸打了电话,她就一直不舒服,浑身是刺。

"没有。"女孩咕咚咕咚喝光了杯子里的酒,"那么你就舒服吗?"

"我们可以不提吗?"男孩只好举手投降。

"可以。"女孩说。

"那么,你跟你爸怎么说的?"男孩一直不敢问。

"还能怎么说,就说,我跟你私奔了。"女孩没好气,好像这个决定是他逼她做的。

可究竟这个决定是谁做的?她搞不清楚,好像这一切自然而然就发生了。对,自然而然。

"那我们不谈这个,还是喝点酒。"男孩说。

"可我真不想喝,喝了头晕脑涨,说不定,一会儿上车还会吐。"女孩说。

"那我们进去看看,说不定冰柜里还有别的喝的,有酸奶就更好了。"

男孩站了起来,女孩也跟着站了起来。

女孩突然想到,好像这样便是自然而然。

他们一前一后掀开门帘。

除了穿黑色连衣裙的女人,屋里还有另外一个女人。两人在门口坐着,一个电风扇在背后吹着。相对于穿黑色裙子的女人,另一个丰满得多,或者说是肥胖。她坐在那里,垂着双下巴,打量着女孩孔雀图案的波希米亚裙。

想到闷热的屋里有这样两个女人,一直盯着他们说话,女孩突然觉得不自在。她的脚背一凉,瓜子皮吐在脚上面。她一把抓住男孩的手,嫌恶地皱皱眉头,绕开两个女人去保鲜柜那里看饮料。两条明显的水迹从底部渗出来,像蜿蜒的细蛇。女孩看了眼还停留在脚上的瓜子皮,用另一只脚轻轻蹭掉。

有酒、雪碧、可乐，没有酸奶，半个西瓜覆着保鲜膜。女孩盯着西瓜上黑色的籽，她觉得它们很扎眼，像在眼前飞舞的苍蝇。

屋子里放了三张圆桌，有一个窄小的窗户，室外的强光勉强挤了些进来。真难想象，这间屋子现在正笼罩在晴天白日下，阳光在闪耀。

"你们还要点些什么？"女人问。

"点的卤鸡翅没上呢。"男孩说，"还有其他喝的吗？"

"哦，我忘了跟你们说，卤鸡翅没有，我们店到了晚上才供应鸡肉，老板这会儿还在市场挑鸡呢。"女人说，"喝的还有椰汁，西瓜我可以给你们榨汁，十块钱一杯。"

"要不喝一杯西瓜汁吧？"男孩问女孩。

女人给她榨了杯西瓜汁。她在外面都能听得到屋里机器发出的轰鸣声。

西瓜汁装在大口径的玻璃杯里，吸管歪斜着，白色的沫子沿着杯壁绕了圈。女孩想那些黑色的西瓜籽此刻都成了细沫混合在汁水里，她知道此刻自己尽胡思乱想来着。她捏着吸管动了一下，碰到杯底的冰块。

男孩看女孩怏怏不乐的样子，心里有些难受。他不知道自己现在还爱不爱她，或者一开始是佯装着爱，到后来，特别是受到女孩的妈妈反对后，他对她反倒爱得更强烈了，时刻希望和她在一起。女孩为了他，才上到高二，便没了心思上学。她被要求待在家里,妈妈不让她出门见他。她撕了两床被单,一头绑在床脚上,一头从三楼丢下来。他看得心惊胆战,怕女孩摔下来。女孩的妈妈后来发现了,追到了他们,给了两人各一记耳光。男孩捂住脸,火辣辣地疼。

一辆摩托车突突地开来,驾驶员戴着头盔,露出晒得很黑的鼻梁和一双眼睛。女孩盯着车子由远及近,看到车子朝他们驶来,没有一点减速的迹象。她有点害怕地抓住自己的裙子。

摩托车驶了上来,停在他们身边,一大股机油味。车子后座分别挂着两个大铁筐子,装了几只鸡。鸡从颠簸中清醒过来,纷纷挤着惊惶的脑袋东瞅西瞅,不时发出咕咕的声音。

像一场戏开演了。屋子里的两个女人,手脚麻利地抬了一个白色的铅皮盆子出来,"咣"一声,扔在地上。一直静悄悄地在旁边的煤炉,被火钳子捅了几下,呼呼地冒出火焰来,一壶满满的水放了上去。两把刀,几个碗,屋内屋外来回的脚步声。摩托车驾驶员从骚乱的铁筐里揪出一只鸡,三下五除二,除掉它脖子上的毛。穿黑裙子的女人搬来长条凳,凳子下搁了只白瓷碗。男人一手拿刀,一手将鸡按在凳子上,抬起左脚压住翅膀,抻长鸡脖子,手起刀落。鸡血起先是滴滴答答,后来汇成一股注到碗里,泛起一圈白沫子。鸡渐渐无力地挣扎了一下,几滴血滴到了水泥地面上,像画了几朵红梅。男人又给鸡脖子补了一刀,血流得更畅了,鸡停止了挣扎。

男孩和女孩目不转睛地看着男人杀完一只鸡,将明晃晃的菜刀在鸡毛上正反擦拭一下,将鸡丢在地上。鸡翅膀偶尔抽动一下。两个女服务员将鸡扔进盆中,用煤炉上搁着的热水直接浇下去,一股子鸡毛的腥味飘散开来。

"闻着想吐。"女孩站起来,走出棚子,努力眺望大海。

男孩没动,盯着女孩的背影。女孩蹲下,落在地上的裙摆被风吹起,她的手在草丛里扒拉。

"快进来吧,太热。"男孩喊。

女孩满头大汗地进来:"我喝不下,咱们走吧!"

男孩看了下手机说:"还早,车子还要过一个小时才到。"

"可我想走了。"女孩把目光瞟向了手起刀落的男人。

"来喝杯啤酒,一会儿车上好睡一些。"男孩把女孩杯里的西瓜汁泼在水泥地上,给她倒上啤酒。

女孩盯着那摊西瓜汁,想吐。她接过男孩递来的杯子,喝了口啤酒,皱起眉头:"怪味。"

"没有啊。"男孩拿过去喝了一口。

"所有的事情都会过去。"男孩压低了声音,他试图安慰女孩,转移注意力,"你知道吗? 几年前,在造这座跨海大桥的时候,涨大潮,好多工人被卷走了,怎么都找不到。"

"怎么也找不到?"

"找不到。"

"为什么会找不到?"

"海太大了。"

去往海的另一边

"那他们去了哪里？"

"谁知道呢，反正就是不见了。"

"不可能找不到啊，被鱼吃了？"

"或许吧。"

男孩对女孩这种无休止的追问和想象有点不耐烦，但他还是尽量耐着性子。

"叫服务员再拿个杯子来好吧，我们再叫一瓶。"男孩说，"喝了酒，一会儿在车上就可以睡着，醒来，就在海的对岸了。"

"杯子有点脏。"

"那是因为剩下的西瓜汁和啤酒搅和在一起了。服务员，再拿个杯子来。"

"我不想喝酒。"

"就喝一杯。"

"我为什么要睡着？我想清醒着。"女孩咬了一下自己薄薄的下嘴唇，"我想醒着，一直醒着，不想睡着。"

"那也要休息。"

"那我也要睁着眼睛休息。我不要睡觉，不要闭着眼睛。不要，不要。"

"好，好，但你别激动。"男孩摆着手。

"我没有激动，"女孩说，"我很镇静。"她转过头去看蹲在地上的女服务员正在给鸡褪毛，另一个用一把黑色的剪刀剪开鸡肚子。她扭开了头。

一个小时后，男孩和女孩拦下了即将开上跨海大桥的大巴。他们坐在最靠后的位置。女孩头晕,一直想哭。

女孩好像睡着了,还有点抽噎。

男孩睡不着,他闭着眼睛,把下巴贴近女孩的头部,紧紧抱住她的身体。他发现女孩的一只手放在裙兜里,紧紧地攥着什么东西。

三天后,饭馆的一个服务员在桌子上发现一张客人留下的报纸。她仔细看了看。

看过报纸的人对没看报纸的人说:"你记得前两天那两个年轻人吗?"

"那个穿波希米亚大摆裙的女孩?"

"对,她杀了她妈妈。"

"天哪!真的?"

"女方的妈妈反对,他们打算私奔,被发现了。"

"那就杀人啊?"

"男的捅了她妈妈一刀,把刀给了那个女孩。两人分别捅了几刀,后来把她妈妈藏进了冰箱。"

"……"

"她还给她爸爸打电话,告诉她爸爸,她杀了妈妈。她爸爸不信,坐飞机赶回去,拉开冰箱门,一看……"

一下午,两个服务员坐在门帘背后,盯着帆布下男孩和女孩坐过的凳子和桌子。

搬　家

1

镶着金丝绲边、绣着八仙图案的蓝灰寿衣是她搬家过程中最先整理的行李。

她打开荷叶铜锁的香樟木箱子，习惯性地鼓起鼻翼，木料独特的气息已经嗅不出来。她不知道是时间淡化了气味，还是自身的嗅觉被时间逐步消解了。干枯的双手取出折叠整齐的寿衣，落下箱盖，将衣服小心翼翼地放在上面，态度恭谨。她将袖子一个一个展开，衣服深深的折痕如同几条沟渠，深埋着过往的时间，双手将衣服同时朝两个方向抻直，以期减轻褶皱。布料就像自己双手那皱成一团的皮肤，当手的力量施压在上面，它可以绷紧。转瞬即逝的时光魔术，衣服又恢复原样。她知道这些动作的徒劳性，只是习惯性地重复。

重复的不止是寿衣。一上午，两个浅口描青花的碗、三个缀着红梅的白瓷盘子、腌青梅用的广口玻璃瓶、装酒酿的钵头，她都用报纸编成的绳子一层层捆扎起来。现在，这些东西堆在角落，活像扎满绷带的伤病员，无声无息，从条条缝缝里露出一点它们的本来面目。她冷不防与它们对视一眼，幽怨的目光让她的身体忍不住哆嗦了一下。她害怕它们会埋怨她，赶紧将脸别过去。

熏黑了身体的大铁壶受过多次重击，到处坑坑洼洼，像一张得过麻疹的脸。她不舍得扔，她能感觉铁壶手把上一直留有丈夫的体温。男人在世的时候，她洗脚，嫌木盆里的水烫，男人就拿起这把长嘴的铁壶，一股冷水注到她发红的脚背。对，还有掉了漆的木脚盆，她去找它。转一个身，她便忘了。床铺下铜的暖脚炉，这个到了冬天可是宝贝，可得带着。没有木炭。她一愣，好像被自己突然间冒出来的意识吓了一跳。其实这东西已经不用很多年，可现在她总是弄不清楚，记忆和现实就像她用报纸编织的带子，拧绞在一块儿，不分彼此。

"我会带着你走的，我走哪，你走哪。"她用一贯自说自话的语气保证，拍了拍生着绿锈的暖脚炉表面。许多灰尘趁势从洞眼里跑出来，浮荡在空气中。这会儿，她把目光又落到折叠整齐的寿衣上。

六十岁一过，她就找镇上的裁缝做这套寿衣。她委婉而不失真诚地向裁缝表明自己的心意，因为她晓得六十五岁的老裁缝还没为自己做寿衣。

裁缝掉了几颗牙,说话漏着风:"这么早就给自己备着了?"

"不都说,给自己提前做寿衣,是添寿。"她说的不是实话。

裁缝说:"人死,双脚一蹬,自有儿女来操办,自己要活着操这份心,累。"

她说:"怕儿女麻烦。"

这是实话,生前麻烦儿女,死后也要麻烦他们,她觉得过意不去。当然,她提前做寿衣还有一个原因。邻村一起长大的好姐妹,和一家人吃中饭时,没扒拉几口饭,就捂住胸口倒下没再起来。儿女们慌里慌张的,不知道应该做什么。她去参加葬礼,眼尖地认出好姐妹的嫁衣裹在那个冰冷的身体上。她拉着侄儿的手,半是难受半是愤怒地说:"那可是你姆妈的嫁衣呀!"侄儿一脸惊愕,显然是刚被告知的样子。不过,他被敲敲打打的声音搞得六神无主又烦躁不安,但他还是尽量耐着性子,拍着她的肩膀安慰着:"没关系的,阿姨,反正一样都是要烧掉的。"她跪在灵前哭得颤颤发抖,好姐妹的嫁衣穿了两次,一次是结婚,一次是离世。她不能怪小一辈们行为轻率。他们不信佛,不记得灶王爷腊月廿三上天的日子,也不晓得要接他下来。搬进小区住新房,供灶君的地方也没有。自己平日里供的观音菩萨像,也被女儿美珍拿到庙里去了,害得她念经的时候总是要走到窗口。她想,不晓得观世音菩萨听不听得到?

2

防盗门呼呼呼地响起来。

"我还没聋到打雷都听不到。"她像受到惊吓,想到是女儿美珍来了,才稳了下神慢悠悠地走到门口。

她不喜欢女儿来察看搬家前收拾东西。女儿总是东张西望,对什么都一副不满意的样子,提出扔了哪样东西,哪件东西不要,或者干脆送人。女儿叫她这样精简搬家物品,只是为了把她塞上一辆三轮车。几年间,她的物品精简得厉害,如同她的体重。

"我那八仙桌不是送给你了?笋铲、镰刀,还有一副油光锃亮的竹箩筐,不都让你给我送走了?还有,观世音菩萨,你也给我送到庙里去了,我现在要想拜拜,念经都不晓得对着哪里念。"她对每次搬家美珍替她处理掉的东西都逐一念叨。

"你这种破烂东西,当真以为有人要啊?"美珍皱起眉头,"我管管你,是为你好。你也不想想,你去住个人,人家都得捏紧鼻孔。何况,你还带着这么多垃圾。"女儿皱紧了眉头,"腌青梅的瓶,你有多少年没腌了?你是有院子还是有青梅树?"

"什么东西都要掼掉、送掉,我这把老骨头也掼掼掉好了。"她只对女儿还留着点小小的嘴上脾气。

每年一到六月初,叶子和果实绿得像要出事的青梅林的确砍光了,青梅酒的滋味却还时不时会在她舌尖下翻滚。

"你要有自己的房子,成堆的东西不用东搬来西搬去,我也不来管你。"女儿一急,就拿出分房子的事来质问她,"就知道现在嘴硬,那么硬气的话,分房子的时候怎么不吭声,腰不挺直点?当时一句都不敢说,到了今天,自己难受也让别人难受。"

她一声不吭,一手先扶着竹椅的靠背,将身体转向它,慢慢坐下去,双手抚着膝盖,心想:走的时候,这把椅子可千万不能忘了。她知道女儿说得在理,便不再争辩。她的大女儿,脾气就跟死去的男人一样刚硬。可是再刚硬她也是做了奶奶的人,平日买菜、烧饭、带孩子,还时常要看媳妇的脸色办事。再过几个月,孙媳妇都要过门了。

她想着女儿的事,想不了多远,脑袋便慢慢低垂下去,鼻子似乎能嗅到水的气息。水面开阔,两岸绿树丛里隐约点缀着木质结构的屋舍,一缕青烟转着弯来到河面,低头看水里的影子,又静静地消散。她使劲嗅着木柴和稻草散发的气息。鸭子扑腾着翅膀,划过一长道水线,被卷起的白色金樱子花瓣,一浪一浪,涌向堤岸,涌向她。阳光在水里形成光束,水草在招手。她瞧见水中的自己,因折射变形的衣服和裤腿夸张地扭曲着,好像即刻要脱离自己的身体。银色闪光的鱼群从她的手边穿过,微痒的感觉。她努力眯缝起眼,追寻鱼的踪迹。可是,水面上的阳光晃动得厉害,她不得不闭起眼睛。

"姆妈,烧香篮子的竹篾都长毛沤掉了。"美珍在察看她收拾过的东西,眉头里拧着许多不耐烦,"你又睡着了?"

她惊醒过来,努力抬起头朝女儿说话的方向看了一眼。

她的两只手开始在膝盖上揉搓,像一种轻柔的安慰。嘴唇哆哆嗦嗦,像是跟菩萨许愿,希望膝盖足以坚固,撑得住骨瘦如柴的身体。

"抓紧点,再看看,有啥东西要理,叫的三轮车一会儿就来。"美珍说,"姆妈,你晓得那个三轮车师傅没啥耐心,等的辰光长点,肯定要多收钱。"

她站了起来,一方面显示自己有这样能力安排,另一方面实在不想看美珍有点不耐烦,却又不得不来照看的为难劲。她是谁也不想拖累。"你尽管去忙好了,我搬过去的是一楼,自己会弄好。"

"话说得轻巧,我不来管你,谁来管你?老大还是老三,还是那个赌鬼?"美珍每次来帮她搬家,心里总有一大股子气没地撒,只好冲着老婆子吼两句。"你不晓得那个赌鬼,前两天摸黑到我家,要借一千块钱还赌债。"

"你借给他啦?"她抬起脸问女儿。

"脸色发黄,衣服领子全是黑的,十个手指都伸不出手,你看,都大几十岁的人了,有没有脑子?"美珍对自己的弟弟也是一肚子怨气与委屈,"借钱的时候也不挑个时间,儿子和儿媳都在,老常也在,我站在门口,屋内是三张冷脸,门口又是一张赌鬼急死的脸,我咋个办?"

"借啦?"她一边是为女儿的为难而不忍,一边又同情儿子。

"给了他五百块,老常睡觉弓着背,一夜不响。"美珍长长地叹了口气,"又不是一次两次了,赌鬼的钱有借无还。"

她的嘴唇嚅动了几下,舌头舔了一下活动的假牙。"下个月你替我取养老金的时候,留五百给你。"

"我要你钱啊?我拿了你的钱,你那三个儿子还不跟我闹啊?你就只当啥事都不晓得,管好自己的一堆破烂就是天下太平。"美珍的声音有点大,明显还带着刚才说借钱时的火气。

挨了女儿吼,像是挨了一顿打,她缩在角落里一言不发。

美珍把零散的东西扎进被单,呼呼地撞着门出去。楼道里的脚步声沉重异常。她慢慢走到门口,手扶着门框,朝楼梯口张望,腿打了个哆嗦。

3

好像现在,老竹椅才最贴合她的心意。她忘了它的年纪,只记得抱孩子的时候,坐上竹椅,前脚掌撑着地面,使它的两个前腿离地,她与它共同完成了一个摇篮前后晃动的动作。以前,它还会吱呀吱呀地唱歌。现在,她晃动不了它,但只要她的身体一动,它就会吱呀吱呀地叫,声音跟她一样的苍老。她告诉自己不能合上眼,但刚刚短暂梦境里的水汽让她觉得眼睛温润。记忆或者梦境,她划分的界限不是很明确。竹椅适时地在她轻微移动腿的动作时,叫唤一声,她觉得熟悉而舒服,不自觉地闭上眼睛。

四月的光从天窗里射进来,她的脸不自觉地迎向阳光,稀拉拉的几缕头发在脑勺后梳成一个小小的髻,用黑丝线的发网轻轻兜住。阳光在她纵深的脸部纹路里投下阴影,脑门处的褶皱像一棵树的枝丫,纵横交错。她想到过一会儿,她将拄着拐杖从这六楼的阁楼下去,一只手抓着扶手,得先迈动左脚。这几日,她的左脚好像比右脚利索一点。到了四楼的转角处有个休息椅,她可以坐在那里停留一小会儿。对,只要一小会儿,短暂的休息,可以让虚弱紧张的腿恣意地抖动,再慢慢恢复到平静。其实,有几次她站在阁楼的楼梯口向下张望,一级级的楼梯仿佛是一个无底的深洞,一下子就能把她卷进去。她费力地把打着哆嗦的腿搬回到屋里,好久才能让自己平静下来。

她一直后悔,八十岁那年,如果得的白内障不去开刀,就什么都看不见,看不见那些叫她觉得害怕的东西。她也不知道她到底在怕什么。

她年轻的时候不怕这,不怕那,吃得下,睡得着,一手拉扯大六个孩子。那么,那些孩子呢,她的孩子们呢?她闭起眼睛思索,逐一对照起来,就像那些老物件,没事的时候,她抚摸,擦拭,抱在手里亲吻。孩子们也是,但她只能在脑海里,抚摸他们的面庞,逐一跟他们对话,絮絮叨叨,缓慢细致。

丈夫在她三十六岁的时候得了皮肤癌,她抱着刚出生几个月的老六去银行贷了两百块钱。这笔巨额的贷款并没有挽留住丈夫的生命,而是在日后十多年的时间里,一到还银行钱的日子,她就摇着船,载着六个儿女划到武陵门码头,打着赤脚,走过石板路,来到银行柜台前。戴着眼镜、头发秃了一半的银行职员认得她,恭恭敬敬地接过她从手帕里拿出的十元钱。

十多年间,她往返于还钱的水路上,从来不觉得辛苦,却觉得正是这样的安排,在人世间,还有跟丈夫相连的事情,让她觉得丈夫不曾离开过。

小女儿长得最伶俐,皮肤就像刚出锅的水蒸蛋。劳作一天后,看着女儿熟睡的样子,她总忍不住要轻轻捏一下女儿的脸。小女儿早早嫁给了邻村的姑爷,娘家没个陪衬,日子过得凄惶。不得已,她天天摸黑划船到武陵门码头,拿着勺子舀轮渡机房底下的柴油,有时用抹布一抹,油吸在抹布上,再绞拧到自己的油桶里。如此倒卖给别人,换取几块钱家用。结婚三年,女儿不曾育下一个孩子。她有时拎个篮子去看女儿,带几样自己做的咸菜。女儿的脸晒得又油又黑,周身散发着柴油的味道。她只能看看女儿的脸,再低下头,什么也不说。其实,无论说什么,对艰难的生活都没用。女儿留她吃饭,她不吃,急匆匆地要回家。一个下午,她在田里拔草,抬眼之际,看到有个妇女踮着脚向她跑来,摇摇晃晃地在窄小的田埂上奔跑,随时像要一头栽倒。最终,栽倒在水田里的是她。妇女是女儿村里的人,慌里慌张地跑来告诉她,她的小女儿被发现漂浮在武陵门码头附近的水面上。

有很多年,她的梦里,都是小女儿漂浮于水面的脸,又油又黑,一伸手去触摸,脸就像水晕,慢慢地散开,模糊成一片。

二女儿性格耿直，在婚姻里受到一点刺激，每天戴着一顶大凉帽在浴室里洗衣服，坐在马桶上大声讲话。二女儿犯病的时候，她把二女儿接到身边，天天跟二女儿讲话，玩二女儿小时候喜欢的猜谜游戏。那些谜面都是她自己编的。

一张桌子四个关，
木头菩萨坐中间，
观音菩萨迎过来，
木头菩萨扑过来。

二女儿歪着脑袋想了一会儿，指着她的鼻子大叫，木头菩萨，你就是个木头菩萨。她抱着女儿的头，眼泪蹦了出来。你个傻囡，木头菩萨就是你，姆妈走过来，你就从座椅里扑出来。

想到大女儿，她的心又紧了一阵。正因为三个女儿中，只有大女儿日子过得还算顺当，可是这些年偏偏摊上她不停搬家的琐碎，美珍心里又气又难过。她也跟着大女儿难过起来，因为一点办法也没有，阎王爷还没派小鬼在她梦里约谈过。

她泪眼婆娑，手背不自觉地放到眼睛上。她觉察到手背皮肤变得湿漉漉的，于是把手背移到了唇边，伸出舌尖一舔，是咸的。为什么是咸的？她在脑中盘旋，终于意识到自己又陷入了睡梦和回忆中。她赶紧睁开了眼，竖起耳朵听楼梯间的响动,暗自庆幸美珍还没上楼。

"得站起来走走。"她对自己说,半是鼓励半是打发掉睡梦频频的造访。她慢慢走到门口,贴着门听了一会儿,没有脚步声。以前,对门住了对小夫妻,打打闹闹地上楼,她总是贴着门听声音。他们吵架,摔破碗,桌椅倒地,或者女人的哭泣声,在她听来,觉得分外动听。后来,他们搬走了,也不见有人搬上来住。六楼的阁楼,是高了一点。

她住在这顶层的阁楼,只有一个房间,斜顶开了一扇天窗。厨房利用了平台的一点空档,搭了雨棚。下雨天,有雨经常会飘到锅里。相比较煤气灶、电饭锅,她更喜欢燃煤炉。烟灰扑腾在空中,像飘忽掠过的鸽子。她想起了鸟,白色背部有一道黄色印记的白鹭,在水田里拍一两下翅膀,绷直了细长的腿,优雅地飞向蓝天。那么细的腿,怎么承受得住那么大的一个身躯?

她不自觉地摸向自己的腿,一层皮包裹着的腿骨是一根枯死的树枝。其实,她知道鸟从不来她的露台。搬来的时候,她用泡沫箱子装点建筑工地的泥巴,种了点小葱。混着石块残渣的土总是硬巴巴的,葱的叶子逐渐变黄,耷拉下来,最后摊开自己软绵枯黄的腿子。她天天拿昏花的老眼凑近了瞧,鼻子嗅不到泥土的气息,干巴巴的富有经验的手也抚摸不出一点希望。她很固执,还是坚持把烧过的煤球捏碎,细细地撒在上面,希望那些土疙瘩里藏着野草的根须,或者鸟无意间会经过。

4

美珍终于气喘吁吁地上来了,双手叉在腰间喘气。

她叫女儿歇会儿。美珍摆摆手,背起一包东西说:"姆妈,你要不先慢慢往下走,等我再上来一趟的时候,你估计也就走到四楼了。"

她觉得这个主意不错,可转念一想,这都快三个多月没下去了,下楼的感觉都生疏了。但她没有讲,只是仓促地点头,生怕自己的一点迟疑,又让美珍恼火。

她再一次巡视一遍收拾好的物件。竹椅子拖到门口,美珍一会儿可不能忘了。她多看了几眼樟木箱子,想象一下箱子里的物件,可是总不能顺利地想完,因为那些东西都会勾起她无限的回忆。所以,每一次搬家,就像在整理那些回忆,它们像夏季田间的薅草,薅掉一茬,回过头望望,新一茬又冒了出来。

她拿着拐杖走到门口,手扶着门框,不由自主地又坐到竹椅上。她朝楼梯口探了探脑袋,心里还是有些瑟缩,又想到美珍六十多岁的人,跑上跑下真是够折腾。虽然每次搬家,她都希望是最后一次。好几年了,她一直在念祝祀灯经。她嘴里念念有词,朝着一个她认为供奉了观世音菩萨寺庙的方向。

五更要念祝祀灯,

一年一心念心经,
油尽灯灭点红灯,
点起红灯就动身。

当初教她念这些经的人都走了,她还在念,念到油尽灯灭,好有盏红灯指引她走过奈何桥。

她不知道自己到奈何桥上腿会不会抖,不过现在,她鼓足了勇气,右手拄着拐杖,颤颤巍巍地先迈出了左腿,试探性地点到第一个台阶,好像那是悬空的,她必须确定牢固可靠,才将右腿移到同一台阶上。才走几步,她就觉得精神倦怠,支撑自己的两根枯树枝在咯吱咯吱叫唤。抓住扶手的左手,好像有一股力量在抗拒着她,让身体摇摇晃晃。她不得不将整个上半身也倚靠着扶手,借以减轻对腿的压力。可是胸口不同意,不停地起伏,让她头晕眼花。

她终于万分艰难地挪到四楼,几乎是跄踉地扑倒在折叠椅上。她打开椅子,心中万分激动——这可是社区特地为她安放的折叠椅。木板椅刷成温暖的黄色,像那位年轻志愿者的脸那样亲切,她都想抚摸一下。住在楼上时,她经常想这张椅子,它像一块定心石,止住她对楼梯像无尽黑洞的害怕。

她垂下头,看着自己的双腿无力地抖动。

她想过,如果做得动,就做到死拉倒。为什么,树到老了都不用人伺候?而她,曾经那么健壮的身体,怎么就不听使唤?她守着寡,白天田里挣工分,夜里河塘里捕鱼,趁黎明未到卖到市场。春天的时候背个竹篓采茶叶,夏天批发水果去西湖边上叫卖。秤被城管折断过两把,水果连篮子都被没收过。这些都还好,最让她难过的,是她把鱼塘的鱼贩卖给别人,她被揪住,说她投机倒把,关进戏台下。没有一丝亮光的一夜,她缩在角落里,告诉自己,没关系,挨挨就天亮了。秋天她就烘柿子,一缸一缸黄澄澄的,让她觉得生活又重新充满了希望和知足。冬天爬到屋顶扫水杉落叶,填补瓦片,下田挖荸荠给孩子当零食。

孩子们在饥饿的岁月里跟着她艰难度日,有三个孩子连私塾都没进过,美珍就是大字不识一个,不敢出远门,公交路牌看不懂,杭州城里都不敢去。三个儿子,老大当了汽车兵,在西藏、新疆高海拔地区来回穿梭。他复员回来那年已经三十三岁,她为他在河塘里捕鱼,赶开母鸡掏鸡蛋,在后屋地里扯了三条青茄子,喜滋滋地像个满怀春心的少女一样,坐在一边看他狼吞虎咽。她同他讲话,问一句,他不响;问两句,他依旧埋头扒饭;问到第三句,他转过头来看她一眼,嘴里嚼着饭问:"你讲啥?"在老大同批战友去的三十三个人里,只有七个人回到了故乡。他在一次事故中,听力受到损伤。他倒是好像不太在意,平日里不声不响,做起事来有股狠劲。婚事办得很快,女方只有一个要求,结婚后马上分家。

二儿子喜欢做投机生意,唯一爱好就是赌博,实在没钱了,会拔下她发髻上唯一的银簪子去当铺。

老三看着老实巴交,心里却有本账。想到家里不可能给他置办新房结婚,就怄气,当上门女婿去了。

她的户口本空了。孩子们一个个自立门户,只剩下她一个名字挂在上面。就像地里种的茄子,一个个被人摘去,只剩下一个又老又不中看的茄子,孤单单地在秋风里等着霜降。

这次是搬去哪里?她想了一下,明明刚才还在想的事情,转瞬又忘了。老三家还是老二家?她发现自己想不起儿子们的面容来,任她怎么苦苦地思索,都拼凑不起来。她觉得害怕。

所有的往事纷至沓来,然而在现实里,她感到无论哪个孩子都是天各一方,有时只是隔着一堵墙,她却摸不到,够不到。鲜少的机会,会有哪一个孙子带着重孙来看望她。重孙对她的老物件感兴趣,而她也像她所保留的老东西一样,失去了实际的作用,失去了生气。

她非常讨好地给六七岁的重孙出谜面:

外婆门前一堆灰,
十个外孙扒不开,
黄风一来就吹开。

重孙哪里会猜得到。非舟莫渡的湿地,起大雾的日子,水汽与雾的交融,浓稠得就像蒙在脸上的绸布。水、水汽,温润地蒙在脸上,随着体温慢慢化开,一滴滴从脸颊上流淌下来,在唇上,一舔,秋天来了。

她伸出舌头舔在自己干燥的唇上,无从感知的季节。

5

"你真是本事大,这里也能睡着?"美珍上气不接下气地跑上来。

她的眼睛里都是水珠,用手抹了一下。还没等她明白过来,美珍像老鹰抓小鸡一样,擒住她的两个肩膀,一提溜,她几乎脚不踮地地到了一楼。

"美珍,你的力气还是这么好!"她跟女儿说。

"命苦,被逼出来的。"女儿说话,不戳痛她一点就不舒服。美珍从小过的是苦日子,八九岁就去放牛,十多岁就学大人挑担子。可那个时候,谁也没有办法。

三轮车还没到,她和美珍并排站在春日的阳光里,一棵樱花树在头顶开得烂漫,树下,她的影子瘦小得像个孩子。

小区里的几个老人带着孩子在玩耍。她脸上笑眯眯的,听到有人讲方言,她就会东张西望,脸上像孩子一样欢快起来。要不是美珍用眼神阻止她,她可能会走过去跟他们搭讪几句。

美珍叫她待在原地不要动,她就尽可能往小区铁栅栏外望去,想着不远处的油菜花估计开了,一垄一垄绿油油的麦随风起伏,春水流经的田埂长出紫云英,水渠高处干涸的洞此刻发出咕咚咕咚的水声,唤醒沉睡中的黄鳝和螃蟹。

香樟木箱被健壮的三轮车夫扛在肩膀上,又重重地搁在她脚前面。她心里不禁一哆嗦,好像替箱子着实疼了一回。老竹椅实在没地方放,就用绳子绑在了车棚顶上。她有些不放心，伸着头往上望。胳膊被美珍猛地一拽，身子被拖到三轮车上。三包东西全扔上车，她整个身体就被埋没在里面，只露出一个小小的脑袋，像一只草丛里露出头的鹌鹑，无助地左右晃着脑袋。

她出嫁的时候，娘家备了五口香樟木箱做嫁妆。全家四季衣裳、老大老二自制的毛竹片大刀（她还曾在刀把上系了一缕红丝线）、儿女满月剪下的一缕头发、纳的一摞别人不再喜欢穿的布鞋底，她都一一码齐收在箱子里。

新小区的门太窄，容不下她的蚕匾、米圈、三连柜这些过时且无用的家什。

儿子们趁着她不在的时候，把她的旧家什处理掉。她回到家，看到水泥地上，还完整地留着这些东西摆放过的灰尘痕迹。

她感到自己也跟被处理的旧家什一样，流离失所。考虑到她年纪大了，万一死在哪一间，会影响以后的租金，三个儿子不约而同地辟出了阁楼、车库，或者没有窗户、租不出钱的房间给她住，六个月一轮。三人约定好，她在哪过世，就轮到哪个儿子家里办后事。老大两个儿子分家后，她搬家的次数又多了一次，从六个月变成了三个月。她不得不随时听从儿子们的指示，在一个地方住不了几个月就得搬往另一个地方。她成了儿子们最不欢迎的租客。

阁楼清静，只是下楼不方便。她喜欢车库，除了光线有点暗，空气里经常有股混浊的味道，让她的鼻子发痒。没有窗户的房间，她有点苦恼。一扇大门里进去，五六扇小门，各自成户。租的人南腔北调。半夜里女人的哭叫声、孩子的吵闹声、晚下班的人撞门的声音,狭窄的甬道、公用的厨房里成天都是些支离破碎的声音。她躺在床上,感觉像躺在船上,荡来荡去没有安宁。

旧邻居看到,他们总是要说:"老太婆也是生来命苦,老了还要受苦。"可是,现在没人跟她讲这样的话了。但在她的逐渐麻木的意识中,人家说起她的种种不幸,她也闹不清楚究竟是说她小女儿横死,还是二女儿精神失常,又或者是丈夫早亡?要是这些都是不幸,她这一生的苦多得可真是数不清。她倒是时常觉得自己并不怎么受苦,虽然拉扯大的孩子,如今没有一个儿子愿意真心实意地给她养老,她也并没有觉得有多么伤心。子女们都有各自的难处,她都一一替他们想到过,肯定还有另一些,是她想不到的。所以,她从来不怪三个儿子。

6

三轮车把她送到小区车库。

复合板隔断成临时住所。老二早已将她的房子转卖一空,兄弟间逼急了,才想到用车库做房间。房子里一股潮湿和灰尘的味道。美珍付了钱,把东西一样样搬进去。然后,像是终于了了一件急事的样子,面无表情地环顾一圈,对她说:"我还要去社区卫生站,量量血压,配点药,这两天后脑勺痛得厉害。"美珍每次总是急匆匆地逃离她。她已经想不起,娘俩上次坐在凳子上讲话是什么时候了。

她知道女儿也老了,到了需要经常吃药的年纪。腿痛、头痛啊,左一瓶药,右一瓶药。

车库做成的房间,光线昏暗,她睁大眼睛环顾了一下房间,并不急着归置东西。再说,她有一个多月的时间将这些东西慢慢解放出来,然后再用一个多月的时间,将它们又小心地包起来。

她只是先把寿衣拿了出来,用昏花的眼睛注视着它,干枯的手触摸缎子的纹理。老裁缝说过,寿衣用缎子,意同"断子"。八仙过海的图案是她挑的。她很小的时候就听人说过"八仙过海,各显神通"的故事。她希望穿着这样的衣服,去渡过茫茫大海。可是,活着,家人也是各凭本事过海,所以搬家还得继续。每次,她都当成是最后一次,要把寿衣放在最显眼的地方,这样儿子们都不用费心去找。

晚上,不知道为什么,屋里的白炽灯没有亮。是没接通电线,还是灯泡坏了?她把竹椅搬到窄小的门口,黑暗好像紧紧地把这个苍老的身影摁倒在地上,安静到无人察觉。一辆摩托车亮着灯,向她直刺刺地过来,在她板房的旁边熄火,空气里弥漫着一大股机油味。她想,一会儿老二可能过来看她,她已经半年多没见过他啦。她努力地回忆起老二的面孔,脑海浮现的究竟是老大还是老三?明明是映在水面上清晰无比的脸,此刻,是谁投了一颗石子在她的脑海?那些脸变得虚浮不定。

想着想着,她打起盹来。

失落的萤火虫

"我们年纪太大,关节僵硬。"

"可以借助辅助工具,最主要是练习的过程中,要学会与自己的身体对话,感受温顺和抗拒,要有耐心,循序渐进。"

"可是,你知道的,有些人是天生的'硬骨头'。"

刘芝美微笑地听着,眼睛清澈明亮。她两手交叠在膝盖上,腰背笔直,跟柔软的沙发靠垫保持着合适的距离。她的发髻高高地挽起,露出修长的脖颈。

她是瑜伽老师,正在和两位老同事聊着练习瑜伽的话题。女伴们烫着相同的卷发,染成咖啡色,脸遭遇时间的泥石流,冲击到脖颈处,层层叠叠。一枚精致的黄金饰品从垮塌中被托起,在餐厅明亮的光线里跟刀和叉子交相辉映。

她们半是嫉妒半是真诚地向刘芝美讨教保养的秘法。

"哪有什么秘法,只是吃得少,动得多。"刘芝美越是风轻云淡,她们越觉得敷衍的水分越大。

她们有十多年没见过刘芝美。今天她穿着牛仔裤、白T恤,一副年轻人的打扮。何止是打扮,她在她们面前就如同一个晚辈。老同事吃了记闷棍,刚刚咽下的美味牛排需要一壶普洱来解腻。她们皱紧呆板过时的文眉,思索着,难道时光专门折磨了自己而偷偷放过了别人?

刘芝美脸上挂着笑,她知道自己与她们同样衰老,身体的内里,那些曾经鲜润的气管或身体其他管状物,如同那条终日暴露在外的电线一样,风吹日晒,保护层失去弹性、剥落。这些问题,谁都要面对。可是,就是不甘心哪……她把目光从她们脖颈的褶皱上移开,移向明亮的玻璃窗外。

这是五月的最后一天,凌霄正是盛季。天空飘着如丝小雨,咖啡馆门口欧式铁艺的斜坡走廊上藤蔓纠缠,成簇的喇叭形状的花朵开在高处,随着风雨落到一把黑伞上。只是短暂地停留,橘色的花朵滑过伞面,坠落。

隔着玻璃,因为一朵凌霄短暂地滑过,刘芝美便注意到伞下依偎着的两个年轻人:身体紧密贴靠,只有热恋中的人才会用身体的每一寸皮肤、每个细胞去感受这种密不透风。男的穿着米色亚麻裤子、白色休闲鞋。女的穿着淡紫色及膝的裙子、黑色细高跟鞋,一双笔直的小腿。她由衷地觉得这一定是个漂亮的女人,并渴望看一看她的脸,来印证自己的想法。

一阵横风,伞打了个趔趄,两个身体因此挨得更加紧密。

五月的风就是这样，没有缘由，带着点任性。凌霄簌簌地掉了一地，两个年轻人踩在花毯上，赏心悦目。受风的影响，男人抬了抬伞，刘芝美得以窥见身材娇小的女人，黑色真丝面料的短袖，荷叶边的下摆在风中轻盈摇曳，手肘处挂着一个四方形的绿色皮包，上面有几颗金色铆钉。

刘芝美一惊，好像外面的大风隔着玻璃冲进来，强行把极烫的普洱灌入嘴中。手中的骨瓷杯子受到惊吓，茶水像细小的蛇，朝各个方向蜿蜒涌动。

服务员拿来擦布，同桌的两位女伴为她递上纸巾，提醒她，这是刚泡的普洱，烫着呢。

刘芝美料想自己的脸一定是红了。

绿色的皮包，有四颗金色的铆钉，其中一颗掉了。她们一周前还商量过，补一颗同样的太难找，干脆全部换成别的装饰品。这只是婆媳二人偶然间的闲话，少一颗铆钉就少一颗吧，并不影响美观。再说了，谁真正注意到别人的包上少了颗铆钉？可偏偏刘芝美发现了，这是儿媳妇向姗上个月过生日，她从商场专柜精心挑选的礼物。

"我们第一次喝普洱是多少年前的事了？"刘芝美强行把自己的目光从远去的两个年轻人身上拉回来。

那时的普洱可不像现在一样受大众欢迎。单位同事从云南出差回来，手里提着一摞笋壳叶包着的东西冲到办公室。大伙以为带了什么好东西，都挤着脑袋凑上去。结果是又黑又硬的一块砖，喝惯了鲜嫩绿茶的江南人可真没看出这个普洱茶饼好在哪里。出于好奇,几位男同事干脆跑到食堂厨子那里借了把菜刀,对着坚强不屈的茶饼又是割又是剁,女同事们笑得直不起腰。带茶的同事本来图新鲜,结果没想到这么难对付,闹了个大脸红。有人刚喝入口,就说这是刷锅水的味道,导致另一个同事把茶水笑喷在一堆报表上,整个喝茶的过程简直就像一场闹剧。好长时间,只要见到带茶的那位同事,大伙都会不约而同地想到那块普洱茶砖。

两个老同事对刘芝美提起的这件普洱茶的往事,竟一脸茫然,记忆中完全找不到一点印象。

这么有趣的事别人都不记得了?是自己的记忆力超强,还是别人都可以选择性失忆?刘芝美想到自己的丈夫,他的失忆简直就是一场谋杀。曾经高中时代那个说如果没有她,他也不想活的那少年,在二十多年的婚姻中他杀死了曾经的热血少年,不留下一点痕迹。

刘芝美跟两位旧同事告别,她还要去探望母亲。同事一再挽留,多少时间才约成一次,就这么匆匆走了?

"现在的时间都不是自己的,我妈那里有两周没去了,好不容易休息一天,总得去看望。"刘芝美压着心里的惊涛骇浪,面色平静带点歉疚。

"好吧,好吧,你这个大忙人。"老同事送上无奈的白眼,她们的目光如雷达般再次扫射站立起身的刘芝美,企图从她纤细的身上发现一处因为不受管教而松弛下垂的痕迹,好安慰自己一身的无可奈何。

绿色的包,四颗铆钉少了其中一颗。少了铆钉的包在刘芝美眼前不停晃动,像极了那头被胡萝卜引诱而不断前行的驴子。蠢驴!她要阻断这种被情绪拉着往深渊里走的感觉。商场同款的包很多,或许这款包铆钉的质量不好,引发脱落不是只有其中这一个包。可是那黑色荷花下摆的衬衣,分明就是向姗早上出门时的着装。

刘芝美的脑中就像在系鞋带,一会儿绑得死死的,一会儿又——拆解,重复,再重复。

她猛然间发现自己已经走到家附近,仿佛刚刚是在梦境中,醒来茫然四顾。小区住宅密集,路又不够宽,两辆车无法交会,到尽头又是条死路,路两边种满了合欢树。小区出口与大马路交会的丁字路口,密密麻麻地开着早餐店、蔬菜店、水果店、小超市,满足整个小区的生活所需。

刘芝美站在路边,隔着两三米的距离注视着蔬菜店。门头上的招牌被风吹日晒,早已褪色,好在周围来买菜的人是从来不会抬头看招牌的。

"仁友蔬菜店",她的眼睛费了些劲才定焦在这几个字上。当她认清这几个字时,这些字仿佛带着魔咒生硬地卡住了她的身体,使她不能动弹。有那么一会儿,她任由自己像根杆子杵在这辈子连一秒钟都不想停留的地方,目光空洞地从招牌落到坐在门口合欢树下的男人身上。

男人穿着黑色皮围裙,上面沾着动物的油脂、血水、骨髓和经年的污垢。皮围裙从脖子下方一直到大腿上方像一张狩猎图，记载着山地黑猪的奔跑、追逐，最后消失在这条皮围裙中，成为浓缩在某处的一个记忆。

他瘫坐在白色靠背的塑料椅上抽烟，吐出的烟雾正好模糊了他的脸。她发现她想不起这个男人的脸，是因为时间漫漶，还是她也跟别人一样，会选择性失忆？一朵粉红色的合欢花轻飘飘落下，落在男人黑色皮围裙包裹下向上凸起的肚子上，发黄发黑的脚趾头从拖鞋里探出来，丑陋地朝刘芝美的方向张望。

她认识他吗？她曾经认识过他吗？

仁友蔬菜店的女人走了出来，手里正拎着把芹菜，她有点意外地看着刘芝美杵在门口不远处。她犹豫了一下，决定上前打招呼。就在她迈出的第一步，刘芝美如解除了魔咒，瞬间惊醒，用骤雨般的脚步向家奔去。

女人走到男人身边，拿起落在他肚子上的一朵合欢花扔在地上。两个人互看了一眼，然后侧着脑袋，面带困惑地看着远去的刘芝美，像被风裹挟着，踉跄而行。

庭院的铁栅栏上爬满了凌霄，一直爬到大门口，昂扬着头，如火如荼。她第一次觉得凌霄的颜色具有危险性和侵略性。院子里种着几株月季花，今年已经开了第三茬，显得有点精神不济。绣球刚刚盛开，淋了雨，硕大的花朵往下低垂着脑袋，臃肿懈怠。刘芝美真想上去扇它一耳光。可是关花什么事？刘芝美从恼怒中抽身，慢慢蹲到地上，长长地呼出一口气。绣球花丛下，蚂蚁在湿润的土地上拱起的城堡，脆弱欲倾。她不由得想到自己操持这个家的每时每刻,都像蚂蚁一样不停地营造着家庭幸福那脆弱松软的大厦。如今证明,她只是个平庸无奇的建筑师。

她一向对向姗好。结婚那天,她给向姗戴上龙凤黄金手镯,告诉她,她会把向姗当成亲生女儿一样疼爱。

事实上,她也做到了。向姗舍不得买的护肤品,她眼睛都不会眨一下,立刻去商场给向姗买回来;向姗要出门旅行,哪怕是出差,她总是往手提袋中塞钱,叫向姗出门不要委屈自己;每一次来例假,她都会为向姗熬红糖老姜汤,向姗来不及喝,她就给向姗送到公司。有一次赶上下雨天,又刮着妖风,她拿着保暖瓶,雨伞被吹得不受控制,她就像只蝙蝠被拍在公司的玻璃门上,脸为此肿了好几天。向姗为她擦药,流着泪动情地说:"妈,你别这么傻,公司楼下的便利店有直接可以加热的红糖姜茶。"这一切,刘芝美都心甘情愿,她享受着一个女儿爱着妈妈所流的眼泪。

刘芝美缓慢地爬到二楼。客厅两边都是独立的套房,小致住在东边,里面有卧室、卫生间,还有衣帽间。她住在西边,一样的卧室、卫生间和衣帽间。

小致和向姗一早出去上班,晚上才回来。因为路途远,他们都在公司食堂吃完饭,再坐地铁回来。一到家,鞋子一脱,就直接进房间,"啪"的关上房门。家里就成了两世界,一个是刘芝美的,另一个是小致和向姗的。刘芝美路过儿子门口时,常看看他的鞋子,她跟鞋子见面的时间比见他的脸多。

午后的光与室内的昏暗正在交替、流逝，阳台上卷起的百叶窗在发出声响。客厅连通着阳台，可以看到庭院以及隔壁家的庭院，都是小小的院落，种着月季花，搭着葡萄棚架，养着盆景。往日，只要空闲，刘芝美最喜欢待在这里，看自家和别家的四季花草，享受自己的思绪像雨后移动的山岚，宁静而平和。在今天以前，她都认为这种美好的日子将一直延续下去，用不了多久，她就可以当奶奶，坐在宽阔的阳台逗孙子玩。可是，这个平庸无奇的建筑师，拼命想维护一个家的女人，今天又受到了命运的嘲讽。

每天早上，刘芝美都到街口买油条、小笼包或者儿子爱吃的籴米饭。小致匆匆跑下楼，一手抓着包子或者油条，另一只手忙着去拔鞋跟。她为他特地拉出的凳子，他从来没把屁股挨上去过。他把餐桌上的籴米饭塞进单肩斜挎的包，和钥匙、钱包、耳机线纠缠在一起。有几次，他在早上往包里装籴米饭的时候，想起里面还有一个硬邦邦的长着绿毛的饭团。

小致寡言少语，对身边的事总是漠不关心的样子。逢年过节要走亲戚，他都不愿意，偶尔被刘芝美逼急了才会百般无奈地出门。出了门他们也不像母子，刘芝美走在前面，就像拖着一袋重物，不时要回头张望一下这个儿子，生怕多转几个弯他就不见了。直到向姗的出现，这个笨拙的小伙子才变得开朗一些。

如果向姗离开小致，小致就又会变成曾经那个沉默寡言的人。她和他都会在这幢偌大的房子里匆匆地来去,仿佛都没有属于他们内心空间的角落。

要告诉小致吗?可以找谁商量一下?她在躺椅上睁开眼睛,突然意识到没有人可以求助,自己不是一直都是孤孤单单一个人吗?她仿佛很久没有意识到这个问题了。她感到心脏正承受着尖锐的疼痛,空空荡荡的家中有着排山倒海般的寂寞与孤独,她必须逃离出去。

刘芝美强打起精神,重新洗脸梳头,她决定去一趟儿子的公司。她多少有点急切,好像今天不见到儿子的话,世界会发生一些改变,尽管她并不知道到底会改变些什么。她是个行将破产的人,孤注一掷地要做点什么。

刘芝美到儿子公司楼下的咖啡店买了一杯拿铁,想了一下,她决定再要三杯,可以给小致的同事,索性再买了一些蛋糕。对于人情世故,她和小致都接近木讷。

蓝灰色调的写字楼,即使阳光耀眼,玻璃墙体依然沉静得像大海。办公室是个大通间,十几个人在里面办公。刘芝美走进会客室,手中的咖啡袋子正不耐烦地在摩擦她的牛仔裤。

她像个小学生一样战战兢兢,坐在会客室黑皮的长沙发上,两只手放在膝盖上。如果小致问起,她会说,她正好在附近公司给人上课。沙发旁边摆着盆缺乏料理的幸福树,干燥的土里摁了好几个烟头,无精打采的枝叶在工业风装饰的黑漆筒灯照射下,在她的脸上落下忧郁的阴影。

会客室里还有三个年轻的男人，他们坐在那里看手机，不时地抬头看看工作间里的人。清洁工喷着玻璃清洁液，拿着抹布利落地来回擦动隔在刘芝美和小致之间的那块玻璃。她一次次勤勉地擦拭，好像就是为了把小致的脸擦干净给刘芝美看。

小致的头发软耷耷地趴成一窝，仿佛好几天没洗过。他宽阔的脸上戴着的眼镜显得有点小，镜面反射着电脑屏幕的光，下眼皮有点肿。他整个人看上去怠惰而不够健康。刘芝美总是提醒他要多运动，他的回答总是推推眼镜，用手指来回搓动自己患鼻炎的鼻子，发出一声模棱两可的鼻音。

"我们什么也做不了主，没有什么是掌握在自己的手中，唯有你自己的身体，你可以打开。"刘芝美第一次上瑜伽课时，她的瑜伽老师说过的话，她一直记着，并向自己的学员重复这句话，可她从来没有对小致和向姗说过。

如果向姗要跟小致离婚，自己有能力去改变些什么吗？她做不了儿子的主，也不能做向姗的主。

回想自己过的大半辈子，唯一一次照着自己心意做主的，就是放弃稳定的工作，成为一名瑜伽教练。

四十五岁那年，刘芝美发现自己的颈椎已经处于崩溃状态，疼痛和僵硬时时折磨着她。她接受针灸、理疗、中药、西药，效果甚微。一天到晚，脖子和肩膀就像僵硬的石头，她觉得自己就像个罪人，因为沉重，而无法抬头。

当年母亲说，女孩子就应该学点轻松的，不用干脏活累活就行。所以她读了财务专业,毕业后在国企一间小小的办公室做成堆的报表。密密麻麻的数字如今日日啃噬着她的颈椎。

老中医给她针灸后说:"只有自己才能救自己,你去跑步、爬山,一切的户外运动,只要坚持得了,你就去做。"忽然之间,刘芝美获得了启发,那业已生锈的身体,或许需要另一种新生。起先,她只能沿着河边快走,举举手,抬抬腿。慢慢地练习跑步,像蜗牛一样,两个月下来,她能慢跑三公里。她去健身中心办卡,跟着上操课,身体僵硬,每一个动作都让她觉得不能呼吸,痛苦万分。伴随着这些疼痛,颈椎开始发生变化,她高兴地左右转动脖颈,默默落泪。

健身中心老板是个刚三十出头、有眼光的男人,他看着这个上了年纪的女人正在一天天发生变化,她的眼神里透着坚韧,并不是单纯追求健康和形态的美,是一种带着自我救赎、绝地重生的力量。

老板给刘芝美递上一杯水,称她为姐姐。他说:"每一次,我只要看您在锻炼或者上操课,我就有一种感动。说不清楚,只是觉得,我要更加努力地生活,有种要咬着牙狠狠活着的感觉。"

他建议刘芝美去学习瑜伽,考个证,以后到健身俱乐部给学员上课。刘芝美想,如果再把余生埋进一堆数字中,多少有点亏待自己了。

她去学习专业瑜伽,所有学员中她的年龄最大。年轻的

失落的萤火虫

老师并不迁就她的年龄,她像只青蛙一样趴在地上,老师的脚踩住她的胯:如果要让身体发生改变,那就先承受痛苦;如果要让心灵发生改变,那就先正视这些痛苦。

痛苦?她咬紧嘴唇,决不让痛苦从嘴巴里泄露出去,但眼泪却吧嗒吧嗒掉到地上。她看到自己如荒漠般的婚姻生活,丈夫从自己的生活中缺席了很久,作为家人有温度的手从来没有放在她僵硬的脖子上。那些通过抚触而让她心生温存的时刻,她差不多都忘记了。

丈夫似乎只负责了家庭的组建,却不知道在什么时候他已经把参与者的身份摒弃,退居到他自己喜欢的一个世界——麻将和酒精里。小致读初二时开家长会,刘芝美正好在外地学习,她打了好几个电话关照这个事情。不出她所料,丈夫去了小学,因为发现学校没人,他就直接去了麻将馆。刘芝美回家想找他大吵一架,他却喝得死醉,睡在庭院冰凉的地面上。

她坐在酒气熏天的男人身旁,默默流泪。月光不遗余力地划过丈夫一寸寸臃肿懈怠的身体。年轻时她曾爱过的那个人,去了哪里?

婆婆反复告诫她,这些都是生活中的小事,夫妻本来就是吵吵闹闹的。可她明白,他们夫妻间吵闹的生活之音都是轻飘飘的,像被抽走了共鸣基,再怎么吵闹,也不会达到共鸣的点。

后来,刘芝美还是自己解出了答案。有个周末,她路过丈夫常常光顾的麻将馆,烟气弥漫的房间,丈夫的肩头上搭着另一个女人的手。她认识这个女人,更知道这双手常在转角的街头摆菜摊,养活家中瘫痪的丈夫和年迈的公婆。

那个女人。刘芝美在心里一直都用这个称呼,多少,她有点羡慕。虽然生活艰辛,可从那个女人身上找不到一丝沧桑感。平淡生活中的秘密滋养着她,反倒是自己成了荒漠。

她决定去印度学习,精进瑜伽的练习。酷热的午后,她从习练中心返回住处,却意外走到一条半开半打烊的街市。酷热,使得体力透支,她有点头晕,不得不找一家店推门而入。她坐在一张椅子上,店里呈列着各种色彩艳丽的编织物。店主友好和善,示意她休息。一头白牛挤了进来,把门上挂的铃撞得乱响。它显然也很热,鼻子喷着气,站立在刘芝美的旁边。小小的店铺,因为牛的到来,再也没有容纳空间了。白牛眼神温和,她伸手去抚摸它,它伸出舌头舔她的手掌,一股粗粝的温柔席卷着她,刘芝美热泪盈眶。异国他乡的一头牛唤起了她心底无限的温柔。

从印度回来后,她爽爽快快地放丈夫走了。

丈夫也不走远,和那个女人在小区边开了家蔬菜店,辞职去山里收购黑猪,成了这一带最有名的卖好猪肉的老板。他手起刀落,从不避讳别人的目光,只有对刘芝美和儿子才远远地绕开。就连小致结婚,他也不敢上门,只是事后给小致一个红包。小致原封不动,把它放在蔬菜店的柜台上。

刘芝美的瑜伽一练就是十多年,虽然面部留着时间冲刷的痕迹,但身体的任何部位都纤细苗条,简直就是健身中心最好的活广告。邀请她去授课的有好几家健身俱乐部,还有一些公司,作为员工福利,午休时间请她去上课,每节课六十分钟。

她每天坐地铁、公交穿梭在健身俱乐部之间,神采奕奕,如同一个美丽的舞者,旋出旋入。年轻的学员都喜欢她,亲切地称她芝芝老师。没人相信她是六十多岁的人,连她的母亲,也不得不常感叹,她越活越像个孩子。

清洁工擦完污渍,留下洁净无瑕的玻璃供刘芝美观看儿子。手中的袋子因为她的一次次用力而发出声响,咖啡还有余温。隔着玻璃的办公室就像失去声音和时间的深海,而里面的儿子就像生活在深海,肚皮紧贴海底一动不动的扁平的鱼。她看过纪录片,深海没有阳光,所以这些鱼类连眼睛也不需要,行动异常迟钝,身体扁平。因为只有最大限度的扁平,才能承受住压力。

儿子因为家庭的关系而深深潜泳下去,而自己呢,这些年来如朝圣般地习练瑜伽,也是为了改变自己逐渐干枯的生活而寻求另一种生活的旨趣与意义吗?

她茫然地张望着玻璃,探寻着潜入深海的儿子。她瘦骨的脸颊上映着阴影的侧面,沉重的眉梢像一轮微颤的寒月沉下来。

小致八岁的那年夏天,他们一家三口去郊区的亲戚家喝喜酒。散场很晚,乡间的天空繁星闪烁,刚蓄过水的秧田里青蛙叫成一片，突然之间又会静默无声，就像有人指挥着交响乐。三个人就像走在一个神秘的梦境中，谁也不说话。小致最先看到萤火虫，一闪一闪、忽高忽低地飞着。他们随着这微弱的光来到河滩，大群的萤火虫突然就出现在他们面前，瞬间，黑夜里就像打开了一幅闪闪烁烁的画，他们被包裹在画中。小致上蹿下跳，高兴得直嚷嚷，要抓一只萤火虫带回家。可他们并没有一样东西可以装萤火虫。小致脱下T恤，极小心地留了空间，把抓住的萤火虫包裹起来。

瘦弱男孩的身体，刘芝美和丈夫不约而同朝光着上身的小致伸出手去呵痒。小致拼命地逃，月光照亮他光滑的脊背。他们奔跑、追赶、快乐地喊叫，在黑夜的田野上，青蛙都被吓得失了方寸。

最后一班公交车开走了，三个人只能沿着马路走回家。因为抱着萤火虫，走路都带风。特别是小致，他神情庄重，仿佛捧着无比珍贵的宝贝。

一到家，小致就迫不及待地把刚开的灯全关了，然后在桌子上慢慢地打开T恤。三个人都屏住呼吸，仿佛正在开启一个魔法。可是并没有亮光，三张脸都瞅着黑暗。死了？他们把灯打开，发现衣服里并没有萤火虫，桌子下，角落里，都没有。

小致满脸沮丧，眼眶里盈着泪。刘芝美夫妇俩都睡了，小致还抱着衣服在坐在客厅里，不肯洗澡，也不睡觉。那件黄色的T恤到现在都留在柜子深处，衣服上面有个贴胶超人，

失落的萤火虫

但现在那些胶都已经剥落。

"我小心翼翼地把萤火虫保管得很好,可它却在什么地方丢了,我竟然一无所知。"小致跟向姗说起这件事时,神情还颇为怅然。

萤火虫的寸光,是否还留在这个成年人心灵褶皱的深处?那个光着脊背的少年在月光下越跑越远,而那个一起奔跑的男人,早已经是陌路,而自己疼爱的向姗,说不定在下一刻即将离开……

强烈的孤单像黑夜的海水正慢慢吞噬着她,连手中的袋子是何时落在地上也不曾察觉。她站起来的瞬间踢倒了咖啡,棕色的液体像细小的蛇在光洁的地面上蜿蜒。

清洁工"呀"地叫一声。

她几乎落荒而逃,一边含混地说着"对不起",一边往门外跑去,好像是清洁工让她受到极大的委屈。

刘芝美不知道是怎样走到母亲家楼下的。她抬头看看窗户,母亲正好探出脑袋,朝她招招手。看来,已经等她很久了。

楼前有棵玉兰树,没人修剪,长得枝繁叶茂。坐在窗前的母亲,就像一棵无人照料的小树,在半阴半暗的房间,长出赢弱苍黄的枝条。

母亲住在一楼,楼道黄色的墙皮只要到下雨天就不停地起泡,然后剥落,像个严重的皮肤病患者。刘芝美弟弟一家住在二楼,除了卫生间下水道声响外,母亲几乎听不到儿子家别的声响。白天去上班,晚上下班晚,一个月里打不着几个照面。为了照顾母亲，家里请了一位保洁阿姨，每周来三天，帮忙打扫卫生，买一些菜放进冰箱，清洗床单、被套。不过，老母亲总是喜欢站在忙碌的保洁阿姨背后说话，就像是在人身上挂了条尾巴，左右摆动，甩也甩不掉。

刘芝美把糕点放在客厅靠窗的小圆茶几上，两室一厅的屋子，一个房间堆满了母亲几十年来的家什，连窗口都被堵上了，另外一间除了一张窄床，空余的地方也放满了东西。刘芝美能想到母亲独自在这些幽暗陈旧的物件中穿行、抚摩，就像穿行在过往的岁月中。

母亲把糕点排列在桌子上，拆开云片糕的包装纸，极小心地撕成小块，放进嘴里，慢慢咀嚼起来。花猫慢慢地走过来，仰着脑袋蹭着她的裤腿。她嘴里发出响亮的吧唧声，注视着猫琥珀色的眼睛，把极小块的云片糕放在手心，伸到猫的嘴前。花猫舔了一下，发出喵呜的声音，然后吞进嘴里。她拍拍手心，和猫一样心满意足。

母亲已经进入了无邪的暮年。刘芝美将卡在喉咙里难受的话语尽量往胸口压，再往下压一压。

"今年青梅果子结得多吗？"母亲一定是在惦念青梅酒了。自从向姗用青梅来泡酒，母亲时常惦记着。

"前阵子刮大风，青梅果子被吹下不少。"刘芝美想到向姗，不知道今年她还有没有心思采青梅泡酒。

梅树边的一盆大丽花要给它换盆，小小的花盆再也容不下它的大身躯了。还有今年新种的两棵小橘树，在夏天来临的时候要每个晚上给它们浇水。它们的根不够深，无法独自吸取土地深处的水。它们不够强壮，无力在孤立无援的条件下，承受阳光炙烤而不枯死……

刘芝美想着庭院里的花，想着雨伞底下掉了一颗铆钉的绿包，想到庭院角落藏着至今还不曾收拾掉的无数酒瓶子……

"我前天做了个梦，梦见自己踏在一条河里。那水哟，清澈得很，连小石子都看得清，阳光在水面闪闪烁烁，害我都睁不开眼。我一直朝河流流去的方向走，走了好久，直到梦醒来，才发现眼泪把枕巾都弄湿了。"母亲脸颊红润，眼睛一眨不眨地盯着一处，沉浸在自己叙述的梦里，"你不知道，我在那条河流里走得有多高兴，身体有多么轻盈，就像一个少女。"母亲换了种镇静、低沉的语气接着说："所以我想啊，我估计快回去了。"

刘芝美把手放在母亲干枯的手上，轻轻地抚触。母亲早在父亲去世前就做好了寿衣，太阳好的日子，就拿到窗口晾晒，一遍遍抚平寿衣上的褶皱。

她临走的时候为母亲带好门，即便这样，母亲依旧站在门的另一边，一直要听到刘芝美从楼梯间的脚步声消失。楼梯只有十个台阶，却总有一股寂凉的风。每天母亲都要扳着扶手爬楼，又摸着墙的边缘慢慢踩下来，漫无目的地度过漫长的时间。刘芝美仿佛看到了自己，就像在这个空间里飘浮着的影子，像墙面上一层层剥落的墙皮。

她走到楼下,站在玉兰树下朝窗口张望,什么也看不见。母亲滞留在黑暗即将来临的屋中,失去滋润的手指捻过一张张锡箔,在黑暗中折叠成元宝。

　　刘芝美走回家,伫立在院中。她不知道小致什么时候回来,也不知道向姗什么时候回来,但黄昏已经来临。五月的风吹来,围墙高处的凌霄正簌簌地落下。

童年的最后一个夏天

我在八岁的时候坚定地认为,我和迪庆的友谊会像曾祖父与他堂弟一般,沐浴着廊檐下春天的阳光,把头低垂在两腿间,数着蚂蚁度过一个下午的时光。我在十岁的时候坚定地推翻了这种想法,我和迪庆毫不怀疑并诚惶诚恐地相信,我们绝对活不过那个闷热的夏天。

关于那年夏天对死亡的恐惧的回忆是,我们曾在很长一段时间里用整个下午坐在树林密集的苔藓地上为自己雕刻墓碑。我们用我从张木匠那里偷来的墨汁涂抹上陈洲之墓、史迪庆之墓。阳光投洒在树林中形成的光点,随着微风落在我和迪庆的脸上。我看到他的不安和焦虑,他看到我的无助,我们两人抱头痛哭了一场,如同生离死别一般。

矿山背面的树林是我们最隐秘的墓地,这里葬着一只死去的黄伯劳、一条叫阿童木的狗,还有秦美香的绛紫色内裤、一堆公鸡的鸡毛。我们在死亡前有条不紊的准备被轰隆的声音给震碎,远处无数的碎石像灰色的瀑布从山顶倾泻而下。我们从灰蒙蒙的树林里垂头丧气地走出来,相互看了一眼,山顶持续的爆破还在进行,迪庆讲了一些什么,可是我只看到他张了嘴,却没有声音。我们再也没有去过那片树林,也没有提过死亡。

迪庆在秋天离开了我,他究竟以何种方式离开,我不得而知。就像他来的时候一样,突然之间就走进了我的眼睛、我的世界。

几天来,石子路两旁的水杉树闪烁着一种明朗嫩绿的色彩。今天,我在上学的路上,发现了大豆深紫色像眼睛般的花朵。为此,我付出的代价是在教室门外罚站。

四月晴朗的天空飘着梦幻般轻柔的云,校园里唯一的一棵棕榈树,张着像巨伞一样的手掌,轻轻地托着明媚的阳光。它的姿态让我想起秦美香杂货店门口不长芭蕉的芭蕉树,去年被冻僵的风情万种的大叶子,此刻它一定冒出了新鲜嫩绿的叶子。今年我再也不会拿着她的梳子,把硕大的芭蕉叶梳成像女孩长发一样的细条条了,不然她店里新进的光明牌甜牛奶铁定不会卖给我。我的思绪像花丛里的蝴蝶,没有停下来的时刻。神游的视线里出现一个干瘦的男孩,他是如何穿过学校操场,走到我的面前,我对此一无所知。我警惕地看了看他,用脚踢了踢墙,以分散我被罚站的困窘。男孩的身边站着一个黑瘦矮小的男人,尖脸,小眼,头发蓬乱,过分肥大的灰色夹克使他的身体看起来空空荡荡。

男孩的个头比我矮了一截,小麦色的脸上分布着几块白色的癣斑,小眼睛上面长了一圈像女孩子一样长的睫毛。他穿着一件簇新的灰色灯芯绒西服,上面还有几条鲜明的折痕,三颗像电珠一样发亮的纽扣,一条黑色的裤子下面罩着白色亮眼的球鞋。

男人先在窗口张望了一下教室,接着敲了几下门。班主任是个来自城里的四十多岁不苟言笑的女人,脸上的两道法令纹会让人想到山里阴沉沉不见底的峡谷。她打开门,目光潦草地扫过眼前的这对父子。她招呼了一下那个男孩,让他进去,跟同学们打个招呼。接着,她眼睛的余光扫到了我,把我喊进去。

我扭扭捏捏地蹭着落白灰的墙壁过去,她一把抓起我的衣领揪进教室。我抗拒施压在我身上的力量,正试图反抗,谁料她松开手,我摔得四仰八叉。

全班哄堂大笑,桌椅晃动,我和新来的男生就这样受到了潮水般热烈的"欢迎"。

老师为了惩罚我天天迟到,把这个叫迪庆的来自四川的男孩和我安排在一张桌上。我听到同学们的窃窃私语,谁都不愿意跟转学进来的新同学坐一起。"他的身上有味,经常不洗头发,"女生说的时候会假模假样地捏着鼻子,好像闻到味道似的,"还会在上课的时候抓虱子。"最后一句话让我的皮肤一阵瘙痒。

迪庆并没有女生们说的陋习,他甚至比我还干净,擤鼻涕的时候还会找出一块手绢来。不像我,直接擦到鞋帮子上。迪庆认为我是个了不起的人,因为我可以天天被罚站在教室门口,直到两节课后才被允许进教室。他除了崇拜我,还喜欢天天送我到路口的狗——阿童木,它是一条会撒娇、黏人的黄毛母狗。学校门口有一条种着水杉树的石子路,走上一段便是一个丁字路口。一端通往村里,要穿过一个小岛似的桑园;另一端便是石矿,迪庆就住在矿区。我和迪庆在路口分道扬镳,第二天他很早就会在这路口等我和阿童木。爷爷曾经关照过,千万不能让阿童木跟着过了路口,不然它会成为矿工们的下酒菜。所以,跟阿童木在路口分手并叫它乖乖回家是需要很长时间的。阿童木追着迪庆在桑园里乱窜,迪庆当然也成了天天迟到的人。老师们都说迪庆是被我带坏的,我觉得他是被阿童木带坏的。

我和迪庆罚站在教室门外。我们用鞋子把墙灰都耐心地踢下来,这时候迪庆那双白得亮眼的鞋子已经黑得辨不出颜色。云雀在空中划出剪影般漂亮的身影,五月的各种香味从我们身边经过,远处水杉的叶子早已翠绿成一片。我们禁不起这样的诱惑,慢慢地向学校外面走去,迷失在某只有着美丽羽毛的鸟身上,或者是迷失在五月桃酸涩的滋味中,又或是去看在矿区来来往往的运输船,想象着它们要去某个遥远的地方。

这些迷失的后果换来的是令人无聊又生畏的办公室罚站。

刚开始我们还能鼻尖贴着墙壁,慢慢地我们为了看清墙上钉着的中国地图,后退到老师的椅子上。迪庆嵌了许多黑色固体物的指甲在幅员辽阔、崇山峻岭的四川版图上游移。

"陈洲,老师说这里的根本就不叫山,是丘陵。"迪庆将指甲一直往东,停留在杭嘉湖平原上。

"嗯,丘陵也是山。"我可没见过什么山,我们这里的人都管这叫山,以前冬天到山里捡柴火、松球,还会遇到小松鼠。春天,山坡上的茶树林里全是系着头巾的女人在采茶叶。可是这两年,这座郁郁葱葱的山像突然裂开了一道很大的伤疤,露出了黄色的岩石,许许多多像迪庆父亲这样的人,如同蚁群一般蜂拥在山上没日没夜地劳作,轧石机隆隆地作响,炸山警报声盘旋在村庄,山的伤疤逐渐扩大,那些从村庄望过去青黛色的山体正在逐渐消失。

"如果丘陵被开挖完了,这里就真的叫杭嘉湖平原了。"迪庆把手又移到崇山峻岭的四川去了。"我们在地理课本上学过自己的家乡,杭嘉湖平原,六千四百五十平方千米,盛产茶业和丝绸。"每念完一段,迪庆都会小声嘀咕,"我家乡可不是这样。"

我问迪庆,如果他爸知道他被罚站,会不会揍他?

迪庆几乎是欢快地摇摇头:"他才不管我呢,只要把我送到学校,其他都不会管。"他咬了一下嘴唇,又眨了下眼睛,长长的睫毛像阴影一般盖下来,这些动作都像一个秀气的女生。"他只管手头上的几个人,怎么样才能从老家弄多少人过来。"

迪庆的爸爸是石矿上的包工头，管招工。据说迪庆的老家有很多人都巴不得送礼送钱要把儿子送到矿上，不是亲戚，拉不上关系，还来不了矿上。后来迪庆把我介绍给了"小白鼠"，就是他的一个远房表哥。"小白鼠"是绰号，因为皮肤长得白，身材瘦长，有两颗小虎牙，大家就送了他这个绰号。迪庆告诉我，因为远房表哥家在深山里，天天被来来去去的雾气笼罩着，那里的人皮肤都很白。

我们放学会后去矿厂找"小白鼠"，他会请我们去美香店里喝甜牛奶。多数情况下"小白鼠"还在拉车，右肩膀上缚着一根绳子，穿过瘦骨嶙峋的上腹部，两只手紧抓着手拉车的车把，遇到一个上坡，他得往两个手掌吐口唾沫，像旁边的工人一样，"嘿嗨嘿"，响亮地喊一个口号。下坡时，卷到膝盖处的藏青色工作裤下面像竹竿一样的细腿，总是绷得紧紧的，我们能听到他的布鞋和细砂路面发出很响的摩擦声。他把石料推到码头，往深不可测的船里倾倒下去，河面漂荡起一团团的粉尘，把夕阳落在水面的光照都弄得模模糊糊。装满石料的船鸣笛一声，雄赳赳地向着太阳落下的地方驶去，船上一面红色的旗帜在猎猎招展。我看到这景象一点也不高兴，因为我的父母就是开运输船的，大部分时间他们都在船上跟阿童木生的小狗待在一块儿。

美香杂货店开在矿厂外的石子路旁，红砖砌的平顶屋，周围的金樱子和爬山虎顺着屋前搭的丝瓜竹棚子登门入户。

门前还种着一棵很大的芭蕉,听说是从很远的南方运过来的。芭蕉叶上全是厚厚的一层灰,美香时常拿着湿抹布擦叶子,就像在照顾贪玩弄脏手的孩子。傍晚矿工一放工,他们三个一群五个一伙窝在店里,盯着十四寸的黑白电视机,来得晚的,坐不下,就搬个长条凳子坐在外面瞅着芭蕉树抽烟。

矿工们说美香长得跟芭蕉叶一样,风情万种,就是骂起人来也像叶子拂在脸上,不疼,痒痒的。

美香很少骂人。除了有一次我坐在那里看电视时,她从外面收衣服,回来时,边扔衣服边用不高不低的声音在说:"偷什么不好,短裤也偷,迟早有一天这些个人偷来吃苦头。"

村里人都说美香盖在棺材板上的杂货店几里外都能闻得到一股骚味。

"那是矿工们都在墙角边小便。"这个我最清楚了。有一次一个矿工刚对着墙掏出家伙,便被美香拿着扫把追着打。

爷爷给了我一记爆栗,敲得我脑袋发晕。他说大人讲话,小孩子乱插什么嘴。

迪庆刚来那会儿听不懂方言,许多话都请我翻译,我挨了一个爆栗子,很不耐烦地说:"最早开石矿的时候,她的老公古力是炸山的,有一次执行爆破,结果被炸死了。听说可惨了,落下来的每块石块都粘着血,他妈还要了这样一块石头放在家门口镇宅。"我当然没见过这么惨的场面,只是听说,村里的男人再也不敢去矿山工作了,矿厂只能去外地招苦工。美香要求矿厂赔偿,并答应给她在矿区盖一个房子开一家杂货间。店里生意好,村里人眼热,都说她的店可是开在老公的棺材上。

美香给我和迪庆一人一瓶甜牛奶。她顶着一头烫得时髦的卷发认认真真地趴在玻璃柜台上记账。年轻的矿工都不发工资,只能隔一段时间领一次微薄的生活费,等做满一年,再给结算。所以他们少得可怜的生活费基本全被美香一五一十地记在账本上了。我们喝完牛奶走的时候,"小白鼠"还要继续留在店里。"小白鼠"话不多,他跟美香讲话的时候总是讲得很慢,像迪庆在课堂上发言一样,努力把属于自己方言的那些附属音去掉。可正是他慢慢悠悠的样子,显得有些滑稽,美香好几次从算了几次的账本上抬起头,从卷发下露出一双拼命想忍住笑的眼睛,忍得肩膀都会抖动起来。

矿上的爆破工二虎拉着他的老鹰站在芭蕉树下,总是用不明朗的脸色和一双促狭的眼睛瞟向屋内的两个人,又暗示性地发出沙哑的声音与我们交谈,那些成人间的玩笑让我脸红。他白天总是有很多时间出来溜达,他也是唯一到村里不被当小偷防着的人。

"这个人脑袋都别在裤腰上工作的,说不定哪天就跟美香的老公一样了。"村民说的时候,脸上总是挂着同情和无奈。

被缚了一只脚的老鹰扑棱着被剪短羽毛的翅膀,神情紧张地注视着竖起背毛的阿童木。我拉着迪庆总是以最快的速度逃离二虎追踪的眼神,直到很远,仍能感受到背后像被他的老鹰的利爪攫住的感觉。阿童木在确定自己不会受到利爪的威胁后,朝着老鹰汪汪叫了两声,又飞快地赶上我们。

迪庆一定要我带他看那块染上古力血迹的,后来被他妈立在门口的石块。老太太驼背耳聋,独自住在长满构树的河边小屋。她的屋子墙壁是用乱石垒的,涂了泥浆灰,屋顶稀疏的瓦片上长了许多直挺挺的瓦松。石块就放在门口,老太太坐在上面,跟我曾祖父一样喜欢长时间耷拉着脑袋。迪庆非要过去看血迹,我说没有了,早就没有了。

我们去附近的树林子看别人捕鸟的网上有没有鸟。山被开挖后,很多鸟都来到村庄附近的树林。树林里能捕到很多平时见不到的鸟,二虎的老鹰也是在一次炸山的过程中,被声音震晕才倒栽葱一样掉在了桑林里。这一次我们发现了一只伯劳,它的翅膀已经在网上挣扎的时候受了伤,不能飞行。迪庆说,拔了毛,吃了它。"这是黄伯劳,鸟类的屠夫,我们这里从来不吃这种鸟。我想带回去养着。你怎么什么都想吃?"我对迪庆说。

"我看矿上好多人都抓过这种鸟来吃。"迪庆说。

"他们是一群饿死鬼,经常来村里偷鸡偷鸭,揭过我们家锅盖,扛走过一袋米,还挖过地里的红薯,采过南瓜,摘过藤蔓上的嫩丝瓜……"为了那一袋米,我奶奶站在丁字路口朝着矿山方向足足连哭带骂了两个多小时,我只好坐在一旁陪着。

迪庆低着头,眼睛盯着我手里拼命扭动的伯劳。

他穿着一件好像是他爸的灰色过时西装，长度都快到他的膝盖，下面是一条肥大过长的运动裤，裤脚那里层层叠叠。他整个人看起来就像蜷缩在衣服中的毛虫。

他一把夺过伯劳，把它摔到了地上。阿童木一下子扑了过去，我喝住了它。伯劳滚了许多圈，扑腾着翅膀，慢慢地安静下去。

我推了迪庆一把，他一屁股坐到地上。我看到他伸出手，捡起伯劳，放进了自己宽大的西服口袋。

"狗改不了吃屎。"我用电视里学到的一句话骂他。

我们一前一后互不理睬。河边小屋前的老太太已经不在了。

迪庆用他颤抖的声音问我，敢不敢去石块上坐坐？

我承认那个时候只是嘴上的胆大。其实从坐上去的那一刻起，我觉得从我的屁股起就不安宁，都在打战，一直颤抖到肚子。而阿童木一直在脚边拱我，让我觉得摇摇欲坠。

争强好胜的我们像两片颤抖的叶子，彼此依偎着坐在石头上。

"我表哥，就是'小白鼠'……其实一直吃不饱……他晚上还经常会跑到我睡的地方，从我的床底下掏出红薯来，连皮都不削，就像只老鼠一样啃起来。"迪庆的声音像一种抱怨，好像是为了博得我的同情。可我没有搭理他。他继续自说自话："别人给他说了门亲事，可家里实在拿不出钱来，他就找到我家，说想出来打工，等赚到了钱，再回老家结婚。"

我们在暮色里各自回家时,都没有说再见。

阿童木站在路口迟疑地看着我们朝两个方向越走越远,它朝着迪庆轻轻地叫了两声。迪庆没有回应它。它又飞快地撵上我。

我和迪庆旷日持久地冷战。这期间,发生了两件事。一件事是因为迪庆跟不上学习,留了一级。第二件事是桑园受到粉尘污染导致无法饲蚕,村民们带上了锄头、火钳、扫把,声势浩大地到矿厂门口理论。联防队也赶来调解。村民们顺便把村里鸡鸭被盗的事一股脑摊出来,要求厂里给解释。

我看到迪庆站在他爸和一群矿工间,他们都和"小白鼠"年龄相近,嬉笑地看着神情愤怒的村民。我向迪庆挥了挥拳头,看到他躲闪到人群里,只露出宽大的衣摆在人群里闪闪烁烁。

村里和矿上永远达不成协调。矿厂表示,厂里已经有专门对付工人偷盗的法子了。可村民们不相信。有段时间,村里失窃食物的迹象少了很多。可过一阵子又有人家发现,家里又少鸡少鸭少米了。

美香说:"解决的最好办法就是让矿工们吃饱。都是小青年,干那么重的体力活,吃的都是啥?"

矿方代表挺着浑圆的肚子,像个怀孕的女人,骄傲且满嘴油腻地说:"这里比他们在老家吃得好多了,老家都没得吃才出来打工的。"

迪庆的爸爸蹲在一边抽烟,不表态。

迪庆曾经说过，矿上的老乡亲戚们晚上摸到他家屋子里聊天，临走时总不忘记顺几个地瓜，一根烟也行，他的麻饼无论藏在哪个角落都会失踪。

我和迪庆重归于好，是因为阿童木的死。

"陈洲，你家的狗疯了。"放学回家的路上，有人冲着我喊。

"你才疯了。"我说。

"陈洲，你家的狗疯啦，在田野乱窜呢。"我遇到第二个人冲着我喊。

我瞪了他一眼："你他妈的才在田里乱窜呢。"

"小洲，阿童木吃了投毒的肉，现在正发癫疯。"隔壁割草的爷爷跟我这样说。

我扔下了书包，跑到田野，看见阿童木正在发足力狂奔，绕着出野跑圈，整个身体像迅速滚动燃烧的火球。我拼了命地呼喊着它，嗓子都喊哑了。我感觉它身体里的那团火焰，盖住了它的听觉，遮蔽了它的双眼。它从我身边跑过，朝河水的方向跑去。我看到它一闪而过的惶恐的大眼睛，像正朝山顶坠下的不安的落日，闪着最后绝望的光耀，顷刻间，便会使原野生锈，大地陷入混沌。

我死命地追赶着，看见它从桥上像一个失重的物体，"砰"的落入了水里。

迪庆没脱衣服，跳下河，抱住阿童木。

我们都以为，它还活着，偶尔还会抽动一下身体。可是天黑了，阿童木逐渐变得僵硬。我们两人抱着阿童木哭哑了嗓子,发誓要为它报仇。

我给阿童木戴了红帽子,把它埋在树林里。那是一块平整的土地松软的地方,在矿山的背面,远离炸山的危险。迪庆问我为什么给阿童木戴红色的帽子。我告诉他,因为爷爷说的,阿童木戴了红帽子,下一世可以投胎做人。

迪庆张着嘴怔怔地看着我,过了一会儿才说:"我奶奶说,人在这个世间是最苦的。"

我们分开的时候,迪庆告诉我,阿童木不会孤单,因为那只被他抢走的伯劳也被埋在这里。

整个冬天,我们一直在寻找毒害阿童木的人。白雪覆盖了桑园,河流结出了薄冰,光秃秃的水杉树的枝丫上留着一大蓬铁锈红的杉叶,那是喜鹊的窝。迪庆告诉我,给阿童木下毒的肯定是二虎,因为只有他懂得怎么对付狗。我想起二虎对阿童木的眼神,好像盯着收衣服时美香丰满的臀部。

迪庆说,二虎和"小白鼠"也是远房表亲关系,他比"小白鼠"早一年来矿上,一直做爆破工,在家的时候就死了老婆,没有牵挂。二虎住在一个临时搭建的木棚子里,像这样的棕色的木棚子,还有由石块简单搭就的屋子缀满了山坡,晾衣绳纵横交错地穿过这些屋子,上面晾着肩膀打了补丁的衬衫、软塌塌的蓝色秋裤、露出棉胎的被子、香烟烫过的粗布条纹的床单。我们在这些绳子上找到了一个系在狗脖子上的皮项圈,上面还有一个铜质的铃铛。看,这就是证据。阿童木肯定是被他下的药。我和迪庆一厢情愿地认为,并决定把二虎屋子里的被子搬走,要冻得他嘎嘎叫。

昏沉沉的屋子里面只有四个角垫了砖块的木板床,一堆灰色的破棉絮堆在角落。

迪庆准备去抱那堆棉絮。突然,一阵很大的扑腾声吓了我们一跳。二虎的老鹰正站在阴暗的角落里,之前因为光线暗淡,我们都没发现它。它棕色的像镶了两颗黑色水波纹的玻璃球体的眼睛正发出警惕和凶狠的光。我们想不明白,二虎为什么要养老鹰。我拿了墙角的一根棍子,朝老鹰头上做假动作。老鹰突然张开它的大翅膀朝我扑来,我吓得扔掉了棍子,直往后退。

迪庆拉住我的胳膊说:"别管老鹰了,我们把被子抱走吧。"

"这地方晚上睡着怪冷的吧?"我问着,看了一眼屋子。

迪庆没回答我,抱起了被子,眼睛却瞟到地上的一样东西,是从被子里掉出的。我蹲下去捡起来,是一条绛紫色的女式三角裤。

"这是女人的。"我说。

"这附近没住女人。"迪庆想了一会儿说,"你说是谁的?"

"我怎么知道是谁的?"我想起了美香的黑色波浪卷发。"反正一块儿全都拿走。"我说。

我们把被子藏在树林里,把绛紫色内裤像安葬阿童木一样埋了起来。

整个冬天,我们一直处于这个秘密的喜悦中。虽然我们没有打听到二虎是否受冻,被我们发现了内裤的秘密他是否不安,我们还是一厢情愿地认为,我们高兴了,那么他肯定受到了惩罚。

二虎真的受到了惩罚,可不是来自我们。我们在美香店里蹭电视看的时候,听到警报声响起,然后爆破的声音开始了,接着是巨石哗哗滚落的声音。接着我们听到无数嘈杂声,门前奔跑过许多矿工。美香站在门口,用手捂着胸口,喃喃地说着:"出事了,矿上一定又出事了。"美香拦住了奔跑的"小白鼠"。"小白鼠"说:"二虎放炮的时候躲避不及时,炸伤了。"

二虎浑身血淋淋地躺在担架上,我和迪庆趴在桥的栏杆上看到他被抬到船上。那天黄昏,矿上难得停工了,耳朵似乎一下子承受不了寂静的潜在的压力。大伙都沉默地站在桥上,夕阳最后的余光落在远处的水面上,突突直响的挂桨船载着二虎成为一个黑点消失在那片波光里。

我们跟着神情惆怅的"小白鼠"去二虎屋里收拾明天要送去的衣物、被子。美香的店里没有矿工在,他们都躲进自己矮小潮湿的屋子里去了。电视机空空荡荡地响着一对男女单调的对话,美香背对着门坐着,跟门外那棵美人蕉一样在无风的傍晚纹丝不动,连我们走过,都不扭过头来看一眼。

没有东西可以收拾。二虎床角落里的一堆衣服,长满破洞的毛衣,夏季的背心,蓝色白条纹的秋裤,"小白鼠"不知道要拿什么可以送到医院给二虎。

"被子呢,他的床上怎么没有被子?""小白鼠"好像突然间发现床上连一床被子也没有,只有一条很薄的绒毯。

我和迪庆在昏暗的光线下交换了一下目光,我们不能告诉"小白鼠"是我们扔掉了他的被子,当然也包括绛紫色内裤的事。

我们又折返到美香店里。美香依旧保持着我们经过时的样子。"小白鼠"说了要找衣服,明天送去医院的事。

"也许就回不来了,在这矿上,这样的事太多了。"美香顿了一下说,"他干这个迟早要出事的,我老早就跟他说过。他不是贪图多一些钱吗?……现在好了……"

外面的夜很黑,矿上一片静寂。屋里昏黄的灯光流淌到丝瓜架下,像手掌形状的叶子成了地上的一个个黑影随着微风在抖动。"小白鼠"自己去柜台里拿了一包烟,蹲在门边抽烟。他划了好几次火柴,火都被风给吹灭了。他粗糙开裂的手握成了半个空拳的形状,头低得几乎想钻进去,可似乎还是不能留住那朵火柴梗上细小的火光。他保持着这个姿势很久都不动弹一下,叼在嘴里的烟都掉在了地上,他也没有反应。我看到他的侧脸,已经不是刚来的时候大家叫他"小白鼠"的样子了,薄薄的一层皮贴在颧骨上,在晦暗的灯光下,就像学校折纸课用的发光的蜡纸,随便一抓,全是褶子。

美香拿着打火机走过去,捡起了"小白鼠"脚底下的烟,塞到他的嘴里,替他点着了烟。他们两个人面对面蹲着,顺着流淌到店外的灯光看向黑夜。我和迪庆从来没有这么紧紧相偎地挤在一张凳子上,并且不发出一点吵闹声。

童年的最后一个夏天

那个晚上,爷爷用桑条棒子撵着一路哭哭啼啼的我,原因是我忘记回家吃晚饭了。他很奇怪,平日里能灵活躲避他棒子的我,为什么才挨几下就哭得这么伤心。

"美香也当真是命苦,这个二虎愿意当爆破工,不就是想多赚点钱来娶她。"村里男女老少三三两两谈论着今天矿上有人炸伤的事。

"这男人哪,都是毁在女人身上的。"爷爷已经忘记撵我回家吃饭的事了,跟邻居聊了起来。我独自一个走回家,不知道为什么,我心里一直觉得很难过。我想好了,等二虎回来,我一定找一床被子给他送回去。

大约两个月后,二虎回来了,锯掉了一条腿。他天天在美香店门口坐着,向来往的人展示着他的伤痛,从膝盖处缝合的伤口像一条宽大的拉链。我曾想兑现送被子给二虎的事没有成功,因为有人给出院的二虎送了许多东西,包括崭新的被子。可他说他很快就会离开矿上,因为没有人再想要他了。他说的时候盯着倚在门框上的美香。美香伸出一只手,好像要从口袋里掏瓜子,又换了一只手放到另外一个口袋里,结果什么也没掏出来,她转身走进店去。

二虎的老鹰从木棚里逃走了。它被剪短的翅膀已经重新长出,它挣脱了链子,飞离了昏暗低沉的木棚。如今它停在水杉树顶上,有好多知道它来历的人都盯着它看,一面还帮二虎想对策。

我和迪庆挤在人堆里,兴奋着,可也担心害怕着。它居高临下凶悍的样子总会让我想起阿童木。

"它忘记怎么冲上蓝天了。"美香倚在门框上。

"它被关久了,不会飞只是暂时的,它会飞上去的。""小白鼠"看了一眼美香,他们眼神里交流着一些东西。

有人找来梯子为二虎抓老鹰。老鹰一面用爪子紧紧抓住树干,一面扑腾着翅膀试图飞起来。我仰着头,听到自己的心脏剧烈地跳动起来。那只老鹰猛烈地扇动翅膀,好像突然发现了自己飞翔的能力,慢慢地往上飞去,然后毫不犹豫地越飞越高。

"它不会回来了。"美香说。

这回"小白鼠"没有接话。他们和我们都盯着天空,无声无息的寂静间,老鹰消失在蓝色的天空里。大家都收回视线,可不经意间,又会抬起头看看天空,看看老鹰消失的天空。

随着初夏的来临,我和迪庆的游玩时间变得漫长而单纯,好像经历了阿童木、二虎还有老鹰的事之后,我们都长大了许多。我们会沿着矿山的背后走出很远,从最初林子的营地到树林的纵深处。我们踏进了一大片广阔的地方,高大的松树和楝树边躺着许多奇形怪状的石头,岩石上还攀着各种藤类,长着一簇簇深浅不一的苔藓。我要去揭一块下来。迪庆阻止我:"不要动它们!"我问为什么,他说在他们家乡,山是神圣的,所有的人都只能膜拜,更别说上山采石头挖花草了。

"山上有神仙?"我问他。

迪庆郑重其事地点点头。

我们彼此不再说话,仿佛被笼罩在一片神仙经过的神圣山林中。我们坐在岩石上,整个树林安静极了,只有鸟儿偶尔扑翅的声音。地上去年落下的松针叶厚厚的一片,斑驳的阳光透过树叶子洒下来,抬头仰望,树叶的间隙里,天空湛蓝一片。风慢慢地穿过我们的身体,我嗅到了初夏忍冬的香气。

"小白鼠"出事那天,我和迪庆正在桑园中采桑葚吃,吃得满手满脸的紫色。我们听到桑林外人声嘈杂。一群人涌了过来,接着在人群中看到了低着头的"小白鼠",以及他被人反扭着的两个胳膊。他的脸比往常更加惨白。我们不明所以地跟了上去,直到我看到村里的女人手里拎着一只死去的鸡。

我和迪庆犹豫着要不要跟去矿上。矿上说解决偷盗的办法,是造了一间屋子,里面摆着长条凳子,系着皮绳,还有电击的棍子。屋子里特地开了一个很大的玻璃窗,村民可以站在那里看。这种处理方法,的确在一段时间里让矿上的工人们很少出去偷村民们的东西了。

路过美香店的时候,人群突然不走了,在那里扭动起来。我跑上前去看,原来"小白鼠"蹲在地上不走了,好几个村民拉着推着他。这时候,瘦弱的他好像一头固执的牛。我说:"我们去告诉美香吧,美香能向矿上求情吗?"想起记在"小白鼠"账上我们喝过的甜牛奶,我就感到心慌。

"没用的,我爸上次说了,不管谁犯事,一样照打。"迪庆的嘴唇上全是紫色的,他说打的时候让我看了觉得害怕。

村民和矿方进行交涉。大家站成了一个圈,我和迪庆都不敢看"小白鼠",茫然无绪地将眼光盯着几棵在风中乱晃的狗尾巴草。可我不能控制自己不去看他。过了一会儿,我和他的目光相遇了,他朝我虚弱地笑了笑。我咧开嘴也笑了一下,可马上感到眼泪就要奔涌出来了。

美香也来了,她站在阳光里,不停地绞着手里的抹布,眼睛死死地盯着地面。

"小白鼠"被送到阴暗的房间里。外面和里面一样寂静无声,闷热的夏天让人觉得窒息。过了很久,我们随着几个矿上的人进去,"小白鼠"蜷缩在角落里,这让我想起二虎房间那床堆在角落里的破棉絮。他被电击过,暂时失去了意识,身上还有许多拳脚留下的痕迹,裤子不知道怎么被扯破了,裆部有一个很大的洞。

"小白鼠"躺在床上的时候,美香经常拉着我去看他。他的脸一直处于青灰的状态。美香叫我去门口坐着。我听到他们一直反复地提起那只老鹰。比如飞出去,外面有广阔的世界啊。"小白鼠"总用他低沉的声音说它飞不动了。二虎也来看过"小白鼠",他是来表示歉意的,他说是因为自己想吃鸡,"小白鼠"才答应帮他去弄的。美香朝二虎吐了口口水,我从没见过这么粗鲁的美香。

那个夏天注定要在闷热和窒息中过快地结束。"小白鼠"的尸体在桥墩下被水草缠住了。联防队来查,开了个证明是溺亡。矿上很沉默,村民们都不再谈起此事,只在私下里悄悄地说,"小白鼠"是被打残了,失去生育功能,寻死了。"小白鼠"被火化了,骨灰盒一直放在他生前住的阴暗潮湿的石头房子里。

我和迪庆再也不敢走近那屋子,我们整日在惶恐中,我们总觉得死亡离我们这么近。

美香消失了。听说,她把所有赚来的钱都给了驼背耳聋的婆婆。二虎一瘸一拐地管理起了杂货店,每天给美人蕉擦叶子,他跟谁都没有谈起过美香。随着消失的还有"小白鼠"的骨灰盒。"小白鼠"的家人来领的时候,矿厂才发现骨灰盒不见了,他们出了一些钱便打发了啼哭着的家属,其中有一个清秀短发的女人是"小白鼠"未过门的妻子。

迪庆也随着他们消失了,我不知道为什么,他都没有跟我道别。

下　山

冬天的第一场雪。

雪不大，只在夜里给大地悄悄盖了一层薄薄的毯子。第二天，出了个大太阳，银晃晃的光像把剪子，随心所欲地裁剪起来。剪开的山坡上，卷了边的白毯露出黑漆漆的掉光叶的矮灌木。半山腰，一大片被砍伐留下的树桩像一张张脸仰望天空。再往山顶，木头搭的屋子此刻少了绿荫的庇护，像一个摇摇欲坠的火柴盒，时刻准备着从白雪铺就的道，一顺溜就能滑下来。

她站在门口，看着一览无余的山坡空地，因为下雪的关系，视线仿佛被抻得更远。山下村舍的烟囱里炊烟一股脑儿地钻出来，迎风飘荡，化作一缕缕的轻烟消散在空中。

她能嗅到烟里柴草燃烧的气味。

她穿着大红色的翻领羽绒服，领子上本来镶了一层人造的咖啡色的毛,现在毛磨蹭光了,露出一块块白色的粘胶,像一张患白癜风的脸。外套上的金属拉链已经坏了,她所有的衣服几乎都患了这个毛病,需要扣子的衣服只剩下扣眼,拉链总像自己那副歪歪斜斜的牙,怎么也没法让它们严丝合缝。有几次,她用蜡烛油耐心地涂过,没有效果。不过,她总在外套上罩着厚实笨重的黑皮围裙,谁会知道里面的衣服豁不豁着嘴?再说,这山上她能见到几个人?

她站着,手不自觉地掏到了围裙口袋里,摸索到角落里的一颗瓜子。这瓜子不知道在里面待了多久,她捉了放在嘴里,淡而无味,嚼了一下,将瓜子壳抵在唇边,一口气将它吐得老远。她的嘴巴还在咀嚼,觉得胸口空空荡荡,转身回到屋里。

她思索着,下了雪,他们不会来。或许春节前不会再来,或许明年也不会来。

她把炉子引旺,坐上一壶水,又去屋后的茅草堆里翻出一棵冻白菜。菜帮子冻得太硬,她便直接将整棵白菜丢进沸水里,盖上锅盖。焖上一会儿,挖一勺子猪油,淋上几滴酱油,坐在竹椅上开吃。椅子跟着她健壮的身体嘎吱嘎吱叫唤,外面有风,树枝咯吱咯吱晃动,还有刮擦地面的声响。她静听了一会儿,怀疑有脚步声,便左手端着盆子,拿着筷子的手背到身后,轻手轻脚,猫着腰走到门口,张望了一会儿,并没发现有人。于是,她往外走了几步,还是猫着腰,怕自己目标太大,别人一下子就会发现她似的。住在山坡上的鹌鹑就是这么干的,在杂草里探出脑袋,东张西望。她努力抻长脖子朝山下张望,一只野兔以极快的速度穿过她的视线。她站直了身体,确信没有人上山,把碗里最后一片白菜塞进嘴里,又仰起脖子喝汤。她喝得太快,汤从嘴角流到围裙上,划出一道黑印,冷风一吹,结了一层白色的油渍,像蜡油滴在上面。她会用一点时间,坐在凳子上,用指甲将围裙上的污渍一一揩干净。她做这些的时候,不可避免地想起这条围裙最初的主人,想起他宽阔的脸。

　　吃过的碗就随便搁在锅边,等晚饭的时候再进行清洗,或者不洗。这是一个人生活的好处。她常这样想。她去门背后取了条绿色的毛巾,将它兜在头上,把头发包起来,然后在后脑勺系一个结。这样做是为了方便干活,还有防止猛烈的山风吹得她头疼。没有刘海的遮挡,两条像用黑墨水涂过的眉毛没有起伏地贴在眉骨上,间隔宽阔,下方的鼻子又很小,嘴巴生得大,这样的脸部会使人特别关注到她的鼻子,好像是随意捏造的,几乎淹没在宽脸庞上。所幸,她的颧骨上方一到冬天就红通通的,像涂了粗糙的腮红,分摊了一点鼻子来自别人目光的压力。她对于自己的样貌,只有结婚前关注过,如今住在山上,唯一的一面镜子还是裂了好几条纹路的,照的时候总把她的脸分割成好几块。她只有在风沙迷了眼睛时,才会认真地对着镜子。她听一些老人说过,假如谁跟谁有夫妻相,那是因为两人相处久了的关系,领养的孩子像养父母,也是这个道理。她呢,偶尔会自嘲一下,天天跟猪在一起，自然样貌好不到哪去。她这样想的时候会笑，破裂的镜子把她的笑容变得很诡异。

　　屋后有几棵高大的松树，常年阴森森地注视着她的屋子。有一次雷电来的时候，它们还扯下过自己的臂膀，砸通了她的屋顶。她用斧子对付过它们，每次路过，都用斧子给上几刀，砍得它们哇哇乱叫。当然，这全是她自己的想象，想象它们会疼痛，在朝她求饶。所以，后来她没再用这招对付它们，跟它们友好相处，还将一床破床单剪成布条，将砍伤的树干缠绕起来。走过松树林，有一个很陡的坡道，小块的积雪还留在上面，她的雨靴有些打滑，不得不抓着旁边的一些小树稳住身体。

　　她在这条路上走了二十多年，深信闭着眼睛都能清楚地辨认出这条路。可是，如果一旦以后不再走这条路，自己要去哪里？乡间的路，镇上的路？无论外边的哪一条路，她想起来都会恐慌。

　　她的手紧紧地抓着皮围裙。

　　猪开始叫唤，它们老远就听到她的脚步声。等它们看到她的身影，就一股脑儿从四面八方朝她涌来，鼻子朝天，发出哼哼的声音，表示亲昵。她沿着木栅栏和铁丝网圈起来的坡地上巡视一圈，看看昨夜的风雪有没有搞破坏。猪看见她走，就跟着她跑动，挤挤挨挨、你追我赶地跟着场外的她行进着，像在进行一场运动会的出场仪式。猪的哼哼声也让她高兴起来，她弯腰捡了一根枝条，对着拱栅栏最凶的一头猪的头上抽了一下,那猪顿时老实下来。

她去拌饲料,蓝钢瓦搭成的三十多个平方米的简易饲料间,十几袋饲料放在那里显得空旷,她目测了下最多能吃三天。算了下时间,离上一次送饲料来已经过去了半个多月,按理应该送来了。开饲料店的,送饲料和上门收钱一向都很准时。

她给六个桶装上了饲料,水是用竹管引的山泉,这会儿冻住了,她得走到备用的一个水潭,砸开冰面取水。水太凉,饲料化不开,她用力搅拌几下,猪叫得更凶了。栅栏外面有个水泥浇铸的类似滑梯的水泥槽。她把饲料顺着槽倒下去,猪都在那边候着,也有猪从中就截住饲料。她不得不用毛竹片顶开几个猪鼻子,让饲料流得更远一点,让几头小猪和母猪能顺利地吃到。

猪发出欢快的进食声音,空寂的山里顿时活跃起来。她哼起不成调的歌,也哼着从收音机里听到的戏剧。饱餐后的猪心满意足地相偕回到遮风避雨的屋棚,挤在一堆睡觉,嘴里不时还哼哼几声。有几头猪喜欢闲散在外面,不时啃一下污泥下的草根,来回地走动,像满怀心事。

山谷里来了一阵风,裹着树梢上的雪直冲下来,打在她通红的脸上。天气比想象中冷,她缩回到饲料间,坐在几袋饲料上。屋子里饲料的香味让她恍惚了一阵,她开始用手指抠除皮围裙上刚留下的饲料斑点,还有几点污泥,指甲灵巧地在皮革上划来划去。她想起那个送她皮围裙的男人,他的手也曾这样在她身上划来划去。

他是个屠夫,手掌上总有一股若有似无的肉腥气。无意间,他发现她在山上养的猪。他寻了过来,看中了几头,跟她出了比收购价高的价格。她没有理由不同意。他隔一段时间便来一趟,挑几头猪,顺便给她带一些镇上蛋糕店新推出的糕点。不管是不是新推出的,蛋糕在嘴里是甜的,奶油在舌尖会很快融化。一来二去,他送了她皮围裙。她把他请到了屋里,泡自己采的茶,结果发现每个杯子都有缺口。他不介意,拉过她递杯子的手,把她抱在怀里,茶泼洒出来。他在完事后夸她皮肉紧实,就像养在山里的猪,吃着带劲。就那么一次,往后他再没有来过。她也无从听说他去了哪里。她甚至都不知道他打哪里来。可就那么一次,她觉察到身体发生了变化。有了前一次的经验,她这次不算很慌张,也知道这种身体的疼痛不会纠缠很久。

她趁着晚间下山,村子里的狗追着她狂吠,都是些虚张声势的家伙。她只要一蹲下,做一个捡石子的动作,它们早就吓得没影了。家里静悄悄的漆黑一片。为了省电,母亲不舍得开灯,黑夜与白天,她对屋子的洞察力并不是靠光线。

母亲正在灶口烧饭,吃惊地看着她像个幽灵一般出现在门口。炉膛里跳跃的火将光映在母亲脸上,使她看起来像个鬼怪。她为自己的这种想法感到羞愧。不过,羞愧感转瞬即逝。

"你怎么黑灯瞎火地回来了?出什么事了?"母亲看了她

一眼,把柴火塞到灶口,问她。她感到母亲在匆匆转过脸去的一刹那有一丝紧张,加柴的那只手在抖动。在她为数不多的下山的日子里,一次比一次觉察到母亲的苍老。

她倚着门框,头低着说:"我好像又有了。"

母亲张着嘴,半天没吭声,手从炉膛里掏出一截火红的老桑树的树桩,朝着她掷过去。她知道母亲不会真的朝她身上掷过来,站着没躲,烧成一半的木头落在离自己半米远的地方。

"你这个作孽的,你儿子都在找对象了。"母亲站了起来,一手撑住额头,一手扯着围裙的下摆。

老树桩带着明明灭灭的火星,屋子里一大股烟气。母亲走过来,朝着发黑的地面跺了一脚,用火钳子夹起木桩,塞回灶里。

她依旧倚着门框,除此之外,好像没有地方可以让她觉得有所依靠。炉膛的火在黑暗中跳跃。母亲抓着围裙下摆擦拭眼泪。

"你受这个苦,还要受到什么时候?"母亲摇摇晃晃地在屋里走动,"你还是下山来吧!"

她在黑暗里摇摇头。

她模糊地感觉到母亲也在摇头。

"下了山,你能干什么呢?"母亲说,"上一次还不足一年呢,你怎么就没脑子?"

她一声不吭,任凭母亲对她唠叨或者自言自语。

她走动了几步,扯了下灯绳。灯亮了,两人好像都不适应光亮。屋子的角落里堆着几捆草药,几个竹匾搁在长凳上,晒着一些切成圆片状的东西,还有一些络石的藤蔓绕成一个球状。她看到没有天花板的屋顶,雨水在那上面留下交错的水上交通图。母亲一屁股坐到墙角的矮脚凳上,双手捞起一把紫苏叶子,使劲搓起来。

"你和我不都是寡妇的命吗?"她想到母亲、自己,好像总活在担惊受怕里。

母亲扭过头睁着一双发亮的眼睛看着她,空气里有股紫苏汁的味道。母亲的眼睛让她想起待宰羊的眼睛。小的时候,她养过羊,每天清晨都要割草,露水沾湿她的鞋子和衣服。小羊见她来,总是咩咩咩地叫,叫得她心里发痒,一双手在柔软的羊毛上来回抚摸。年关到了,羊的四条腿被绑起来,它的脑袋在地上前后摆动,一双眼睛注视着她。她求母亲,母亲没理她。她跟羊一样,滚倒在地上大哭,任凭谁也拉不起她。母亲用扫把抽她,告诉她,羊生来就是被杀掉的命。她屈服于扫把,看着羊脖子里的血流淌出来,蜿蜒着像条河流,一直流到她的脚下。

母亲别过脑袋,用袖子一抹眼睛,拎着竹篮子,找了镰刀,摸黑出去找草药,为了她肚中的隐患。

父亲去世后,母亲好像突然间会了这项技能,能用草药治村里人的头痛脑热。不过,逐渐地,占卜问卦、驱鬼求神成了她的主业。家里的墙壁被香和蜡烛熏得发黑。村里人称她为"鬼婆"。她打小在这种阴沉的气氛下长大,不爱说话,上了几天学,被同学取笑为"鬼婆女儿",哭着回了家。母亲替人求神问事,嘴里念念有词,她躲在房里不出来。同村的女孩外出求学或者务工,她也不羡慕,驱赶着河里的鸭子,坐在河滩,看自己的影子落在水面,静静地发呆。村里人说,她跟她母亲一样,以后也是个"鬼婆"。她不想这样。可是,她也不知道能怎么样。

十七岁那年,外乡人摇了一艘船到她家。船上躺着一个脸色苍白的年轻男子,自然的卷头发,棕色的眼珠,一动不动瞧着站在一边的她。男子患的某种怪病,中医西医都试过,都不见好转。父母只能死马当活马医,将小伙子撂在她家,由她母亲料理,言明,若是男子死了,也与她家不相干。

母亲日日采草药,她熬药,又替男子擦洗。半个多月,男子有所好转,便会坐船回家住几晚。她每次都到河埠头送他。下雨天,她打着伞。伞是伞匠新扎的,紧绷绷的伞面,桃花粉嫩的颜色,雨滴打在上面,咚咚作响,她的脸也是紧绷绷的。等过几日,她去迎他,脸上带着笑,手里拿着他带给她的布料。

她有了他的孩子,两个年轻的孩子不知所措。她母亲叹了口气,转过身,背对着她。她口气硬,要生下来。母亲说:"那你们去山上吧,自谋生路。"

山上的养猪场很早以前是她家一个亲戚置办的,荒弃了很久。他们把家安在山上。第一个孩子出生,是个儿子。山上条件艰苦,她自己又不懂得如何照料幼小的孩子,便托付给了母亲。第二个是女儿。女儿刚满周岁,丈夫从卖猪的一辆拖拉机上坠落……她把女儿送到了母亲那里,自己一心一意养起猪。母亲嫌她一个人孤苦,便托人找了一个愿意入赘的男人领到山上。男人喜欢喝酒,指使她下山买酒。她去清理猪圈的时候,他就在屋里嗑瓜子。她一有不满,他便在酒后露出凶相。她瑟缩在一角,不敢吱声。男人终是挨不过山上的寂寞,没过几个月就走了,什么话也没留下,除了堆得像小山一样高的酒瓶。她后来分了好几趟把酒瓶背下山,换了好些酥心糖。一个人听收音机的时候,嘴里咂巴着很知足。她觉得,一个人,在山上,养着叫唤的猪,挺好的。

这样的好日子持续到三天前。

三天前,有三个男人来到山上。两个年轻人,一个戴眼镜的中年男人。她好久都没见到过这么年轻漂亮的人了,在心里,她拿他们跟自己的儿子比。儿子的眉毛生得比他们好看,眼睛要更亮一些。她这样认为。

他们客气地说话,请她带往猪圈,问了她一些养殖的事,以及如何处理猪粪和死猪的事。她指着一片长得郁郁葱葱的树林说,都在那里。猪粪堆上还长了不少的蘑菇。

年轻的男人拿着相机拍照,另一个用笔在纸上记录了一些文字。最后,他们回到她的住处。只有一把竹椅、一个小马扎,另外一个人只能坐到床铺上。年轻的男人显然觉得床上长了类似针的东西,屁股只挨着一点点,就随时准备逃离。

中年男人推了推眼镜告诉她："以后不能在山上养猪。"本来，他说这话的时候总是尽量说得婉转，让听的人不至于太惊讶，可是这次他不知是不是被竹椅的嘎吱叫声吓了一跳，说出来的话少了许多柔和。

她起先睁着眼睛，过了一会儿才想起要说话。她说："我在这里养了二十三年猪了。"

中年男人摆了摆手："这跟养多少年没有关系，现在有政策规定不能这样养，如果要养得办一些手续。"

"这最早是我家一个亲戚弄的屋子，还有围的猪圈，我们只是扩大了一些。"她连这个亲戚是谁都搞不清楚。

"这跟谁先弄的也没有关系，是涉及了环境污染。"中年男人凭着职业的敏感知道跟她说话是很费劲的事。于是，他说："你的情况我们大致了解了。这样吧，我们回去商量下。过三天，我们再过来，告诉你最终结果。"

她有些困惑，理不清他们所说的话。她点了点头。她不明白自己为什么要点头。

她不明所以，担惊受怕。她不明白，为什么他们要跟一个养猪的谈。一本正经的。他们穿得那样正式。她脑海又闪现出难得见面的儿子，每次穿得很正式，像个体面的人。而她，是个不体面的人。她低头看着衣服上豁了嘴的拉链。

他们走后，她绕着屋前屋后、猪圈内外重新审视了一遍。她想起了丈夫，与他一起去镇上抓的小鸡小鸭，他们用鱼丝网在几棵树间圈出了空地，它们天天在里面欢快地叫嚷着。

他们还在山坡上种过红薯,侍弄过菜地。他们用脚步丈量过山上的每一寸土地,用双手圈出他们的领地。可是这一切,在三个陌生人翻动的嘴皮下,马上变得面目全非起来。

这些事情,就算跟母亲说,母亲也无能为力。她又想起那个晚上,她坐在门口等母亲回来,夏夜河水温暖的气息飘过来,她嗅出水汽味,认出了阵雨将至的脚步。风刮过,门就哇哇叫起来。门轴几年前就坏了,像一个肩膀脱臼的人,只要一触碰,就发出疼痛的声音。如果家里有个男人,不至于连一扇门坏了这么久也不管。她嫌门在风里来回叫唤的声音实在太吵,猛地将它关上。谁知用力猛了,整个门没了制约,向她扑过来,她只得端起它放在一边。她在黑暗中,想着自己的命运如同这扇坏了的门一样,经不起一扯一拉。

她其实很少会去想命运和自己的一些关系。

母亲过了很久才回来。

灯被拉亮了,灯绳的影子在墙壁上轻轻地晃动,几只死掉的飞虫黏在灯泡上。她躺在床上,睁着眼睛。母亲煮的药她猛喝了两碗,用袖子擦了下嘴角。此刻,胃里充涨着液体。她想象着是自己浑圆结实的肚子,里面一个小生命呼之欲出。她做起梦来,梦见与孩子在竹林里嬉戏,胖乎乎的手摸着她的脸。她领着他去镇上,满大街的东西,可是不知道挑什么给孩子。她很着急,急得跺脚,孩子仰着脸看她。她突然想到一个问题,这个孩子的性别。她去扯孩子的裤子,突然觉得一阵绞痛,两腿间有热流,她惊醒过来。凌晨熹微的光从窗户里透进来,她将自己的身体蜷缩成一团。

母亲劝她,过几日再上山,那些猪,她会帮着去照看。她摇摇头,说要回去。母亲摇摇头。她的固执不知道遗传了谁。

痛感经过时间钝化后,怀想起来有那么几分不确定性,不确定自己曾经那么尖锐地疼痛过,也不太确定屠夫的手留在她皮肤上的温度。她有几次都觉得屠夫会在深夜里上山,静静地来到屋前。她不敢点灯,总是赤着脚下床摸到门闩,屏住呼吸打开门。山风灌进她的胸口,月光下,几棵树抖落的黑影在她裸露的上半身跳跃。

她觉察出一丝冷意,甚至还打哆嗦,大概是待在饲料间太久没动的缘故。她站起来,拍打皮围裙上的粉屑。猪圈里开始骚动起来,仿佛知道她要回屋去,争相送行。她又绕着栅栏走了一圈,并不时用手晃动一下,试图找出松动的一根。她有一把锋利的竹刀,随时可以砍断五六厘米粗的小树,削光枝叶,填充到栅栏的队伍里去,一些藤蔓总在春天的时候帮她快速地加固栅栏。她模糊地意识到,今天在等待这的人,或许意味着,让她没有办法在这个山上等到春天,这里的一切都将结束。结束是什么?她有点不敢去想。如果失去了这里,失去养猪的经济来源,她回到村庄,她能干些什么?去附近的纱厂当女工?可自己的手指太粗了,捻不住那么细的纱。除了这个,她想不出第二份工作。难道要继承母亲的独门技艺,帮人驱鬼迎神?她又不自觉地笑了,脸部有些僵硬,不知是不是给冷风吹的。

她朝屋子的方向望了望，嘴里嚼着一根草。或许还没有到失去这里一切的地步，她安慰自己。脸部表情柔和起来，嘴里还哼起了歌。

这座山或与之相邻的那座山，更远的那座山，她都熟悉。白雪把她前几日的足迹抹过，可是那些印迹在心里，串成一条条弯弯曲曲的小径，通过草地、苔藓、暴露的树根，穿过蕨草、松树、竹林，向下通过三根杉木搭的独木桥，有一根从中断裂得更新，她重新砍伐了一根替换。溪水从下流过，漂浮着一些树叶。走过桥，急转直上，有一大片箬叶林，端午节前，会有人来采摘。箬叶上积着雪，此刻阳光出来，积雪顺着滑溜的叶面往下滑，不时发出啪啪的声音。这种声音让她有些惊慌失措，总感觉是有人出现在附近。附近没有人，她告诉自己。或许，家里此刻才有人。可是她这一路走来，不就是为了找一个人，随便跟什么人讲一下吗？别人会比她有办法。

她不由自主地叹了口气，准备回去。积雪在她身后不停地滑落，像在追赶着她的脚步，让她不自觉地沉重起来。太阳划过了松林，像一把扇子一样打着半圆的光芒。她眯着眼沉思了一会儿，想起那个嗓音尖尖的男人，他住在村里，消息灵通，而且总比她有办法。

她估摸着如果此刻下山一趟，能在天黑前回来给猪喂食。下山的路并不好走，不时要扶一下树木来阻止往下滑的脚步。她很高兴，甚至有点为自己做这个决定的勇气而欢欣鼓舞起来。

缓坡上能望见村庄的样子，她要找的屋子就是靠近山坡的一间平房。远远地就能看到屋顶上的残雪，一些衰败枯黄的瓦楞草。她想象着此刻他在做什么。在编竹篾，还是做篮子？或者什么也不干，坐在椅子上抽烟？他是个篾匠。每一根手指上的皮都结得很厚，编织过程中再锋利的竹篾，也只能划破点皮，却不见血。这是他跟她说的。她想起他的手指，突然意识到自己身上的皮围裙。她迅速把它解了下来，叠成方块，放在一棵松树下面。走了几步，不放心，又回头看看，捡了块小石头压在皮围裙上面。

没有皮围裙的包裹，身体一下子觉得好冷。她只得用两只手抓住敞开的外套的衣摆，交叉在肚子前。如果女儿下次还带衣服来，她一定要嘱咐她，要带扣子的。想到女儿，她觉得很欣慰。女儿在外镇一个超市工作，隔一两个月就会回到家里一趟，看望奶奶。超市里一些快过期的食品、旧衣物，她都会带来。她一般都见不到女儿，这些东西，她妈给她留着，等着她下山时捎给她。

女儿、儿子和她不亲，只和把他们一手带大的奶奶亲。为此，她好像没有什么遗憾，也没有她这个年纪开始为子女成家立业的事而操心。

她不敢去敲门，绕着屋子走了一圈。后窗开着，窗台上结着一层苔藓。窗子很高，她得踮起脚朝里望，什么也看不到，除了从木梁上吊下的一只淘米箩。她不知道怎么样开口称呼，她甚至从来没叫过他的名字。她捡了一片碎瓦砾，朝窗子里扔了进去。瓦砾好像击到了什么东西,发出一声沉闷的声响。里面没有动静。她又扔了一块。

一张脸出现在窗口,居高临下地看着她。她刚想朝这张脸讨好地笑笑,那张脸就阴沉地消失了。两块碎瓦砾从里面飞出来,一块险些击中她。她踮起脚,努力探向窗口。一盆水泼了出来。她几乎从头到脚全湿了。

"你个神经病,扒人家窗户做啥?快走!"里面那个熟悉的声音带着一股子不耐烦,像锋利的竹篾,又薄又细,一不留神就划破了。

她浑身又湿又冷,有些结巴地说:"我想找你说个事。"

"有啥好说的?我跟你说,你快点滚,这样子神经兮兮扒窗子,要被人打的。"声音里嘟嘟囔囔全是怨气。

她本来想跳起脚来,冲着窗口回骂他。可是屋子里传出了其他的声音。有一个男人在问:"什么人?"

她听到他嘟囔的尖细的嗓音:"是山上的那个女人。"

一张面无表情的中年男人的脸从窗口探出来。他朝她古怪地一笑。她弄不清楚他为什么笑。

男人把窗子关上了。

她知道这个男人是他的儿子。插销落到锁孔来回扭动发出金属的摩擦声,她的牙根一阵发酸。

她在墙根屏住了呼吸,屋里拖动凳子发出一声响声后,就寂静下来。远处,大概是溪涧,有雉鸡发出呼唤的声音。她在山里见过几次,它们是一家人,远离村庄居住着。

她没有忘记去取皮围裙。穿的时候,她想,如果当时有这件皮围裙在,就不至于湿成这副样子。

"山上的那个女人。"她在嘴里哼出这句话。她想象得出他说这话时的神情,就像在说"那个婊子"。秃头的脑袋,嘴角全是不屑。她也知道,村里的人都是这样称呼她,好像她没有名字。这个称呼从别人嘴里出来的时候,又是另一种含混不清的意思,仿佛是一种羞于见人的东西。

"来换鸡蛋鸭蛋时,怎么就觉得好呢?"她满腹委屈。养的鸡鸭下了蛋,有一大半都是村庄里的女人拿着一篮青菜、豆子、土豆给换走的。换的时候总是夸山上的鸡下的蛋好,更有营养,说着说着,眼睛总免不了往她屋里瞅,好像那里藏着不少见不得人的蛋。

"你个老混蛋,你才是见不得人的东西。"她嘴里咒骂着,手里拿着一根树棍,抽打着路旁的枝叶。身体在颤抖,不知道是气的还是冷的。

她想起他劈竹子的手,突然浑身一阵刺痛。两年前,初夏即将结束的一个下午,她在箬叶林里碰到他。她认得他。小的时候,就知道他。就跟知道村里的人一样,对她来说都只是一个名字,面目模糊的身影。她对他们,远没有对松树、竹林、养过的每一头猪来得熟悉又亲切。他在采摘箬叶,叶片经由他的手发出哗啦哗啦的声响。她走过去,帮他摘箬叶。厚厚的整齐的一沓,经由她的手放到他的竹筐里。有人挖笋,她会帮人找地方。有人来砍树,她会告诉他们哪里的树笔直

下山

粗壮。山坡上有人采摘茶叶,她远远坐着,听她们聊家常,并不靠近。她做这一切自然而真诚。

他坐下来抽烟,问她:"一个人在山上不容易吧?"

他有些秃顶,稀稀拉拉的银灰头发,像几缕玉米须,风一吹,就要掉下来。

"就这样吧。"她说,"在山下也没好活干。"她手里拿着一片刚摘下的箬叶,微风中叶片像行进在波浪中的船,她看到阳光从上面滑过。

他把自己的筐子挪开,示意她坐下来。他从口袋里掏出香烟,取出一支,问她:"要不要来一支?"

她笑着摇摇头,往他挪开筐子的地方坐下去。

"村里的女人抽烟吗?"她问。

"不抽。"他吐出烟圈,"也有抽的,那个快八十岁的李家老太,抽得凶。"

她想起那个李老太的样子。后脑勺挽着小髻,坐在自家房前的石头上,背靠一棵歪脖子柳树,皱着满脸的褶子,拧着眉,手颤颤巍巍地划火柴,点一泡水烟,咕噜咕噜地响。

"她以前是上海滩有名的婊子,回来嫁人时,不知道带了多少金银器。"他告诉她,脸上带着不屑。

她没吭声。

山谷空地上,稚鸡在呼唤自己的孩子。

她感觉他在向她靠近,慢慢地,一只手在大腿侧面徘徊。

她还没有感知这只手下一步的去向,整个身体就被按倒在箬叶林里,身下的声响让她失去了主张,阳光又耀眼地在她头顶晃,脑海中闪现他刚才说李老太当婊子的那个神情。

他走后,她慢慢起身,看到倒伏成一片的箬叶,以及身上被叶片划破的火辣辣的小伤口,感觉随着血液的平静变成了全身的刺痛。

这些小小的划痕着实让她困扰了很久,总是在不经意的时候,经过衣服的摩擦产生细微疼痛感,提醒那个下午发生在她身上的事。

她发现怀孕的时候,有些慌。可很快又镇定下来,她觉得应该找他说说。于是她天天在毛竹园里转悠,直到有天遇到前来挖笋的他。她离他有几米远,竹子把他们彼此的身影间隔开来。她说了自己身体发生的一些变化。他听了有一会儿,突然抓起刚刚掘出的一支又粗又壮的笋,朝她凶猛地丢过去。她吓得往后跳去。他咒骂她,说她不知是跟哪个野男人好上有的种,赖到他头上。不看看,他多大年纪了。

她愤愤地抓起一把黄泥朝他撒去,扭头就走。

她以为,无论他们之间发生过什么,他肯定会听她说一两句话。

暮色在山谷沉潜而来,离她预期给猪喂食的时间晚了一个多小时。她顾不得换衣服,浑身发冷,哆嗦着赶去猪圈。猪又挤成一堆朝朦胧中的人影嗷嗷直叫,空气中飘散着猪粪的热气。她钻进猪圈,猪挤挤挨挨地在她腿边。她拍着它们晃动的脑袋,抚慰它们,眼睛被猪圈里臭烘烘的热气熏得发酸。许多热泪流了下来,她对着不断拱到她身边的猪亲亲热热地喊着:"宝贝,乖乖。"

奔走了一天后,她终于躺在了自己的床上。她想三个男人估计明天会来,或者后天会来,或者永远不会来。这样想着,她有了困意,做起梦来。一只被捆住倒地的羊,用哀怜的声音求着她解开绳子。她刚要伸出手去,一把亮晃晃的刀出现在面前,她吓得捂住了双眼。

白天消融的冰雪此刻正酝酿着寒冷的力量,重新凝聚。她湿透的衣服晾在屋外,夜风在袖子里钻来钻去嬉戏,逐渐地,袖子和裤管变得僵硬起来,以硬邦邦的姿态迎接明天的第一缕阳光。

像鸟一样飞过天空

一

他背过身去,试图离旁边的身体远一点。租给过无数房客的棕垫,像一张失去弹力的弹跳床,只往一个地方深陷。所以,维持不了多久,他的身体和另外一个身体,重又深陷在棕垫的深处。床单皱缩,愁眉苦脸的。手机的光在狭窄的卧室亮起,一种介于真实与朦胧间的光,如同车灯划过,或者月亮照过,稍纵即逝。

金海珠一直醒着,手机照亮涂白的墙壁,在头顶上方,像一个不断被放大的光圈。

她在心底长长地叹了口气,打开灯,用一只脚驱赶孔伍维离开床。她将床单重新铺平,把每个角尽量掖到棕垫下,抓了块毛巾掸着床单。想着是掸的动作,实则更像是用力地抽打一个人。被打的那个人闷声不响,蹲在床边,眼睛依旧盯着手机屏幕。

金海珠带着点绝望的神情,转身去了卫生间。

卫生间的门锁着,里面亮着灯。

"崔姐,你是不是不舒服?"金海珠敲了敲门。

抽水马桶发出冲水的声音,崔英打开门,面色黯淡:"没什么,有点拉肚子。你怎么还不睡?"

"那个鬼又在半夜里抢特价机票。"金海珠拍了拍崔英的肩膀。卫生间的照明灯一直坏着,开了取暖灯,光线刺目,带着股燥热。她觉得她的背开始佝偻。才四十三岁,衰老来得这么迅速?

金海珠把"衰老"这个词在心里过了一遍。

"谁都不容易。"崔英走向昏暗中的沙发,毫无声息地睡下。

她本想长长地叹一口气,好让郁结在肠胃里的气顺畅一点。但一想到,这是在别人家。黑夜,四壁围起的窄小空间里,无论隔着两扇还是三扇门,那种叹气声会生生地扼住别人的咽喉。这种感受,在许多艰难痛苦的时刻她曾深深体会过。所以,那声长长的叹息便在百转千回的肠子里蠕动起来。

要不是实在不能忍受,崔英并不想来医院检查。农场的活,脱开一天,就像离开半个月。施了肥的地,杂草就趁机冒出头;不摘的茄子迅速地老去,都等不到天黑;牵在藤上的丝瓜,早上还紧绷的脸,一到晚上就皱缩起来。一天时间的流逝,崔英都能在这些日日照面的植物身上灵敏地感受到。

可是对于自己的身体,她总是无可奈何。最近一段时间,她的肠胃不舒服,疼痛就像杂草,不经意间就冒出来,捂也捂不住,且生命力顽强。她去最近的药店,配了点胃药和止痛片,用来缓解疼痛。

金海珠劝她来大医院检查一次。两个人好久不见,电话里讲不清楚生活中太琐碎的寂寞,彼此的身边又没有一个可以说体己话的朋友。崔英对丈夫是千关照万叮咛,好像一走就要十天半个月。其实,她只在金海珠家住两个晚上。

金海珠回到房间,她看到孔伍维躺在床上,睁着眼睛。

"是不是已经抢到特价机票了?"金海珠明知故问。

"我可能永远也抢不到,运气差,实在不行还是得买火车票。"孔伍维用别人教的方法在凌晨抢机票,如果抢得到票,那可比火车票要便宜得多。

"没有哪一种票是既便宜又省时间的。"金海珠说。

孔伍维没吭声,关了灯。两个人在黑暗里躺着,身体触碰到了一起。金海珠转了个身,不想对着他的呼吸。

"今天我们厂里出了事故。"孔伍维说,"刚来不久的机修工,我们喊了'一二三',然后把机器放回机位,不知道他在想什么,手握着扳手没抽出来。"

"手断了?"金海珠听得眉头皱起来,显然暂时忘了他买机票的事。

"我们再喊'一二三',把机器抬开,人一拉,只有袖管的布连着一点,机器下的那截哪还是手!"孔伍维说着,自己倒有点害怕起来,身体瑟缩了一下。

"现在医学发达,手指啊,脚啊,耳朵啊,断的都能接起来。"金海珠听到外面的脚步声,知道是崔英又去了一趟卫生间。

"你没看到,那都不是手,就好像一块抹布,一块裹了碎肉的抹布。"

金海珠皱着眉头不说话,觉得那块裹着碎肉的抹布就在眼前。

"如果我变成那样,你会怎么样?"孔伍维问她。

"不会怎么样。"她说。

"你会离开我。"他说,"你不会跟一个没了手的男人在一起。"

"你到时有老婆可以照顾你,还轮不到我。"她有点生气。

二

孔伍维去买豆浆、菜包和油条。他前面有十几个人在排队,蒸笼不停地散发着热气。

包子店是一对来自云南的夫妻开的,他们两个人手脚不停,麻利地从蒸笼里取出包子,从豆浆机里接出豆浆,两人就像在云里飘来飘去。孔伍维不明白为什么每次买早饭都要排队,虽然不明白,但还是打了豆浆买了油条和菜包,他坚决不光顾旁边的一家顾客稀少的早餐店。

三个人围着玻璃茶几吃早餐。

崔英穿着睡裙,头发没有梳理,脸色苍白。她端起热腾腾的豆浆,吹了吹热气,却停顿在嘴边,不想喝。

"还是不舒服?"金海珠问。

"好奇怪,我现在都不会觉得饿。"崔英用手摸了一下肚子,好像里面睡着了。

金海珠瞟了一眼孔伍维,他在咬一根油条,眼睛盯着豆浆冒出的热气。不知道他在想同事的手,还是在想没有买到的机票。

金海珠把最后一点油条塞进嘴里,急匆匆地跑到公交车站。上班的地方要倒一趟车,她每天必须七点钟准时出门,八点三十分赶到单位。主管穿着白衬衫,皮带系在隆得很高的肚子上,双手背在后面,拿着一部黑色的对讲机。他站在超市入口处,看着员工们一个个像鱼一样,从他身边游过。

金海珠经过,主管叫住她,问她两个多月前来的销售员怎么样。主管皱着眉,显然在努力想那个销售员的名字,可是一点也想不起来。

"能怎么样?不都差不多。"金海珠在心里嘀咕了一句,但没说出口,她说:"还可以吧。"

"你猜她能过试用期吗?"主管的眼睛盯在别处。

"别人的心思,我哪猜得了?"金海珠从来不把他的问话当真。

金海珠所在的食品销售组,并不需要什么特殊的技术含量,只需要勤快,还有好脾气。干的活只是整理货架,把蔓越莓蛋糕切成极细的一小块,将袋装的半成品牛排煎得滋滋作响,向顾客介绍新进来的荷兰牛乳白巧克力饼干。这些活任何手脚齐全的人都可以做,所以进来的门槛很低,但同样,流动性很强。十七八岁、二十出头刚从外地来到城市的姑娘,最大的快乐是把所有的食物都尝一遍,然后用内部价买一些送朋友。等到她们对货架上的食品提不起兴趣,对来往的顾客不再品头论足,她们开始向往超市以外的世界,便离开永远开着灯光、空调控温的环境。

金海珠只要出现在主管玻璃办公室门外,主管就会习惯性地把椅子往后一退,让肚子远离桌子。他拧着眉,显出一副纠结痛苦的样子,拿着一支笔不停地敲着桌面问:"人又走了?"

金海珠点头。

主管朝她挥挥手,抓起电话通知服务台贴几张招聘信息。反正这种职位,有好多女孩都想来试一下。服务台的人嫌麻烦,在贴着的招聘启事最下方补上一句:"此招聘长期有效。"

所以,他们其实并不缺销售员。

食品销售区域干得最长的是两个临时工,都过了四十五岁。她们嘴上嚷着,干得太累,不想干了,甚至一个月中,总有一两天不是头痛就是肚子痛,告假不上班。可就是这样,她们却是最稳定的销售员,时刻关心着整个超市的活动,哪个区域今天有内部价出售,哪个工作人员离婚了,她们都一清二楚。

金海珠朝过道里张望了一下，一些买菜的老人提着篮子从入口处争先恐后地进来。朱小天还没有来上班，这个还没过试用期的年轻女孩，一周前跟金海珠借了三千块，请了假，到现在还没出现过。

上午的光景，两大妈烫着同款式的梨花卷，穿着蓝色的超市工作服，慢慢腾腾地整理货架。一个嘟囔着早上烧的饭不合孩子胃口，担心他都没吃饱；另一个说老公的袜子早上找不到；一个说昨天晚上菜烧咸了，喝了几杯水，结果不停地起夜。

金海珠在隔壁货架，听着她们讲话，有时想笑，感觉她俩就是双胞胎。她们永远分不清是在家里工作，还是工作地点就是家，东拉西扯。一过中午，就喜欢到处打盹，在过秤的柜子下面蜷着，或是靠着货架迷瞪着，有时借着理货，就在两个空箱子中间坐着睡。上班经常会迟到，有时明明不用加班，却故意留得很晚。金海珠虽然嫌她们有时太过唠叨，却也不真当一回事。只要她们不拿金海珠说事，她这个小组长就会让大家天下太平。

金海珠想到孔伍维，想到他的家庭。他有一个妻子在老家。老家那条土路特别难走。如果下雨，深一脚浅一脚，最后就成了一个泥人。如果天晴，风一吹，尘土都会灌满嘴巴。所以他的妻子一直没有出门，照顾家里的老人和孩子，养着一群鸡鸭鹅。

她问他,他的妻子是个什么样的人?

"一个很好的女人。"他说。

他们五岁的孩子,去年夏天溺死在家门前的池塘里。孔伍维回去半年多,中间打过一个电话,电话里沉默的时间比讲话的时间多。后来金海珠就挂断电话,哭了一场。她相信,孔伍维不会再回来了,他将永远陪在那个很好的女人的身边。

有一个晚上,金海珠加晚班回来,看到孔伍维背靠在门上抽烟,身边是一个灰色的旅行包。胡子拉碴,额前还冒出了几根白发。

金海珠不敢问。深夜,他僵硬的身体一动不动地躺着,金海珠拥抱他,慢慢地抚摸,直到他的身体放松,流露着温暖的热气。他开始用手抚摸她。两个人在黑暗中用身体的热量,把内心的伤痛和恐惧暂时挤压到外面。

他用嘴抵着她的耳朵说:"如果没有你,我该怎么办?"

过了几天,金海珠见孔伍维情绪平稳,开始有说有笑,就找了个机会问他:"我们要不要结婚?"

孔伍维蹲在厨房里帮她择芹菜,他沉默了一会儿说:"等儿子过了周年祭,我会跟老婆提离婚的事。"

金海珠没想到他会同意。但她总还是半信半疑,有时会翻看他的手机。没有密码,一打开就能看到信息。存在手机里的名字叫珍。

珍总是这样发短信:"我昨天梦到儿子了,他的眼睛里都是血,好害怕。伍维,你还要多久才能回来?"

另一条:"家里养的鹅半夜里叫起来,我和公公都起床看了,没发现什么。你说,是不是儿子想我们了?你什么时候回来?我不要你赚很多很多钱,只要你回来就好了。"

金海珠把手机放回原处,出神地望着窗外,想象着另外一个女人,穿着围裙,围着灶台转,从仓库取出玉米料装满盆子,鸡鸭鹅围着她不停地叫。女人也会放下盆子,往她的方向看来——那么远那么清澈的眼神。她们就这样对望着。

货架上的时钟指向十点,朱小天没有出现。金海珠给她打了个电话,手机提示是关机状态。按照她请假的天数,前两天就应该来上班了。

朱小天刚来应聘的时候,金海珠挺看不惯她。十九岁的女孩,披着一头半截黄半截黑的头发。五官平平,化了妆,眼线画得太浓,会让人一下了注意到那偏棕色的眼珠。

金海珠让她把头发全染成黑的,顾及一下员工形象。

"我再也不想去理发店里弄头发了,前面三个月,我都待在店里给客人洗头发,从早上九点,洗到晚上十一二点,手都泡烂了。而且那些染发的药水,把鼻子熏得过敏,现在只要一经过理发店,我就要打喷嚏。"朱小天一听到别人说她的头发,就哇哇乱叫起来,好像她本来就为自己染成这样的头发而特别生气。

她把手伸出来给在场的每个人看,十个手指的关节粗大,皮肤深浅不一。

两个大妈咂了咂嘴,不说话。

金海珠虽然看不惯,但还是有点同情朱小天。想到自己来这座城市打工的时候,刷了好几个月的盘子,身上永远是一股洗洁精和食物混合的味道。孔伍维一直在毛纺厂做机修工,指甲缝、掌纹里都留着抠也抠不掉的黑色印记,头发上、衣服上满是机油的味道。

朱小天可不理会金海珠脸上的那点同情,她说话不饶人,知道金海珠还没结婚,却一副已婚妇女的样子,就当面叫她金大妈。可是,她才二十八岁。

女孩刚来上班没几天,就把工作摸熟了。她把一块蔓越莓饼干切成四份,放在品尝区,然后一块一块塞进嘴里。再切一块,切的时候就捏了一块放在嘴里。金海珠善意提醒她,超市里有监控。虽然推销员吃一些没有关系,但吃太多不好看。下巴尖瘦的朱小天转过身去,只把半截黄半截黑的头发对着金海珠。

"我有特殊情况。"她把脸转过来,嘴角沾着饼干屑子,眼神里满是委屈,好像刚刚被人欺负过。

金海珠问:"什么情况?"

"我怀孕快四个月了,医生说不能普通流产,要引产。"朱小天嘴巴瘪着,随时要哭一场的架势。

如果是这样的情况,还来应聘上班?金海珠心里嘀咕一句,瞧她的小身板,怎么也不像怀孕的样子。

"你不相信是吧?我就知道你不相信。"朱小天又往嘴里塞了块饼干,"我的男朋友跑了,找不到。医生说我做这个手术还是有风险的,手术费要两千多块钱。"

她边吃边说,说得越快,吃得越快,喷出的饼干屑喷在金海珠的脸上,好像自己遭受的不幸是金海珠造成的。

中午员工食堂吃饭,金海珠看到朱小天对着几个蔬菜发愣。主管坐在靠窗的位置,盯着外面摆放的一排塑料花。她想过去跟他说一声,估计得重新招一个员工。想了一下,又没去。

整个下午,朱小天在厕所里折腾,她吐了几次,脸色发白,嘴唇微微颤抖。

金海珠相信她是真的怀孕了。

"借我点钱好不好?"朱小天说。

金海珠看了她一眼,没出声。

"算我求你,帮我一把。"朱小天说。

金海珠不知道该怎么接她的话,转身就走。

厕所里的朱小天又发出很大的呕吐声。

金海珠不由得想到自己。她去做人流的时候,是崔英陪着她。两人坐在手术室门外的不锈钢椅子上,冰冰凉凉的。崔英安慰她,女人总是要过这一遭的。她惶恐,倒不是因为疼痛,而是存在她体内,她还来不及知晓的那个部分,可以称为生命吗?连着的血脉,手术刀会做了结。过后,她可以继续存活,而那个部分,去了哪里?后来,她听人说,被母亲打掉的孩子,其实一辈子都不会离开母亲,他们是一个个小幽灵,攀附在肩膀,让女人驼背,或者缠在腰上,腰就开始酸痛,还有抱在腿上的,腿脚就不利索。金海珠听了,浑身鸡皮疙瘩。

第二天,朱小天依旧在厕所里消磨掉一上午的时间。金海珠去找她,告诉她,这样上班的态度就直接回家好了。

朱小天蹲在墙边又开始哭,说她想睡觉,她已经连着好几个月睡不好了。

金海珠看到她肤色不均的手在膝盖上发抖。

"这个月到头,房租到期,我连住的地方都没有。"朱小天一直哭,像个喝醉酒的人一样无所顾忌,"我从老家出来,本来想打工赚点钱,找一个好男人,可是到现在,没有一件是顺心的事。"

"你要认真工作,一切都会好的。"金海珠对她说,可是心里实在没底,她对别人这样说的同时仿佛在安慰自己。

朱小天擦了擦眼泪问:"你觉得在外面打工苦吗?觉得这一切都辛苦吗?"她向四周张望了一下,想找出那些让人觉得辛苦的东西,好像这周围的一切都在压迫着她,让她变得更加不幸。

金海珠觉得这个问题不太好回答,苦也是苦的,难道没有甜的时候?她在心里摇了摇头,每个人心里或多或少都纠着一些乱麻,扯不清,理不顺,就一直搁着。

金海珠将一个装有三千块钱的信封塞给朱小天。

这笔钱,金海珠不打算跟孔伍维说。

朱小天请了五天假。她说回来后,会好好上班,重新开始。

金海珠点了下头。

三

崔英坐在医院大厅的不锈钢的休息椅上,两条腿往前伸着,缩着肩膀靠在椅背上。

"报告还没有出来吗?"金海珠坐到一边的椅子上,"你看着好像很不舒服?"

光亮洁净的瓷砖上落着下午的光,因为穿过了庇檐,穿过了玻璃,失去了血性和热力,慵慵懒懒地躺了一地。金海珠也想就地一躺,说不清楚全身哪里不舒服。

"肚子痛了好久。"崔英有气无力地说,"再过一小时才能拿一个报告,有几个检查说是要过几天才能拿。你不知道,早上光是进进出出各种检查室,我都头晕了,抽掉了不知道几管子血。"

金海珠和崔英是老乡,隔壁镇的老乡。两人相差十多岁,有点惺惺相惜。最早,崔英跟着丈夫在菜市场卖菜。几个西红柿从货摊上蹦落到地上,几个买菜的人都绕着走。金海珠把它们一一拾起来,放回摊上。崔英送了一把芹菜给她。金海珠没拿。两人一聊上,发现竟然是老乡。金海珠在一家餐馆上班,总是过了中午时间才吃饭,她就端着饭店的饭菜到菜市场去。两个人各坐在一堆蔬菜的背后,弓着背吃饭,像两只鸵鸟,一边吃一边低低地发出交谈的笑语。后来摊位租金上涨,崔英租不起,就退了出来。夫妻俩买了一辆电动三轮车,凌晨去批发市场批货,然后一整天,就骑着三轮车去一些老小区、建筑工地旁边贩卖。金海珠每次见到崔英总是晒得黝黑的脸,系着藏青色的围兜,眼神既期待又空洞地穿过每条街巷。

这样还是赚不到钱。崔英把两个男孩留在家里,当年外出务工的时候,孩子才刚上小学,如今都在念初中。这些年,除了偶尔回家过年,暑假孩子们过来待一个多月,其他的时间,她都不知道他们在干什么。因为什么都不知道,这让她觉得有点痛苦,几次提起要回老家,丈夫却不同意。在家里刨地、种菜、种果树,都得看天吃饭,别说赚钱,负担两个孩子上学,都是件吃力的事情。再说,只有赚了钱,回家盖了新房子,才是有面子的事。

崔英和丈夫最终放手一搏,将几年的积蓄用来承租二十亩的地,盖了大棚,种蔬菜。两个人就从城里搬了出去,在大棚边上搭起了房子,起早贪黑地在地里忙活。

金海珠去看过崔英,到那个地方得坐一个半小时的公交车。

三条很脏的狗跑过来,围着她转,几只鸡则警惕地避开她。崔英把幸福都写在脸上,像敦实的黄南瓜,散发着秋天自豪成熟的光芒。她带着金海珠参观大棚。

"你看,这是丝瓜,现在爬得多高了。你瞧,那是黄瓜,我们的黄瓜可不打药水。还有,我种了好几亩黄秋葵,现在好多人爱吃这个。"

金海珠被崔英的幸福狠狠地感染了一把。

两个人在椅子上坐着,电子屏幕上闪烁着一些红字,有专家坐诊的信息,还有医院近期获得的荣誉。

"你爱孔伍维吗?"崔英问得很虚弱,"就算这样,不结婚也可以?"

金海珠有点诧异。崔英跟她很亲密,但她从来不跟自己提"爱"这样的字眼。她们之间也从来不讨论这种话题。

"我不知道,他或许会离开我。如果他回老家,耳根子一软,觉得对不起老婆,那么他就永远也不回来了。"金海珠觉得这种可能性很大。

"那么果断一点,离开他,以你现在的年龄,重新找一个也不是很难的事。"崔英觉得她在感情上过得很辛苦。她看着她找的第一个对象,是餐厅的一个传菜服务生,细皮嫩肉,讲话嗲声嗲气。金海珠跟他在一起的时候,就像姐姐在照顾弟弟。这段只维持了几个月的恋情,最终以任性的弟弟失踪而告终。第二段感情,男方是建筑工地的小包工头,对她很好,买各种零食填满出租房的小屋。两人一起看电影,去海边看星星。那个时候,年轻的金海珠觉得身边的男人满足了她对恋爱的全部幻想。直到有一天,她看到小包工头搂着另外一个女人的肩,走进商业街的一家服装店。

幻想戛然而止。

遇到孔伍维,更像是上天注定的缘分。金海珠的电瓶车轮胎被扎破,她费力地推了很久都找不到一个修车铺。索性,她把电瓶车支在一边,屁股往马路牙子上一坐,生闷气。孔伍维停下他的电瓶车,看了眼路边的她,一声不吭地蹲下去察看电瓶车。他取出随车带着的工具箱,开始捣鼓。金海珠有点不好意思地站起来,轻轻地问:"这车你能修好吗?"

她觉得,他不一定能给她一个确定的答复。

孔伍维低着头,检查扎破的地方,声音听着有点闷,却很坚定:"能。能修好。"

金海珠放下心来,蹲在一边看他修车,也看认真修车的他的模样。他不是很年轻,但也不老。五官匀称,嘴唇有点厚。一双大手,关节突出,显然是干力气活的。

"你为什么当时会停下车帮我修车?"金海珠后来不止一次问过他。孔伍维总是想不出一个让她觉得满意的答案来。他说,只是因为看到有人车坏了,而且自己的二手电瓶车经常犯病,所以带着工具箱,一般的毛病都难不倒他。有时车的主人还会给个十块二十块的,他也收。至于修车修到一个以身相许的,金海珠是第一个。

"如果是别的女人,你也一定停下来帮人家修,对不对?"金海珠虽然觉得自己问得有点幼稚,但恋爱中的女人就是喜欢钻牛角尖。

两人从各自的出租房里搬出来,租了一个一室一厅的公寓。房租由孔伍维支付,家用开支金海珠会承担一些。从一开始,他就没有瞒她,说明了自己已婚的情况。她考虑了几天,没有头绪,于是干脆就不考虑了,认认真真地和他过起了日子。

一想到自己要离开他,或者他离开自己,金海珠就会变得无措起来。可是如果长久地拖下去,他不跟妻子离婚,自己也没有办法结婚,她又会变得很惆怅。

金海珠试着提出在这个城市买一套房子。或许在这里居无定所,两个人才没有办法安定下来。买房和结婚,哪一个更容易一些?她也没有办法权衡。

对于这个建议,孔伍维没有显得很吃惊。凭着两人多年的积蓄,如果能再借点,应该能在城市的近郊买一套老旧的公寓房。这段时间,除了买特价机票,看房子的孔伍维比先提出来的金海珠还积极。这让她不免有些慌张,如果机票买到,他是不是会一去不回?如果房子定下,他是不是就不会回去?好像机票象征着家里的女人,而那个最终还没定下来的房子象征的是她。孔伍维就在中间,一个女人拉一个胳膊,哪个力量大了,就把他给拉过去了。

金海珠不敢细想。

崔英的报告出来了,两人瞅了一眼,上面画的一些忽上忽下的箭头,谁也看不懂。

孔伍维借了同事的面包车来接她们。他的驾照三年前就考了,一直没机会开车,所以面包车开得极不稳当,让本来想吃面的崔英,一下子失去了胃口,她捂着肚子嚷着要先回去躺着。

两人先把崔英送回家,又开着车出去看房子。金海珠拆了一包饼干,往孔伍维嘴里塞一块,自己嘴里塞一块,又剥了

像鸟一样飞过天空

一个橘子，一人一半。两人的嘴里都填得满满当当的，就好像什么东西充塞着，却又觉得有些失落。

房子离城市好远，车技不太熟练的孔伍维足足开了一个小时。

20世纪80年代建造的职工公寓房，楼面涂着补过的水泥，一长条一长条的，像几个大蜈蚣趴着。一个中年男人打开了生锈的防盗铁门，说他们一家要搬到市中心去住，这里的房子只能做低价处理。

两室一厅，一些老旧的家具塞得满满当当，地面上铺的瓷砖都缺了角，糊的墙纸褪色得看不出花纹。窄小的阳台外面是个小学的操场，平常声音应该不小。金海珠审视着房子，好像不能想象如果自己在这里生活会是一个什么样子。孔伍维看得比较认真，采光、天花板、卫生间的淋浴喷洒。他对每一样东西都表示不满意的样子，似乎这样房主才会将价钱压得很低。

出门的时候，房主说，如果真心想要，价钱还可以再谈。

金海珠和孔伍维相互对望了一眼。这是他们看过的第六套房子，接下来不知道还要看几套。

"你觉得这套房子怎么样？"车窗开着，风猛烈地灌进来，把孔伍维的声音挤得支离破碎。

"价钱是不是可以谈得更低？但是如果上班的话应该不方便，为了这房子，工作得重新找。你知道的，现在工作有多难找。"金海珠说不上这房子好不好，她有点困惑，提不起精神。

孔伍维没有接话，或许他是不知道怎么接话，拧着眉头在想些什么。车子进入市区，汹涌的车流瞬间将他们淹没。一辆银灰色的轿车，从第一车道上切到他们的车前面，以强硬的姿态挤进来。

孔伍维踩了个急刹，才勉强不让自己的车头贴到对方的车屁股。他使劲按了一下喇叭，表示愤怒。可这一声喇叭在此起彼伏的车海长龙里都没个屁响。红绿灯的影子还没看到，车就堵起来了。他拉了手刹，双手枕在脑后，头像一件重物，狠狠地靠在驾驶椅上。

金海珠把头转向窗外。旁边停着一辆看着崭新的车，后座上坐着一个年轻的女人，拿食物逗着坐在安全椅上的孩子。开车的应该是爸爸，他转过脑袋看着，嘟着嘴，像在跟孩子说话。

一辆一辆，没有尽头的车流。天色尽暗，尾灯亮成一片红色的海，天空和地的分界都不是很清楚，只是一片混沌。星星去哪了？或许它们一直待在老家的天空，没有出过门。可是家呢，家又在哪里？

金海珠突然觉得置身于茫茫大海中，海水一浪高过一浪涌到胸口。她依然侧着脑袋对着窗外。可是此刻，她想抓起身边的这个男人，揪住他的头发，朝他大喊大叫："孔伍维，你这个混蛋，你为什么不离婚？如果你不打算跟我结婚，为什么不趁早离开？你这个混蛋，混蛋！"

热泪含在眼里，好像是先前吃下去的饼干和橘子化成的,胀得她眼眶发痛。终于,她忍不住,一股脑地涌了出来。

不能用纸巾去擦,也不能用手偷偷抹一把。前面的车辆缓缓地动了起来,她一直靠着车窗,像睡着了,直到风把她的眼泪吹干。脸上的皮肤紧绷着,像涂了液体胶,这一切都来自心里的感觉,她知道会没事的。谁也没看出来,蜷在沙发上睡觉的崔英也没有发现。

四

朱小天休息的日子已经超出请假时间。

主管问金海珠是什么情况。金海珠说,她只是请假。

下午,她按朱小天登记在员工手册上的地址去找人。郊区的农民房,黑漆漆的电线横七竖八地像要把几处房屋捆绑起来。大门口站着个胖墩墩的妇女,五十多岁的样子,有好几层下巴。她问金海珠是不是租房子。金海珠说,打听一个叫朱小天的人。

"那个头发半黄半黑的小姑娘?"她一说话,下巴就乱颤。金海珠有点不好意思看。

"对,她在超市工作,好几天不上班,我来看看。"

"她呀,我有好多天没见着了,房租也没付,电话也打不通。"胖女人嘟嘟囔囔,"我老早就知道不要租给这种人,一看就是不可靠的。"

"她这两天一直没回来吗?"金海珠心想,难道回老家了?

"门锁着,我去看过,里面东西都还在。你是她朋友吧,来得正好,把她的东西搬走,我要把房间租出去。"胖女人开始往里走。

金海珠急忙摆手:"我是她同事,不是朋友。如果她还回来,这样搬走东西不好吧?"

"有什么不好的?她还欠着房租呢。"

金海珠逃一样地逃出胖女人的视线。心里闪过一个念头,朱小天会不会死了?她被自己的这个想法吓了一跳。没注意到脚边的大坑,一个趔趄,差点栽倒。这时,口袋里的手机响了。

孔伍维说,机票已经买到了。

眼前的路破烂不堪,被车子辗出许多大坑。坑里留着很多天前下的雨,泥浆都沉到下面了,留着明晃晃的水面。黑漆漆的电线倒映在水面上,还有一只鸟的影子。金海珠抬头看了看电线,除了麻雀和燕子,她不知道其他任何一种鸟的名字。

有两个人,大约是夫妻,站在门口相互撕扯。男人把女人推倒在地,女人又抱住男人的腿,让他向前跌去。两人滚在地上,并不发出声音,只是大口地喘气。这场无声的纠缠,只有金海珠一个观众。她抬头望了望天空,一些烟飘散在夏日的天空。

难道天空下的每一处的悲伤都各不相同,却又如此相似?

金海珠给崔英打电话,说想去看她。其实,她想告诉她,向借她钱的朱小天估计是消失了,而孔伍维的特价机票是真的买到了。

崔英在农场的路口等她,穿着绿色的大围裙,一只手伸在前面的兜里,好像在抚摸着什么。

"他买到机票了,三天后就回去。"金海珠和崔英并排走着,路两边是水渠,长着茂盛的狗尾巴草。

崔英沉默了一会儿,说:"海珠,我不能安慰你。化验报告上显示我得了肠癌。"

金海珠全身哆嗦,她不得不攥紧双手,保持走路的稳定。

"医生说,如果接受手术和化疗,或许我能活上个三五年,又或许,连今年春节都活不到。"崔英不去看身边人的反应。

金海珠像一截木头。

崔英抱了一下她:"没事,不用安慰我。我现在要做的是马上回家看儿子,真是一分一秒也等不了了。"

两个人抱了一会儿,本来应该抱头痛哭一场,可是两个人都好像挤不出眼泪。

崔英拿出一袋石榴,她们坐在田埂上吃。不远处是大棚,在夕阳下反射着光线,两个人不约而同地眯缝着眼,朝那光亮处望去,虽然那里什么也没有。

崔英的手指甲里留着泥巴,指甲又很深地嵌入石榴,红色的汁液把手弄得黏糊糊的。

金海珠接过她剥开的一半,把石榴籽塞进嘴里,又酸又甜的汁液在口腔里弥漫开来。

她们一把一把地将石榴籽塞进嘴巴,就像把许多美丽的宝石塞进嘴里。

有一只鸟在她们头顶飞过。

金海珠问崔英:"你知道那鸟叫什么名字吗?"

崔英头也没抬地说:"管那鸟叫什么名字。"

金海珠点了点头,她往自己嘴里又塞了一大把石榴籽,狠狠地嚼碎,然后全部咽下。

遥远的地方

你说我会讲故事？哦，这一点我承认。前几年，我还在电视台法制栏目做记者。朋友聚会的时候，总有那么一两个人会好奇地追问采访犯罪嫌疑人的隐秘。他们并不满意电视栏目里的视角，或者报纸上千篇一律的废话。如果由我来讲述，那么在喝下几瓶啤酒后，一个凶杀案扑朔迷离的程度简直比侦探小说还要精彩。

我讲过一个蒙面人的入室盗窃案，受害人一直认为是她的儿子干的；有一个搭脚手架的男人，爬进高层住宅楼，和一个女的发生了关系；还有一个老人，他收留了一个十六岁的油漆匠，油漆匠杀了他，给他全身涂满了油漆，连手指缝都不放过。

所以，我讲过很多故事对不对？可是，有一个故事我从来没有对人讲过，真的。至于为什么不讲，我也说不上来。

事情过去有三年了。

我有一个朋友是刑侦大队的。他跟我喝酒的时候说,有一个女人杀了她的丈夫,现在收押在看守所。她说丈夫因为结婚时发现她不是处女,时常猜忌,小则辱骂,大则暴打。她想了很久,没有办法再忍受这样的日子,于是趁着争吵,杀了他。她什么都痛快地承认,事无巨细地交代。案件办得太容易了,可对于这样一心求死、坦白无遗的犯罪嫌疑人,总觉得哪里不对劲。我说,那改天我去采访。

他说,犯罪嫌疑人不接受采访。

过了几天,我还是去了。年轻气盛,越有难度的事情我就越想挑战。

审讯室没有窗户,靠近屋顶有一个窄小的通风口。即使连脑袋也探不出去,还是安装着铁栅栏。下午的阳光正从那里投射进来,像几把利箭落在阴沉沉的地面上。

铁门发出"嘎"的一声,接着是脚镣的声音。如果嫌疑人戴着这个脚镣走路,就说明是重刑犯。

女人很清瘦,一件烟灰色的带帽卫衣,外面罩着看守所的黄色马夹。她从走进审讯室到坐下,一直低垂着脑袋。

我说了声:"你好。"她没有抬起头,但点了下头,算是回应。

我把来访的意思跟她说了一下。

"我不接受采访,请别把摄像机对着我。"她闷声闷气地说。

我把三脚架上的摄像机移开,这时她才抬起头看了我一眼。

遥远的地方

她过分瘦削的脸使得眼睛看上去很大，细细的眉毛看得出以前曾精心地修过眉型。

我跟她隔着一张桌子，还有铁栅栏。抽屉里搁着一个玻璃烟灰缸。我掏出烟灰缸搁在桌面上，又摸索着从口袋里找到香烟。香烟对很多人有效，不分国籍、年龄、性别，特别是在这种高压环境下。我给自己点了一根，抽了一口，把烟吐到沉闷的空气中。

"要来一根吗？"我问她。

她抬了下头，依旧用那种漠然的、不屑一顾的神情看了我一眼，然后把眼睛转向左侧的墙壁。

墙壁上有几个昆虫尸体的遗迹，这足够让人浮想联翩。被关押在里面的人觉得实在太过安静，时间对他们来说，就是一个被无限放大的空间，他们可以一整天对着枯燥的教育类报纸，一个字一个字地念过去。

"陆咏梅，你看，你每天在录口供，一遍又一遍，无数遍。等到这里结束了，检察院的人来了，还是一遍又一遍。我相信你对他们说的都是同一种话，到后面，你简直都能把这些话背下来。我敢肯定，你在梦里都在背口供。"我对她说。

审讯室里寂静无声，我做好了演独角戏的准备。

"我不是警察，我是记者，你可以随便跟我聊聊，就当一个朋友。"我把香烟捻灭在烟灰缸里。其实，我不怎么喜欢抽烟。

她继续盯着墙壁。戴着手铐的双手放在膝盖上，手上的肤色不匀，左手有两条长的划痕，刚刚褪去痂，露着淡粉色的皮肤。

"一年多前,也是在这间审讯室,我认识了一个十六岁的孩子。他杀了一个六十多岁的老头。那个孩子的脾气可不是一般的固执,我跟他聊了一个多小时,当然都是我在自言自语,就像现在我跟你的情况一样。他的胳膊上有三个被烟头烫出来的疤痕。我问他是怎么回事。一直紧闭嘴巴的他就开始跟我讲起,他自己怎么样用烟头烫出疤,证明自己是一个勇敢坚定的人。他跟我聊的,跟他那起案件根本没有关系。聊天结束的时候,他跟我说,他并不知道自己的妈妈还在不在世上,所以他并不愿意面对镜头。我说,你还未成年,不能用镜头对着你。他想了一下说,还是用镜头拍下来,哪一天,失踪的妈妈如果还记起有个儿子,还想看他的时候,最起码还能从录像里看到。所以,他坐得端端正正的,请我给他摄像。他让我答应他,如果哪一天,有他妈妈的消息,就把这录像给她看。我说,你不会死的。他就捂住脸蹲在地上大哭。我告诉他,我答应过的事,一定会做到。"

我长篇大论地给她讲故事,希望能打动她。可是有时候,我总感觉自己像在做临终关怀。

"后来呢?他妈妈呢?"她终于开口问我。怎么说呢?她的声音很出乎我的意料,像一个孩子的声音,干净,还带着点跟陌生人讲话的怯懦。

"不知道,谁也不知道,录像带我拷贝了两份,存入了两个硬盘。"我知道,她一定会被我说动的。一开始我就知道。

"你是个骗子,对不对?"她嘴角露着一丝轻蔑的笑。

"啊,可能吧,我有时是会骗人的。"我承认,"可是,如果我们像朋友一样聊聊天,你觉得你会被骗走什么呢?"

"这倒是的。现在,我还能被骗走什么呢?因为我很快就要死了。"她抿着嘴苦笑。

"事情还没有到最糟糕的时候。"我这是在安慰她。

"杀人偿命,这个我是知道的。"她说,"我其实也不后悔,我不杀了他,也会自杀。"

我没有说话,想等她自己说下去。她却沉默下来,低下头去,十指交叉互握,松开,又握紧。等她再抬起头时,嘴唇上是一排深深的牙齿印。

"如果你能替我找一个人来,我就答应你的采访,你问什么我都会回答。"她的话听上去有点天真。

"你现在属于非探视期,要一直等到警方向检察院起诉。"我实事求是地告诉她。

"我知道,但你一定有办法,我只要见一个人。"她的眼睛因为突然燃起的希望而变得炯炯有神。

"我试试,尽量。"我说,"要联系你哪个亲人?"

陆咏梅让我联系的人,并不是她的哪位亲人。她将名字告诉我,季东宇,季节的季,东西的东,宇宙的宇。因为她对他所在的单位并不清楚,只告诉我他在一个山区小县城的教育系统工作。我猜想,这个人应该是陆咏梅曾经的恋人。

我打了十多通电话,终于找到了季东宇工作的地方。并不是季东宇接的电话,对方说季老师在隔壁办公室。我麻烦他帮我喊一声,生怕如果我再重新打一次,别人又会告诉我,季东宇在另外一个办公室。

他可能跑得有点急促,有点喘,对着话筒小心翼翼地问:"哪位?"

我说:"是季东宇吗?"

他说:"是的,您是哪位?"

"我是省电视台法制栏目的记者,你认识陆咏梅吧?"

"您说的是哪位?"

我听得出,他迟疑了一下,好像并不太肯定自己对这个名字是否熟悉。

"她应该跟你是同一个地方的。"

"哦,陆咏梅,是我们那里人,怎么了?"

"她让我给你带个话,想让你去看她一次。"

"看她?怎么了,是生病了吗?"他口气听上去很诧异,显然并不知道她出事了。

"是这样的,她杀了人,是她的丈夫。现在被关在看守所,我前两天去采访,她说想见你一面。"

"杀?什么……杀什么?"他受到惊吓,有点语无伦次,几秒钟后大约意识到在别人的办公室,然后把声音放得很低,"怎么会这样?"

"你这两天抽空去一下吧。你先到省城来,然后给我电话,我帮你联系好,不然你是没有办法见到她的。"

遥远的地方   185

他在震惊中,并没有搭理我的话。

"她应该有话要跟你说。"我说。

我把电话留给他。他在那边找同事要纸,一个一个数字记着,很吃力。他无法集中精神,重复对着数字。我并不知道他和陆咏梅之间到底是什么关系,但仅是一般朋友,听到这个消息,心里大约也很难接受。

挂断电话的时候,季东宇突然又问了一句:"你说的是真的吗?"语气活像一个小学生在提问。

"网上有她的新闻,上个月的,你可以查一下。"我说。

他没再说话,挂了电话。

本来这件事情就这样过去了。陆咏梅的案子只是做成法制栏目里其中的一期节目,没有什么惊心动魄,也没有悬疑,只是遭受家暴的女子举起了菜刀。如果后来季东宇不联系我,大约我会把陆咏梅这个名字混淆在众多案件来来往往的人物中。

季东宇给我打来了电话。是个周末,太阳快沦陷到摩肩接踵的高楼中。光线像金色的河流在玻璃上流淌。我在窗口的小桌边喝茶。他的声音很犹豫,向我解释了半天,生怕我忘了他是谁。

"我能不能见你一面?"他从郊区的看守所,换了三趟车,站在汽车总站的门口。

我舍不得周末最后的时光,跟他说:"来我家吧。"

他有点吃惊:"会不会打扰你,要不另约在哪个地方?"

"不会打扰。"我把地址告诉他,让他打个出租车过来。

我站在小区门口等他。天还不是很冷,他穿着一件咖啡色的毛衣,一只胳膊上搭着一件黑色呢子的大衣,另一只胳膊拎着一个袋子,鼓鼓囊囊地露着水果的形态。

他是个四十多岁的男人,个头偏小,头发稀疏发黄,戴着黑框的眼镜。

我向他招了招手,他快步走过来。很奇怪,人来人往的马路上,我能一眼认出他。

"吴记者,想不到你这么年轻。"他说得有点局促。对于为什么要来找我,大约他自己也说不清楚。"真的不好意思,来打扰你。"

我给他泡茶、切水果,他都要一一站起来致谢。

他看了一眼自己拎来的水果袋子说:"我不知道看守所里不能让人带东西进去,买了一堆,也派不上用场。"

我开了两罐啤酒,叫了外卖。

他陷在沉思里。黑漆漆的玻璃窗像沉默的海,室内的灯光映照在上面,像屹立不动的灯塔。

我问了他一些见面时的情形。季东宇好像还处于混乱中,一句话总要分成两段来说。他脸庞方正,眼睛是山里人的眼睛,清澈有神。这跟陆咏梅的眼睛很像。这是我找到的他们的共同之处。

几罐啤酒下去,他叹了口气说:"我怎么也想不明白,她走上这条路。"

从出生开始,一岁学会走路,三岁迈过门槛,十八岁离家远行,无数条路在脚下延伸。就算是茫茫人海的城市,每个人都踏着不同的路、踩着不同的节奏在走。

"她对自己所做的事情并不后悔。"最起码在我采访的时候,她没有为这件事再痛哭流泪,好像有一种更大的隐痛在折磨或者支撑着她。

"她是个傻人。"季东宇双手捏紧啤酒罐,嘴唇有点哆嗦,"她见到我很高兴,手贴在玻璃上,一个个手指发白。我一想到这手曾经提起过菜刀,鲜血直流,就觉得胸闷。"

"我想找个人说说话,如果不说,我都觉得我快憋疯了。所以我想来想去,只能来找你。我知道的,你一定猜想,我和她是什么关系,如果我说没有关系,你肯定不相信,对不对?"季东宇难得露出个笑容,带着点狡黠。

我点了点头,说不好奇,那肯定是假的。

"其实,在去看她的路上,我一直想,她和我是什么关系,同学?一夜情关系?我想得有点狭隘,我总以为她会要求我为她做点什么。"

"她纯粹只是想见你一面吗?"我问。

"也是,也不是,因为她关照我,老家屋门口的乌桕树下埋了东西,她让我去找出来,并说看完后就毁了。"

他沉默了一下,说道:"我跟她认识得很早,七岁还是八岁的时候。她家住在山脚下,我家在半山腰。天气晴好的日子,我只要站在家门口往下看,就会看到她所在的村庄,几个矮矬矬的房子就像火柴盒一样立在那里,如果朝着下面乱吼上几句,不一会儿,就会有人回答几句。虽然听不清说的是什么,但声音是传到了。我们的学校在更远的一个地方,步行起码要一个半小时。那个时候,上学的孩子并不是很多,一个是远,另一个是家长们都不重视,最重要的是大家都没钱。所以,她一个女孩子能上学的确不容易。我听同村的人说过,她妈是个寡妇,也没爷爷奶奶,母女两个在村里日子过得很艰难。她妈一心希望,她能走出大山,能麻雀变凤凰。她每天很早从山脚爬上来,经过我家门口。她晃着两条羊角辫,扎着打成蝴蝶结的红绳子,衣服干净整洁。这都是她妈给她打扮的,生怕在外别人看不起她。那个时候我跟她不熟,常常以她经过我家的时间为参照。我看到她走过,就立马放下碗,背起书包,赶上她,又飞快地超过她。时间久了,我们不知不觉便一同上学,一同下学。

"每天早上,陆咏梅经过我家门口就喊一声:'季东宇,走啦。'我一手拿着咬了一半的馒头,一手抓着书包冲了出来。有一次,我在课后跟一个男同学打架,把对方的头打破了。老师罚我站在办公室里,一直站到暮色四合。天黑了,一想起我要一个人走完一个半小时的山路,我站在那里就心急如焚。我拿着书包冲出学校,校门口蹲着一个人,薄雾朦胧,我看不清楚。然后那个身影就朝我跑过来,简直就像在飘移。

"陆咏梅委屈得都快哭了。她说:'天都要黑了,你怎么才出来?'我说:'我又没让你等。'我们两个人像两头小兽在山路上飞奔,炊烟和薄雾一直缠绕着我们。跑到乌桕树下,我才气喘吁吁地停下来,陆咏梅却一步也不停,继续往山下跑。我靠着树听寂静的山里匆匆的脚步声,直到没有声音。我用手做喇叭状朝山下喊:'喂,陆咏梅,你到家了没?'声音一出去,就像烟雾一样飘散,变得轻飘飘。我又喊了一次。过了一会儿,山脚传上一些模糊的声音,是个女孩的声音。

"满山遍野好像就只有我们两个孩子,捉迷藏,学鸟的叫声,爬到树上去摘野果。上学会迟到,下了学,一直要到天黑才各自回家。有一阵子,学校的一个同学见我们俩天天同进同出,就说我们是在处对象。同学间人尽皆知,他们掩着嘴偷笑。她很害羞、脸红、尴尬。我找那男同学打了一架。之后,我跟陆咏梅也好像结了仇,互不理睬,放了学,总是故意拉长距离。我一直跑在前面,一边跑一边还要回过头看。如果真看不到她人影,我又不跑了,在原地等。直到看到陆咏梅慢吞吞地出现在视线中,我才重又跑起来。

"大约是四五年级,我和她发明了一种埋东西的游戏。陆咏梅不知道从哪里捡到了一个沙丁鱼的铁罐头,椭圆形的,上面的一层铁皮都生了锈。她把它当宝贝。路上采的黄色野菊花、冬青的红果子、一颗溪沟里的光滑石子,她都把它们装进去,然后埋在我们上学必经的路上。她给我一点提示,我拿着棒子四处寻找。这多少带着点隐秘的惊喜,找到了,下次就轮到我藏。我把铁罐子带回家,找了母亲的缝衣针、一颗姐姐抽屉里的红色珠光纽扣、床底下八岁时换下的一颗牙齿。她当然找得到罐子,东西也全归她。

"她走在我后面,常常会问一些奇怪的问题。她问我,这里算不算遥远的地方?当时的我跟她一样,哪知道什么叫遥远和不遥远。她却一本正经的,说她要去遥远的地方。我笑话她,去一个遥远得再也回不来的地方。她哭了,追着我打。

"上初中是要住校的,我们被分在不同的班。平时也没什么说话的机会,后来,她开始慢慢地疏远我。周六回家,她总是一个人先走,或者晚走。到了初二第一学期结束,我听说她退学了,也不知道是什么原因。有一次,我在镇上碰到她,问她。她说自己不是读书的料。后来,我上了高中,考了市里的大学,几乎就没她的消息了。直到大二那天,有人告诉我,有一个女的找我。陆咏梅带了红糖糕、绿豆粉,还有一些零食,两手提得死沉。她说,是我妈知道她要到市里来,托她带来的。我请她吃了晚饭,在学校附近的小餐馆里,点了一个蔬菜、一个荤菜,喝了两瓶饮料。结账的时候,她一定要付钱,说我是学生,而她已经有工作了。我带着她去散步,漫无目的地沿着护城河走,一直走到灯光稀疏的尽头,然后再走来,也不知道一路上我们到底有没有说话。她住在一个小招待所。我问她什么时候回去,她说第二天就回去。我说,那到时我去送她。她说不用。我没有送她,也不知道她是几点走的。我妈托她带来的糕点,让舍友们高兴了好几天。今天,我去看她,她跟我提起这段过往。她说,她当时住的小招待所只能放得下一张小床,什么东西也没有,还停电。她不是第二天走的,说又玩了一天才走的。我问她,那当时怎么没再找我。她笑了笑,没回答。

"我最后一次见她,是在她在镇上开的美发店,里面安装了一种躺下去给人洗头的皮沙发。我们那里人都没见过。我妈说,那是婊子干的事。"

季东宇连着喝了五罐啤酒,他去了一趟卫生间,洗了把脸出来,重新坐到位置上。

"我好像从来没有说过这么多的话。"他说,"我现在在教育局下面的一个部门工作,枯燥得很,除了喜欢下下棋,琢磨琢磨棋艺,也没其他兴趣。我妻子是名老师,对待一切都认真严谨,又有轻微的洁癖。我妈要是来住几天,她得洒几遍消毒药水。请你不要误会,我不是说我妻子不好。我们只是普通夫妻,养育一个女儿,鸡毛蒜皮的事家家都能扯上一箩筐。"

我点点头。我想听听他在镇上见陆咏梅的那一次情形。

"其实我不知道陆咏梅的店具体开在哪里,那一年我回家过年。上午赶集的人都回家了,镇上整条街都没几个人。我在那里闲逛,陆咏梅从一家店里跑出来,堵在我的前面,问我还认得她吗。

"我怎么可能不认得她,她在讲笑话。她变得漂亮了,眉眼之间还有小时候的影子。或许她以前也是漂亮的,我只是从来不注意。她请我去理发店里坐坐。我推脱有事要急着回家,不愿意去。她不肯,硬拉着我的胳膊往店里拽,把我按到椅子上,要干洗我的头发。我说,昨天刚洗过。她说,你骗不了我,你这头发最起码一个星期没洗过。

"她的手就在我头上来回游走,弄出一堆堆白色的泡沫,堆得老高,像个要倒塌的奶油蛋糕。渐渐地,我也放松下来。我们聊一些彼此都熟悉的同学,可事实上,没有一个我们共同熟悉的同学能将我和她的话题深入下去。镜子里,她穿着鲜红色的紧身毛衣,领口开得很低,下半身是一条包臀到膝盖的皮裙,裙子下面还缀了一圈黑色的蕾丝。

"她知道我在打量她,开始沉默,气氛有点尴尬。她问我,你家门前那棵乌桕树还好吧?我说,还好吧,一直都那样。我闹不明白,她怎么问起我家门前的那棵树。那种大树,只要不被雷劈,不被砍掉,它就会永远屹立在那里。但是,很少有人想起它们。

"真是棵漂亮的树。她的语气听上去有点伤感。乌桕树又高又壮,夏天枝繁叶茂,秋天叶子变黄,带点暗红色,如果从远处眺望,它就像一片飘浮在空中的黄色的云。的确,经她这么一提醒,我觉得那棵树有那么一点不同。洗完头,我犹豫了一下,然后从口袋里掏出十块钱。她肯定不会接。我要塞给她,她有点生气。我说,你这样不收钱,我以后怎么到你这里来理发。她噘了下嘴,又很无奈地一笑说,只要你肯来,洗头理发都是免费的,可你才不是真的想来。她说的是实话。对于她的实话,我不知道应该怎么接话。她用毛巾擦干自己的手,声音听着怪怪的。我知道村里人都是这么看我的,哎,我也不在乎,我是靠这双手吃饭的。她向我伸出手,摊开掌心。不知道为什么,我也伸出了我的手,抓了一下她的手。她把手缩回去,突然就哭了。我不明白,也不知道怎么了,心里模模糊糊的。她一把抱住了我。前店后铺,只隔了一个布帘子。我们在她那个很小的床上做爱。其实,当时,我脑海里闪过她在这个房间里跟别的男人做爱的画面。你别笑话我,当时我真的是这样想的。事后,我有点不安,我害怕她会去县城找我。那个时候我工作刚两年,有一个稳定的交往对象。可她从没有找过我。想不到,这次她出了这么大的事,我才知道她的情况。"

季东宇喝得有点多,晚上歪在我书房的行军床上。第二天一大早,他留的一张字条上,说了一些抱歉、打扰我之类的话,说他要回村里,去乌桕树下找陆咏梅埋的东西。

我想,季东宇去了之后或许就不再联系我了,如果我给他电话,而他并不愿讲,这样就变成了一件无趣而让人反感的事。

一个多月以后,我差不多把这件事忘了。直到单位收发室给我送了一封信上来。现在寄平信很少,联系大多是电子邮件。信封上的字很漂亮,落款的地名看着眼熟,可是一下子却想不起是哪里。一看信的开头,我立马明白过来。

季东宇:

嗨,你好!

我不知道,要到什么时候你才能看到这封信,或许,这一辈子都不可能。这样也好，这些东西和信都会深深地埋在乌桕树下，埋在你偶尔走过的地方。

我好傻，说这样的话。可是，如果哪一天，我心血来潮，告诉你我埋了一封信给你，不知道你会是什么表情？

再过半个月，我就要结婚了。

你上初二那年，我就辍学了。原因不说你也明白，家里吃了上顿没下顿，所有亲戚的钱都借过了，没人愿意再借给我们这种只借却没有能力还的孤儿寡母。十五岁那年，别人介绍我到县城的一家理发店给一对夫妻当帮工。他们供我吃住，教我一些手艺。店里生意一般般，只有到春节的时候会很好，来洗头、剪发的人都要排队。手洗得发红、变肿，然后是溃烂。为了不让客人们看到我的手，我得戴上皮手套。我天天坐在那里，洗啊洗啊。晚上，我睡在只能弯腰进入的小阁楼，里面只能放一张极小的床。还好，我的衣物不多，只占了床很少的一部分。灯不太好，在白色灯罩里一闪一闪的。我坐在床边，把手套取下来，将里面裹的纱布一层一层小心地揭开，因为有许多发黄的脓水粘连在上面。我躺在床上，把两只手放在被子外的两侧，寒冷会让手更快地结痂。

两年后，我报名参加了一个理发师的培训班。说白了，只是交一点钱，然后由一个什么美发协会给你的技术一个认定。我想自己开一家理发店，可我没有钱。所以，我还是得继续打工。我给餐馆洗过盘子，给加油站当过加油工，后来还去私人承包的长途大巴上当过售票员。我妈说过，我这一辈子都不会有出息的。如果有本事，就嫁一个有钱的、有能力的男人。这一点，我也做不到。

哎，我为什么要跟你说这些事？这些琐碎、让人心烦却又无能为力的事。

有时，我在梦里，梦到那天你被关晚学，我们两个人在薄雾中跑回家的场景。你在前面跑，我在后面紧紧跟着。我听到你喘气的声音，呼哧呼哧。一转眼，人影就不见了。雾在我眼前，白茫茫的，我跑得更快了，秋天的苇叶像剑一样割伤我的脸。我感到疼痛和害怕，想喊你的名字，可是又叫不出声。你突然停下等我，粘在眼睫毛上的雾珠，极小的一颗一颗。我开始祈求你，别跑太快，你不作声，又飞快地跑了。于是，那个无休止的梦境，永远是我在不停地奔跑、奔跑……

我真的希望，哪一天，我就会跑到你的面前。

我报了一个成人夜校。知道的几个人都笑我，问我，要这种文凭做什么？对啊，对一个帮别人修剪头发的人来说，要这东西做什么呢？我坐在课堂上，稀稀拉拉的教室里有几个趴着睡觉，有人小声地讲话，还有人不停地在纸上画画。老师的声音很小，她好像非常疲惫，只是照着书本念一段字，如果有提问，也都是她自问自答，好像在演一场独角戏。

花在学费上的钱，我可以买很多漂亮的衣服、化妆品。那一本结业证书放在手心时，它比穿任何一件衣服、涂抹化妆品更让我容光焕发。我突发奇想，想去看你。我带着红糖糕、绿豆粉，双手满满当当地出现在你的校门口，跟你说，是你妈托我带来的。

那一天,是我过得最开心的日子。好像这一路走来,你还是那个在路上等我的男孩。虽然,你变了很多,脸变长,棱角分明,举止文雅。

如果那个晚上,你拉拉我的手,这一切对我来说,是一个多么大的圆满。

可是,你看,一切都还是我的单相思。

我在镇上开了家理发店。我知道,我这样守着你,有一天你总会路过的。果真,你过年前回来了。我拉你进来,好像一切都是预谋的。那个时候,我既高兴又伤心,高兴的是好像我能跟你在一起,伤心的是你其实从来都没有在意过我。可这一切都没有关系,我觉得很知足,我拥有过你。是很傻吧?我对你的依恋是从什么时候开始的呢?这种爱情的幻想什么时候才能终结呢?

你一定会觉得可笑,你一定也把我忘了。就像今天,我写完了这封信,就会去把它埋葬一样。埋葬我对你从童年开始的爱恋,埋葬我的一厢情愿。

陆咏梅

二〇〇一年十一月

信封里还有一张照片,是一个铁罐,里面是纽扣、生锈的针、一小截干枯的树枝、半个牛角的梳子、一颗圆形的光滑的石子、绕成手指粗细的一团红色毛线。

遥远的地方

我没有给季东宇打电话,他也再没有给我打过电话。

我一直关注着陆咏梅的案子,她没有被判死刑,但要在监狱里待到白发苍苍。

如花美眷

周如花穿着高跟鞋,走在坑坑洼洼的路上,不停地从左绕到右,从右绕到左,为躲避烂泥爬上她漂亮的鞋子。

她有些气恼,为自己像只鸟一样跳着脚走路,生活中总是充满着让人沮丧的境地。工程车正慢慢吞吞地从她背后驶过来,发出吵闹的声音,她不时回头张望一下。车子像是故意的,挤着她拼命地往路边靠。周如花不再像鸟一样跳来跳去,站在一旁等着庞大的车子像蜗牛般爬过去。

车窗里探出个脑袋,朝她吹了个响亮的口哨。司机剃着光头,日光照在上面像个巨大的灯泡。

她本想朝着那工程车吐口水,可那满是烂泥的车屁股,让她连张嘴的兴趣都没有。

烂泥路好像没有尽头,不常穿的高跟鞋又磨脚,太过修身的外套有点拘束和闷热,自她从公交车上下来步行的半个多小时中,各种的不舒服让她想打退堂鼓。

泥路两旁都是荒地,长满了一人多高的茅草,不远处有幢散了架的房子。没有门,没有窗,古怪地歪斜着,空空洞洞的窗口长着一棵快枯死了的狗尾巴草。

她想到了自己的母亲,正独自一人住在大山深处。空空洞洞的嘴,仅有的牙齿歪斜着,一天到晚没有人跟她说话,她就自言自语,坐在空空荡荡的房子里。

就算是郊外,也是城市的郊外。它的土地依然金贵无比,要不然哥哥怎么会在这附近买房,还把自己的前半生积蓄和后半生都搭在一套六十平方米的房子里?

终于走到柏油路,高跟鞋又变得有节奏。此刻,前面那辆故意挤对周如花的工程车停在路边,司机正拿着水管给它冲水。

司机是个小年轻,嘴里叼着烟,看到周如花走过来,朝她喊了一声:"嗨,美女!"

周如花瞪了他一眼,继续走自己的路。

司机手里的水管突然就像挣脱手掌的一条蛇,往地上一扑,水柱直直地冲在周如花的裤腿上。还没等周如花发作,司机赶紧拾起水管,忙不迭地说对不起。

路边杂货店挤着几个看热闹的人,爆发出一阵笑声。司机扔掉香烟,挠挠脑袋。他爬到车上拿出一块毛巾,递给周如花。

"新的,我今天刚拿的。"他的手又黑又脏,把乳黄色的毛巾衬得格外洁净。

周如花气呼呼地抓起毛巾，擦拭了裤腿，把潮湿的毛巾往他怀里一丢，踩着高跟鞋，留给还在发愣的工程车司机一个扭动的屁股。

她已经二十七岁了，不对，是二十八岁。因为户口报得晚，本上显示她比实际年龄要小，所以问她年龄的时候，她总是说得模棱两可，特别是过了二十五岁后，她可不会告诉人家真实的年龄。其实，多一岁少一岁有什么关系呢？但她心里觉得不舒服，仿佛那一岁是块千斤重的石头。除了年龄，她对自己的名字也不满意，小的时候还没觉得，后来周星驰的喜剧电影风靡起来，人家一听她叫周如花，第一个表情就是咧开嘴笑。"如花"这个名字用在身高一米八几、体重二百斤、满嘴胡子茬，还不停抠鼻孔的男人身上出现了最大的喜剧效果。所以，她喜欢告诉别人她叫周如。

说是小区，也就是拆迁安置房的几幢多层公寓，巴掌大的地方。周如军买的一楼，房子才刚刚装修好。面砖、地砖都是他下工后自己贴的，如果他会做木工，毫无疑问，家里的门肯定也会是自己做的。

关于房子的这一切，周如军在电话里跟周如花讲了一遍，絮絮叨叨地说起接洗衣机的管子太短，他跑去买了一截，多花了十块钱。

周如花明白周如军，他把他的皮毛、骨骼、血肉全砌进了城市的房子里。当初他逃离自己家时，不惜斩断血缘亲情，说是想要为自己好好活。如今,同样的枷锁套在他的脖子上。

周如军站在小区门口张望。他个子很小,又黑又瘦,套着一件蓝色的工作服,才十一月,他好像怕受冷一样,把脖子缩在竖起的衣领里。藏青色的、皱巴巴的裤子,上面落了几滴清洗不掉的白色油漆。头发已经很久没理了,油腻腻地堆在一起。两条本来很粗、显得精神的眉毛,此刻耷拉着,像软绵无力的毛毛虫。

周如花老远就看见周如军了。几年不见,她还是吃了一惊,觉得哥哥似乎变得更加瘦小了。她故意左顾右盼,让自己的眼睛不要停留在周如军身上。她有点后悔,自己穿着烟灰色竖条纹的西装长外套,黑色的阔腿裤正摇曳生姿,还有崭新的高跟鞋。

"你买的菜?"像以前吵架说过气话,周如花没喊一声哥,哪怕他们几年不见。

"买了半只卤鸭。"周如军晃晃了手里的袋子,在漂亮的妹妹面前,他有点拘谨,舔了一下干燥的嘴唇。

周如花喜欢吃卤鸭,这个他倒一直记得很清楚。他们兄妹当时还小,爸爸过世,不仅家徒四壁,外债还一大堆。大年三十,他们割了许多草,回家喂羊。妈妈生病躺在床上,他们熬粥,一碗咸菜也没有。两个人对坐在昏暗的灯光里,说着新年愿望。周如花说:"我想吃卤鸭。"十三岁的周如军说:"等哥以后挣钱了,给你买十只卤鸭。"

可是,这个承诺至今才兑现。

从小区门口到家只有短短一段路,小区绿化才刚种上,稀稀拉拉地不成气候。周如军拎着塑料袋一晃一晃地走在前面,周如花踩着高跟鞋,答答答地跟在后面。

"你嫂子今年在家里接活,给厂里代工,这样时间灵活一点。"周如军掏出钥匙开了门,一大股衣料加工的味道涌了出来。

六十平方米的伟大业绩,有三分之一的地方被成堆的衣服堆积着,有成品也有半成品。嫂子坐在衣服堆里,踩着缝纫机,房间里到处都是半截袖子、衣服领子、前半片后半片,脚踩下去的时候得把布片往边上踢开。

"如花,你现在比以前好看多了。"嫂子一脸羡慕,"以前干瘦干瘦,现在多水润。"

如果在别的地方见到坐在眼前的女人,周如花一定不会相信这个人是自己的嫂子。她看起来如此巨大,如同蛋糕一样层层叠叠,越往下底座越大,而且她说话的时候,简直就像在咀嚼自己的下巴。

周如花印象中那个清瘦的女子如今就藏身在这副巨大的躯壳之中?她不由得倒抽一口冷气。

嫂子对周如花说:"我这里要赶工,你到客厅里坐坐,让你哥陪你说会儿话。"周如花应了一声。嫂子继续说:"最近一段时间,加工厂很忙,我就得没日没夜地干,就差包块尿不湿了,这样能把上厕所的时间都省下来。我这颈椎和腰椎都不好,脖子痛得抬不起,你哥就知道买几张止痛膏给我贴……"

周如军拍拍妹妹的肩膀,带她去客厅。

客厅里摆着一张果绿色的沙发,簇新的颜色让周如花不敢坐下,她把屁股挪到玻璃餐桌旁的木头凳子上。

她环视了周如军的"伟大工程",家里乏善可陈的几样家具散落在一摞摞衣料包里,让人觉得心灰意懒。

周如花在电器商城卖家电,一整天穿梭在空调、洗衣机、电热水器中间,那些坚硬、闪着金属光泽的物件,被一件件纳入一个个家庭的空间。她现在还不太清楚,那些被纳入家庭空间的物件是不是真的成了构建幸福生活的重要因素。如果是,那么家徒四壁的母亲呢?如果是,那么当初要斩断一切亲缘关系的哥哥呢?真的只是为了这六十平方米以及廉价的家用电器带给他的幸福感?

周如花有点难过,她定睛看着电视机墙壁边上的相片墙。墙上多数是孩子的照片,坐学步车、学走路的照片,幼儿园的照片,还有戴着红领巾行少先队礼的照片。一家三口的照片贴在最中间,是站在一处喷泉旁拍的,周如军在体形庞大的嫂子旁边就像个孩子,穿着黑色的夹克,也不微笑,面露茫然。

"小宝上小学了吧?"周如花只见过侄子一面,还是在他周岁的时候。

"都三年级了,个子长高了不少,等会儿我们一起去接他放学。他就在这附近的学校读书,今天周五,小宝放学得早。"

周如军平时都没有时间接送孩子，今天趁着妹妹来请了半天假，正好可以接儿子，可以在学校门口给他买一串烤翅，他一定会很高兴。

周如花点点头。她心里盘算着，什么时候跟周如军提此行的目的。

周如军用电动车载着周如花，小区里好些人认得周如军，不知道哪来这么一个漂亮的女人坐在他车后座。所以，他把缩着的脖子昂了起来，周如花看到他大椎穴上贴着一块膏药。

周如军的头发上散发着油腻的灰尘味，她别过头，看着路基外面的荒地里成片成片的芦苇。

周如军小的时候爱护妹妹，两个人一起上学，带着咸菜馒头，一天只吃一餐饭。下午周如军放学晚，妹妹就在门口等他。他们要走很远的山路回家，有时轮到值日，回家就更晚。周如花觉得困倦，上下眼皮打架，越走越慢。周如军就背起她，把书包再背到自己身上。山风吹来，月亮精炯得像一只眼睛，她趴在背上，看到哥哥钻出布鞋的脚趾在崎岖的山路上疾走。山很大，林子很密，她跟哥哥相依为命。

周如花最近谈了个对象，对方年纪已快四十，自己的条件再拖下去怕更是不上不下。她左思右想，犹豫不决。男的自己开了个中介公司，说是公司，也就几平方米的店面，贴满了招工、买卖房屋的信息。那些纸片都泛黄了，更别说那些信息了。

周如花在隔壁商场卖家电，夏天的时候男人来买过一台空调。她给他打过两次电话，分别通知送货和安装的具体时间。男人挂电话的时候说："周小姐，你的声音真好听。"周如花长得相貌端正，也谈不上漂亮。虽然追求过的异性都夸她漂亮，唯独没有人夸过她的声音。她读高中时参加过合唱团，虽然一次也没去演出过。更多的时候，深夜里，她对着群山唱歌，不知疲倦，从山歌小调到流行歌曲，只要记得住歌词，她就全唱一遍。

男人有点积蓄，离异，有一个女儿跟着妈妈。他还有一套老小区的房子，可以作为结婚的房子。周如花喜欢他，可是到了谈婚论嫁的当头，她不免有点畏缩，她只说过老家只有一位母亲，身体不太好。

周如花请假回家，要跟母亲说一说这件终身大事。

母亲不知道她要回来，房间里积着厚厚的灰尘。她勉强找了还算干燥的床单、被套为自己铺了床，又屋前屋后转了一圈，拔除钻进墙壁的杂草。这几年，家里只有母亲一个人住，几间房子越发显得陈旧破败，有一堵墙竟然垮塌下来，露出半人多高的洞。母亲说，有一次连着几天下大雨，墙壁就像块酥糖，风一刮砖头就往下掉。那间房以前是用来养羊和兔子的，现在堆着一些农用工具。有了洞之后，松鼠就常跑进来，在蛛网堆里上蹿下跳，把一些果实藏起来。最可恨的是，松鼠藏了之后忘记取走吃掉，屋子潮湿闷热，那些角落里竟然长出好几棵小树苗。幸好及时拔掉，不然扎根下去，这房子就全毁了。母亲说的时候拍着胸口,心有余悸。她在屋子外面放了好几个捕鼠笼,用来捕松鼠。

母亲见到周如花高兴得跺脚,她正拉着牛,后面跟着两条狗刚刚去田里转了一圈。她说要买点菜,周如花怎么也拉不住她,就由她拖着被风湿痛折磨得有点异样的腿跑很远的路,去熟食店买了一只猪耳朵。回家切碎,捣碎葱和姜拌上香油,撒在上面。她不停地挥舞着筷子,让周如花多吃点。

"荤菜在外边总吃,回家吃素菜多好,你自己多吃点。"

周如花一说完就后悔了。母亲的牙齿早在很多年前就开始脱落,现在满嘴只有牙根在,空洞洞的嘴里塞满了芹菜叶,她需要很久才能吞咽下去。她还发现母亲拿筷子的手有点别扭,几个手指好像粘连在一块,筷子拿不稳当。好几次,周如花都想抓过母亲的手,把她的手指一根一根掰直。

晚上,周如花睡在满是尘土气味的床上,硬木板在身下咿咿呀呀地叫着,窗玻璃在山风的鼓动下,不停地发出颤抖的声音。山村小屋里的这些小夜曲让她难以入眠。这些年,虽然她努力每年保证回来两次,至少一次,但她显然已经不习惯这里的生活。虽然在填各种表格信息时,"我的常住地址"总是在更换,但"我的家"却一直没变——西南地区群山深处小山坳里的这所房子。

只要母亲还在,家就一直存在。翻修房子,需要很大一笔钱。周如花跟着身下的木板一起,深深地吸气。

母亲在隔壁自言自语。她常说,家里住的人少,没人气,路过的孤魂野鬼就会进来住,所以经常要说说话,很多年了,她已经把习惯当成了信仰。

第二天,周如花领着母亲到镇上一家私人的牙科诊所。别看镇子小,诊所却生意火爆,好几个人在排队等看牙齿。轮到母亲,医生让她张开嘴,她咧着嘴不好意思地笑。

周如花让医生算一下,拔除牙根加上镶一副完整的牙齿所需要的金额。

"四千,镶金子?"母亲瘪着嘴嘟囔一句。

周如花拧着眉头让母亲从治疗椅上坐起来,跟医生说回去考虑考虑。

"这不用考虑,装上牙齿能年轻十五岁。"医生摘下口罩,四五十岁的模样,笑着露出一口整齐的白牙,跟他的脸相比,这口牙显得有点假。但假的也好看啊。

母亲盯着那口白牙看,皱缩的嘴唇不自觉地在蠕动。

母女两个坐了一段时间公交车,还要走许多山路到家。蜿蜒的小路,周如花走过无数次,每一次往外走,脚下的路就会延伸出千万条路。大多数时候,她不太清楚,这些路将带她去向哪里。

"我找了个对象,比我大九岁,等到过年,我想带他回来。"周如花说,"所以到时你把牙齿装装好,家里的房子也得翻修。你不用担心钱的事,我会想办法的。等牙齿装好了,你就可以吃硬一点的东西。"

头顶松树参天,许多去年掉落的松针在母女俩的脚下发出破裂的声音。母亲既高兴又难过,她不太灵活的腿因为激动而走得跟跟跄跄。

周如花在心里粗粗地算了这笔账,翻修屋顶和墙壁少说也要两三万块钱,母亲要装的假牙,连带拔牙和其他的费用五千块应该差不多。她的银行卡上有五万块钱,存了三年的定期,身边零零碎碎的可供开支的钱只有七千块左右。可是,她还是要结婚。

她想到周如军,她的亲哥。这么些年,他们在同一个城市打工,她从来没去找过他。当年,周如军为了跟一个女人结婚,抛弃了周如花和母亲。对,是抛弃。虽然母亲一再强调,哥哥不容易,养了这么多年的家,是应该为自己的家考虑考虑。

母亲就不是家人?周如花心里一直清楚周如军的付出,但他当年不应该这么绝情地说出那些伤人的话。

周如军十五岁就跟着邻居出门打工,人家看他年纪小,最多就是管吃管住,后来就在小工厂干干活,赚不到什么钱,还累得半死。摸爬滚打了几年,学会一点修机器的手艺,在棉纺厂当了名机修工。他的全部工资,除了很小一部分供自己开销,其余的都寄给家里,给时不时要吃药的母亲,还有上学的周如花。所以,就算周如军挣再多的钱,也存不下来。周如花靠着哥哥的资助考上高中,她母亲一心希望她能考上大学,不要像哥哥那样辛苦。周如军也信誓旦旦,妹妹上大学的钱他都会存下来,父亲不在,长兄如父。可周如花高二

如花美眷

那年，这一切都变了。起因是周如军谈了个对象，是同厂的女职工，对方家里就一个独生女。

两人爱得如胶似漆，需要花钱，他寄回家的钱就屈指可数。母亲很高兴，周如军年纪不小了，结婚是头等大事。那一年春节前，周如军带着即将过门的未婚妻回到老家，两个人手里拎着许多礼物，有妈妈的棉衣棉裤、妹妹的围巾鞋子。

没过门也得叫一声嫂子，周如花有点害羞，看到嫂子清清瘦瘦的一个人，心里很欢喜。

四个人高高兴兴地吃晚饭，周如军还喝了点酒，脸和脖子都通红起来。他的嗓门变得很大，宣说着他们结婚以后五年内要在城里买一套房子，以后孩子出生就是城里人了，在城里上学。

"妹子，你说哥这么些年对得起你不？"周如军问周如花。

周如花像小鸡啄米似的点头。

"妈，你儿子这些年赚的钱你都看得见吧？"周如军问母亲。

母亲的头点得像小鸡啄米一样。

"好。"周如军不知道是真醉还是假意，一掌拍在桌上，碗碟蹦得磕碰起来，"从今天开始，你还是我妈，你还是我妹。"他用手指分别指了一下母亲和周如花，"从今天开始，我不再为你们打工，我要存钱，买一套房子，为自己活。妹子，对不住了，你哥我以后不供你上学了。"

母亲和周如花都目瞪口呆，不知道应该说什么。

周如花由震惊到无助,眼眶里的泪越积越多,她没忍住,滑到脸上。她一哭,母亲就红着眼睛抹眼泪。

"你们不用哭,要哭的是我。"周如军继续用手拍着桌子,就像打节拍一样,"我十五岁出门打工,别人管吃管住还管打。有一次我跑出去,没地方睡,连着五个晚上睡在桥洞底下。我哭吗?我不哭。我冬天的时候去洗车店打工,一连洗十几辆车,手泡进热水都没知觉。还有,还有呢,我修机器被割伤手指,缝了十几针,我没哭过。"

周如军说着说着,自己抹起眼睛,他拉起母亲的手大声号叫:"妈呀,这些年你儿子在外面不知道受了多少苦。"

母亲也一边哭一边点头。她说:"如花以后还得上大学的呀。"

"我不是连初中都没念完?"周如军终于爆发了,"我如果不是被你们拖累,至于过得这么辛苦吗?跟我一样是打工的,人家去KTV,去看电影,还去游山玩水,我呢,我就想着我每省下一块钱,妹妹在食堂里就可以多打一个菜。"

"我都感觉,你们就像血吸虫,把我吸干了。"周如军声音微弱下去,直到趴到桌上,不知道是醉倒了,还是累了。

周如花和母亲站在灯光的暗影里瑟瑟发抖。

嫂子独自坐在柴火灶边的小凳子上,跟他们一家人保持足够远的距离。

第二天,周如军就带着母亲去了镇上,把母亲替他存的一些钱取了出来。

周如军走的时候，关照周如花说："以后这个家就靠你了。"

周如花又委屈又难过还生气，她嚷着："你去，你去啊，这个家不是没了你就活不下去。以后，这个家我来管，妈妈我来照顾。"

周如军轻蔑地朝妹妹笑笑。很多年后，周如花明白了哥哥当初的笑容，那不是轻蔑，而是深深的无奈。

春节，周如军结婚，母亲和妹妹都没吃到一颗喜糖。直到小孩子出生满月，他才带回了老家一趟。他塞给母亲六百块钱，周如花一把抢过来，扔出门外。

周如花辍学后，别人介绍她去城里的一家二十四小时的便利店，做十二个小时的收银员。她得整天站着，腿肿胀得让她觉得自己无权使唤。在店里，不能吃东西，实在太饿她就背对着监控，一口将蛋黄派塞进嘴巴，噎住了，就耸动肩膀，拼命咽下去。这些，都没有让周如花觉得生活艰难。让她觉得为难的是一个五十多岁的男人，他每次都在半夜进店，他只挑选一样东西，结账时，他会摸一下周如花的手，顿时她的身上起了一层鸡皮疙瘩，周如花只能用更快的找钱方式忽略掉前一秒发生在自己身上的感觉，她知道时间会淡忘一些印记，包括这样不愉快的经历。可周如花并不知道这样忍气吞声的处理方式，使他的行为更加大胆，直到有一天他抓住了她的胸，她就像一头困兽般尖叫起来。店长把周如花请了出去，说她不够灵活，不能胜任收银员的工作。

周如花找了一个加油站做加油工,她觉得厚厚的蓝色工作服,加上黄色的背心,足够保护自己的胸部。领班嘱咐她:"看到漂亮的车,要快速地跑过去,接过他们的卡,给车加满油,再恭恭敬敬地把卡送还给车主。"可她还是跑得不够快,那些漂亮车子的喇叭按得震天响,她有些怯懦地接过油卡,战战兢兢加好油,拧上油箱盖,把手伸进车窗,将卡还给戴着墨镜、眉毛上扬的司机。第一个月发工资,她把钱取出来,用满是汽油味的手数了几遍,然后寄给母亲。

她花八十元租了一个地下车库,主人用木板将它隔成两间。半夜,周如花常听到隔壁对着搪瓷器皿横冲直撞的声音。这个时候,她不得不起床,从床底下拖出一个洗脚盆,蹲在上面。第二天一早,她端着盆子去公厕,踮着脚,避开污水直流的地面。只要房租便宜,环境再恶劣,周如花都能忍受。住了没三个月,地下车库因为消防隐患被查封。房东说只能退半个月房租,她又急又气,一下子又找不到合适的住处,只能在广场上瞎逛到凌晨,决定干脆就在广场的休息椅上将就一晚。周如花打定主意,从行李中取出一床薄被,蒙着躺在椅子上。没躺下几分钟,她感觉有人用手指捅她的被子,她一下子惊得汗毛竖起,拉开头上的被子一看,差点就吓晕过去。一群人正团团围住她睡着的休息椅,高矮不一的黑影好像要朝自己的身体扑上来。她大叫一声,冲开人群,拔腿就跑,那群人分开几路追赶她。周如花都没弄清楚这是发生什么事了,只能气喘吁吁地被这群人赶来赶去,终于体力支撑不住,像只即将被俘的猎物,蹲在地上大哭起来。那群人竟也蹲下来,看着她哭,有一个人走上前推了推她的肩膀,送给她一瓶可乐还有一块鸡翅。后来她才明白,她睡了别人"专用"的椅子,他们只不过想吓吓她,看她像只惊慌失措的小兔子特别好玩,并没有什么恶意。他们都是白天在广场周边乞讨、捡塑料瓶子的,还有无家可归的人。

周如花被吓得不轻,喝了可乐吃了鸡翅,还是一脸哭相。他们让她继续睡在先前的椅子上,她还是觉得难过,她跟他们讲自己的故事。一个生病多年的母亲需要医药费,哥哥撒手不管,自己辍了学到处打工挣钱养活自己。不认识的人围着她,默默地听着周如花的自言自语。

周如花在广场上睡了一个星期,追她的那群人都让她睡在椅子上,还送给她半只汉堡、一瓶饮料,以及一架折了机翼的玩具飞机。直到很久以后,周如花在城市的公园或者广场,依然能看到那几张熟悉的脸孔。每当这时,她就会去买一瓶可乐,还有一袋鸡翅。

周如花在城市里开始变得灵活了,她不再害怕失业,因为她知道只要不怕苦,她就能找到工作。她去餐馆洗碗,去服装厂学缝纫,去超市做推销员,去夜市摆摊卖袜子。她也谈恋爱,都没有到谈婚论嫁的程度,在一起,无非是彼此取暖。

经历过打工艰辛的周如花开始从心底原谅哥哥当年的撒手不管,可她也不愿意跟周如军和好。

周如军和周如花站在学校门口,两个人都探着脑袋往学校里面看,周围是吵吵嚷嚷的声音。周如花很想跟哥哥聊一聊这些年打过的工、经历过的事,她觉得哥哥不会对她再报以轻蔑的一笑。

可是,人群的声音一浪高过一浪。如果哥哥能出两万,就再好不过,实在困难,一万块钱也能救急。只要房子修缮一下,母亲装上整副牙齿,好歹那是家,那是母亲。周如花在人群的声浪里觉得有点呼吸不畅。

"嘿,爸爸,你怎么会来接我?"周小宝眼尖,一眼就看到了周如军,他像一阵旋风卷到周如花的眼前。

"来,叫声姑姑。"周如军示意小宝打招呼。

小男孩皮肤白嫩,透着一股机灵劲,容貌上还是像嫂子多一点。周如花摸了摸孩子的脑袋,心里有点感慨,好歹也应该给小宝带点礼物。

周小宝嘿嘿一笑,叫了声姑姑,又歪着脑袋盯着周如花看了一会儿问:"你是如花姑姑?"

"姑姑就是姑姑,还带着名字叫的?"周如军给这个鬼机灵的儿子头上敲了一下。

他们在路边的烤摊点了三串鸡翅,还有年糕。周如花要付钱,周如军拦着她把钱付了。他们把年糕涂上一层厚厚的辣椒酱,一边吃一边咝咝地张着嘴。

"爸爸,这周六学校有同学要到我家搞活动,就是上次说的小组活动,有七八个同学。"周小宝对周如军说。

"好啊,那请同学们过来。"周如军说。

"可是家里堆了这么多衣服,我这些同学站的地方都没有,能不能叫妈这几天不要接活了。"周小宝已经嘟起嘴巴。

"你妈肯定不同意啊,难道不能去其他同学家?"

"要跟你说多少遍,我们都是轮的,一家一家去的,我家是最后一家了。"周小宝跺着一只脚,知道爸爸从来不关心他的这些事。

"你们学校是不是太空了,总是做些无聊的事情?"周如军觉得很恼火,眉毛都皱成一团。

"我不跟你说了,跟你说都是白搭。"周小宝生气地扔掉了没有吃完的烤串。

周如军耷拉着脸,周小宝低着头掉泪。对于两父子的争吵,周如花当然不能说什么。他们三个人挤在电瓶车上,车子只能龟速前进。

周如花紧紧抱着侄子,双手能感到侄子气鼓鼓的肚子。周小宝剪得极短的头发正好摩擦着她的下巴,痒痒的。她想起曾经周如军在放学的山路上背着瞌睡的她,还有头顶的一轮明月。好多年了,她没有在城市里抬头看过月亮。

她从口袋里摸索着掏出一百块钱,塞进侄子的手心。周小宝吃惊地回头看了她一眼,她凑近他的耳朵小声说:"姑姑给你的,明天买点零食请你小组的同学吃。"

周小宝手心攥紧纸币,点了点头。

"乖孩子。"周如花摸了一下他的头。

周小宝一溜烟地跑上楼,周如军要去车库停车,他说停在外面不太安全。周如花只能跟着他去车库,如果这个时间不讲,等会儿就没有机会讲了,总不能当着嫂子的面提要钱的事。

"我前段时间回家去看过妈了。"周如花把手插在西服口袋里,楼道的暗影打在她的脸上。

"怎么样,她身体还好吧?"周如军问。

"还好,就是牙不好,要装副假牙。"

"她牙一直不好。"

周如军从车库里找出两个小板凳,两个人坐在光线暗淡的、狭窄的车库门口,周如花不知道这个话题要引向哪里。

"你呢,准备找对象吗?"

"找了。"

"那你这次来是通知我喝喜酒的?"

"日子还没定下来。"周如花不知为什么叹了口气,"你这些年过得好不好?"

"我也不知道好还是不好。"周如军说。

两个人又沉默了一阵。

"如花,你还记得我们小时候开垦梯田吗?冬天蓄满水,春天就去翻垦。到了插禾苗的时候,你最讨厌插禾苗,一边后退一边插,双腿踩在烂泥里,一脚深一脚浅。我们两个人还总是打赌,说下一脚就能踩到平实一点的地方,打着赌,一步一步后退,把秧苗插好。"

"我们总是踩不到平实的地方,但好歹把田种完了。"周如花说。

"所以,好与不好,日子就这样过来了,是不是?"

"可不是嘛。"

"你定了日子,就打电话告诉我。"

"我会打电话告诉你的。"

兄妹两人从车库里出来,"钱"这个字梗在她的喉咙里,让她难过得想哭。

周如花说,晚上没有公交车,她得趁早赶回去。

周如军跑到家里,拎着装了卤鸭的袋子让周如花带回去。

周如花不想拂了周如军的好意,拎着鸭子就走。周如军说送她去公交站,她说不要,那条路特别难开,坐电瓶车反而受累。

离开了小区,周如花开始哭。她恨自己,为什么不跟哥哥开口?她恨自己是个软心肠。她哭得上气不接下气,解开西服的扣子,露出里面一件皱巴巴的半高领打底衫。走到泥路上,她索性把高跟鞋和袜子脱了,痛痛快快地从一个个泥坑里踩过去。

工程车司机从后面开过来,他的眼睛瞪得老大,怀疑自己眼花。他按了一下喇叭,她在前面的水坑里停住转过身来,手里提着鞋子和卤鸭,裤兜里塞着凸出的袜子。

司机把车门打开,周如花先把东西扔到车上,然后赤着脚爬到副驾驶室上。

"你这是在干吗?"

"不干吗。"

"你受刺激了?"

"你吃卤鸭吗?"

她打开袋子,找出一只鸭腿,塞到司机的嘴里。

"你叫什么名字?"司机的嘴里塞满了鸭肉。

"我?我叫周如花。"

"如花,是如花美眷的那个如花吗?"

"对,如花美眷!"

颠簸中,她抓出一块鸭肉塞进自己的嘴里。

其实,我并不知道他们是谁

这是我的一封绝笔。

当然,这绝对不是我在威胁您,我这样一个孱弱怯懦的人的存在,对谁都构不成威胁。

我写这封信,只为我孱弱的内心还有那么一丝怜悯的气息,我想向您控诉一桩血淋淋的罪行。哦,不。那不是血淋淋,那是一场潜于无声无息间、有着利益交易的谋杀。

说绝笔,可能是严重了,但一定请您相信,我将不久于人世,我不是垂垂老矣。我鲜活的心脏只陪伴我跳动了三十三年,如今,它渐感疲乏,即将陪同着肉体进入尘埃。我并不害怕这一时刻的到来,相反感到释然,所有积满污垢的脏器,将不会再吐出一口污浊的空气来威胁别人,也不会夺走别人的一口新鲜空气。虽然我一直小心翼翼地进行着轻轻的呼吸,生怕我的疾病"精怪"会无声无息地去谋杀别人。不过,这一切其实是我多虑了。我曾是一名教师,多少懂得一些医学常识,我的疾病只会慢慢地摧毁自身的心灵和肉体,而绝不危及他人。可是自从五年前我得了这种病,人人视我为洪水猛兽,连亲人也小心翼翼地对待我,就像对待一件出土的陶器,喜欢它,却又惧怕它身上携带着千年前祭祀台上的咒语。

真是对不起,我扯远了。可是我得向您原原本本地控诉这个事件,这个事件是从我生病开始的。如果我有幸没有被疾病"精怪"选中,我向您保证,我现在肯定无忧无虑地结婚生子、遵纪守法,绝不会给您添半点麻烦。

如今,我还住在镇上。您如果吩咐别人来找我,只要沿着河流便可以来到我家(如果那个时候还没拆迁的话)。我家门前的河流静静地穿过镇上的老街,水面倒映着黑白楼宇的影子间杂着一丛丛繁茂的美人蕉。这条河流究竟会流向哪去?我不知道。从您的版图上应该能仔细地看清楚它的流向,它会穿过无数的村庄和城镇汇入钱塘江,可是究竟谁见证了?静静的河流在每一处改头换面后的形象,就像这条街上被时间的河流所逐渐吞没的老人们,回想起来总是面目模糊。可是在我生病的第五年的第一百九十九天,这个记忆是不会模糊的,那天有个小女孩被人从河里打捞了上来。

她是溺亡的,对,从一开始我也是这么认为的。河水无情地吞没了她在世的六年短暂的时光。我从一个跑来看热闹的人手里给她买了一串糖葫芦,将它插入桥洞下的泥土里。坐在桥洞的阴影下,我从没离人群这样近过。桥上的人群还围着她的尸体发出嗡嗡的声音,像一条穿梭在高低起伏的溪谷里的水流发出吵闹的声音,偶尔有一个女人尖厉的哭声从里面冒出来。我第一次觉得这单调的河流像一口长方形的棺木,装满了凹面的水,水面呈现出无限绝情冷漠的纹理,像横亘在一个冷酷的老人脸上的所有纹路。

我已经看过她被打捞上来躺在桥面上的样子,围观的人群为我让开了一条路,他们惊惧于我更甚于躺在桥上没有声息的女孩。哦,我忘记介绍女孩的名字了,小果珍,是一个很好听的名字。小果珍面容平静,鼻孔微张,双唇紧闭,像不常生气时候的表情。她的两条羊角辫没有散开,还是昨天早上我为她扎好的模样。她的手有些发胀,手指夸张地分开着,只有一根食指蜷曲着,露出修剪整齐的指甲。米色的缀着荷叶花边的裙子下摆上,有一缕缕浅紫色的水波纹。我认出来,这是前天小果珍和秧子采光了河边的牵牛花挤成汁水做颜料,不小心沾到了裙子。

小果珍前天和昨天以及以往的许多日子都跟我在一起(哦,不,应该还有一名叫秧子的少女),当然警察会找上我。所以,关于这一事件真实性的问题,您可以通过当时的笔录得到证实。一男一女两名警察坐在我家内院靠近门口的青石条上,女警还戴了口罩,黑眼睛在帽檐下蕴藏着一种不耐烦的探究,是对我裹在衬衣里纸片样的身体,还是我凹陷得像两个深洞的眼睛,或者是我搭在竹椅扶手上神经质的修长而苍白的手指的瞬间颤抖?他们询问我和小果珍的关系,以及前天和昨天小果珍与我交往的细节。

我得从认识小果珍开始的那一天说起,可是这中间还有一个叫秧子的少女。所以,我得先说秧子。当然警察也问了秧子一些话,但都没有拿笔记下来。因为在这个镇上除了我没有人相信秧子的话,也没有人忍受得了她像复读机一样重复别人的话语。秧子在三岁的时候发了一次旷日持久的高烧,之后,长大的秧子记忆是断层的,就像一把珍珠散落在桌椅的阴影间,她没办法找回来。

我认识秧子的时候,她已经怀孕六个月了。我说过她是少女,十五岁。因为这个事情,警察也找上门过,问我为什么她天天在镇上或者郊外游荡而没有人发现,而是被我第一个发现的呢?而我又不是一个有生育经验的女人。我向您保证,我跟警察说的都是实话,而警察耳朵里所听到的无非是一些人无聊的臆想。

我每天下午或者傍晚都有散步的习惯,没有固定的路线,只要远离人群,所以郊区是我常去的地方。沿着门前的河流能走到一片茂盛的桑园,穿过桑园就能到达空旷的田野。在散步的路上,我也会遇到一些有意思的人。比如在河面的桥上,我会发现镇上的几位老人倚着桥栏默默地注视着水流的方向,阳光都不能照入他们脸上的褶皱深处,他们常把羡慕的目光投向我瘦弱却仍旧轻盈的步伐。在桑园里,我遇到过河对岸靠赌博为生的杨二虎,他总是在桑园外徘徊,狩猎般的眼睛四下张望,似乎在那里他嗅到了猎物的气味。

还有和我隔一条街的一个傻姑娘，她会像一只兔子一样从茂密的茅草丛里伸出脑袋来。

我经常坐在田埂上，看着天空，咬着不知名的草，想着自己的一些过往。比如我曾有过一个准备结婚的女人，可是疾病"精怪"吓得她躲了起来不愿意见我，当然冠冕堂皇的理由是有的，那就是决不能让"精怪"在下一代身上演变成更可怕的"魔鬼"。我离开了父母，回到我出生的小镇。尽管他们几次忧心忡忡地来看过我，我却总不能让他们展颜。曾经亲切地称呼我乳名的邻居，骤然之间称呼我为"X老师"——这是我曾经的职业，却是用来划开我和他们之间距离的理由。

如果说不伤心、难过、绝望，那肯定是假的。对于一个血气方刚的男人，看着疾病"精怪"蒙着面纱，在自己体内施展摧毁肉体和心灵的魔法，让自己永远孤立地处于一个圆圈之内，这是不幸的。

可是何为幸福，何为不幸？在我生病后的第二年，经过无数次的散步后，便不再去追究这些事情。我开始慢慢地习惯了和自己对话，偶尔也跟植物对话。黄昏看暮色沉潜的原野，清早守着院中晨露未晞的月季，直到阳光来我到的小院，看它在屋檐和墙垣之间渐渐展露出的微笑。秋季躺在浩瀚明朗的星空下，收割后的田野蕴藉着泥土与草木的馥郁。春季去附近的山丘采新鲜的茶叶，在家里弄出许多清香，让那些古老的家具、长满青苔的墙壁、蚁群蛀过的门窗附着上一种灵气。再说下去，您会想这哪是一个病人的状况？这分明是诗人过的生活。当初,我是怀着沉痛的心情进行着麻木的、被抛弃的生活。的确是自然界给了我一些微弱的暗号,慢慢地,我领悟到了一些什么,神经变得敏感而纤细,我感到自己这些日子以来的平静快乐远远超过了对生活中的不幸的体验。也许一个人命中注定要自觉地接受不可避免的事,必须懂得承受和忍受些什么,必须克服潜藏于外在之下的内在及真正的、非偶然性的命运。这样一想,我的命运其实一点也不糟糕。

  我散步路过桑园,看到一双腿从茂密的桑叶地里伸出来,伴随着沉重的呼吸声。桑叶缝隙里向我展示了一件满是泥印子的T恤,撩在胸前,露出半个小巧的乳房。我知道她是谁。是镇上的傻姑娘秧子,喜欢天天在外面游荡。其实秧子的哥哥跟我以前是同事,他家和单位在镇上也只隔了一条街的距离,只是很少打招呼。我们一起住在城里后,他很少开口与我攀谈,也从来不在公众场合提起这个妹妹,在学校里大伙都认为他是独子。秧子的父母早几年也搬进城了,秧子便被托付给靠捡破烂换酒喝、天天醉得东倒西歪的爷爷。

  遇到秧子那天,我坐在一边等她醒来。说不清楚为什么,也许是一种深深的同情。她醒过来,看到对面草丛里坐着沉默无语的我,咧嘴一笑,圆脸上纯粹少年般的笑容,散乱的短发上粘了几根青绿色的草。她站了起来,身形是十三四岁的样子,显得瘦弱,松垮的裤子只能系在胯部,短小的上衣遮掩不住腹部。

那天,我们没有讲一句话。我走在她后面,一直送到她家的门口。闲置在墙边的一口木槽里长满了摇曳的狗尾巴草,她在黑漆漆的、矮小的拱形门口回头看了我一眼。

我虽然过着远离人群的生活,可是很奇怪,镇上的所有动静,好像是声波的震动,我都能感受得到。当然,这也多亏我的邻居——一位年过七十的独居金老太。她喜欢背着手站在我楼下的石板路上来回踱步,看到我在窗口的桌前看书,她便会大声讲话。这些话一小半是说给我听的,一大半是说给空气和水流听的。她看到什么感叹什么,随说随忘。过了一会儿,路上来了个人,她想起什么,再把刚才说的话向别人重复一遍。

从她零碎、间断又重复的话题中,我知道了秧子是在八岁的时候发了一场高烧。之后,她变得言行缓慢,再也去不了课堂。她喜欢漫无边际地游荡,逛得累了,她会走到冰冷、漆黑的灶间,把能吃的都装进肚子,再像猫一样蜷缩到一堆破棉絮里。遇到爷爷喝酒不尽兴的日子,第二天她的身上准会出现许多伤痕。父母最开始还约束她不准外出,可是渐渐感到力不从心,便懈怠下来,任由着她自由自在地游荡,渐渐成为镇上人们的一个乐子。

别人教她的污言秽语,她会重复好几天。

从那一次我送她回家后,她开始频繁地出现在我的视野里。刚开始,她偷偷摸摸地像影子般出现在我家门口,从不进门。渐渐地,她胆子大了,便沿着墙壁像猫一样慢慢蹭进来。她的这种进门方式跟后来小果珍进我家门一模一样的。

她进院子后并不跟我讲话,瞧着我看书、修剪花枝。如果我盯着她看一会儿,她就会咧开嘴笑起来,露出两颗发黄的大板牙。

我给她吃一些饼干和水果之类的食物,问她:"好吃吗?"她会嘿嘿笑上两声:"好吃吗?好吃吗?"我摇了摇头,她也跟着摇头。当然她也能正常对话几句,能记得起前几天发生在她身上的重大的事。比如有一次她掉进了一个水沟,她接连几天都会说:"沟、沟,我爬、我爬,就爬上来了。"她也跟金老太一样,逢人便说。

您一定看得不耐烦了吧,这么详细地说一个傻姑娘?可是秧子或许在以后是唯一的一个证人。您一定认为我在胡言乱语,就像镇上的人认为我自恃得了怪病后就敢胡作非为了。我从来不解释,甚至连我的家人都不了解我。他们从一百多公里外的地方赶来,匆匆见了我一面后又小心翼翼地跟镇上的人说,我病得失去了做男人的能力。这样的解释多么苍白啊!一个进进出出我家门的十五岁的姑娘,突然怀孕了,并且是我发现的,而且带到了镇上的卫生院做检查。

秧子的父母也露面了,像对待牲口一样拉着号哭的女儿去卫生院堕胎。镇上所有的唾沫星子里都找得到我和秧子的影子。警察来找我,问我全镇人都看不出秧子怀孕,为什么我发现了?我的愤怒掩藏在平静的语调里:"因为我发现她的小腹凸起。"

"平常她在镇上走来走去,并没有人看到她这个情况。"警察不依不饶,好像在卖弄他的聪明,"况且,你怎么会把她的小腹看得这么仔细?"

"因为别人都看不到我所看到的东西。"我说。

"是什么?"警察的眼睛里闪着得意的诡异。

"她没有一件夏天的上衣能够遮蔽自己的腹部,没有人发现,她从来吃不饱,可小腹却日益坚实起来。"

警察直视我眼里的嘲弄,嘴角挂着轻视、傲慢的笑容。我并没有快感。那天,小院的天空上方一直停留着雨云,屋子里潮湿而闷热,许多虫蚁从深深的洞穴里爬出来窥探,等待一场暴雨的来临。

深夜里,雨哗哗地冲洗着楼下的石板路,我听到秋子醉酒的爷爷在我家楼下咒骂着号啕大哭。我把木窗开了一条小缝,雨水立马扑腾到我脸上。雨在橘黄的路灯下像一条条亮色的丝线,丝线缠绕着弓着背的老头。他背对着我的房子,面朝河流,或者是河对岸一户人家亮着的灯光,继续撕心裂肺地号哭,比秋子去医院那天叫得还惨。

那件事后,秋子隔了两周又出现在我面前时,脸颊瘦了一圈,原先的大眼睛上蒙了一层忧愁。好在,没过几天她又恢复了神采。她跟着我一起散步,我们一起穿过茂密的桑园时,她有时会从后面紧紧攥着我的衣服,边走边朝四周张望,仿佛在桑树丛中躲着一个让她惧怕的东西。一直到走完这段路,她才松开手,走到漫无边际的田野,她又撒开腿跑起来。

后来，我听见金老太跟秧子的爷爷搭讪："让秧子跟着他也好……现在人心都在粪缸生了蛆，沤掉了，免得她到处乱跑被野男人糟蹋。"

我清晰地听到秧子的爷爷鼻孔里发出"哼"的声音。

这个可怜的、酗酒的老人，偷偷摸摸地跟在我和秧子的后面，随着我们穿过镇区，看我们给废弃的老屋里的野猫喂食。又来到桑园，我们像两只鹌鹑一样只露出脑袋，看不远处一窝刚出生的野鸡。再后来，他又自顾自捡破烂去了，坐在家门口剥铜丝，等着我送秧子回家。

后来，我就认识了六岁的小果珍，她像秧子一样小心翼翼地出现在我家院子的门口，慢慢地，慢慢地，像一种小动物带着羞涩和抑制不住的亲昵感蹭向坐在院中竹椅上的我。

我是在她死后才知道她的真实姓名叫郭真。

太阳的阴影与水泥墓碑上的名字重合在一起。

小果珍躺的地方并不是一块墓地，是茅草丛生的荒地。新鲜夯实的土堆上还来不及长出一丝嫩草。土堆的周围放了一圈红色的砖块，以阻碍茅草对这堆新土的觊觎。砖块外被拦腰吹断的茅草拖着残肢败体无望地仰着缀着絮状芦花的脑袋，在阳光下闪着冰凌一样的光。

这是小果珍溺亡后的第四天，我生病的第五年的第二百零三天，我和秧子散步来到这里跟小果珍做伴。荒地茅草蔓延的尽头是一条通往镇子的河流，现在我看不见河流灰色的样子。河对岸是一片像搭积木般搭起来的厂区。制药的、织造的、化纤的,各自竖着高矮不一的烟囱,白天黑夜都冒着烟气,空气再透彻的秋季,厂区的上空总是也灰蒙蒙的。

小果珍的父母就在这些积木般的厂房里正一边流着泪,一边忙着手中的活计。他们从她一出生就把她从遥远的家乡带出来,却再也无法将她带回去了。她被无数张陌生的脸照管过,一天、两天、一月、两月。父母东奔西走打工赚钱,连一顿整齐的饭菜也没陪她吃过。父母对小果珍而言,无非也像临时托管人中的两张脸。

我认识她的时候,她正被托管在独居的金老太家。小果珍夜夜跟着性情暴躁的金老太,躺在冰凉如水的竹席上,听着金老太患有神经痛的身体在夜里发出各种古怪的声音。和我熟识之后,小果珍会装出金老太的那种老迈的喉咙,像思乡病一样的嗓音,在我前面学舌:"我一条腿都蹚进河水里去啦。"

可小果珍却比金老太更早地蹚进了河流里。

我楼下的石板路上,小果珍的父母总是阴沉地朝楼上的我投以质疑的目光,他们的老乡示威似的朝窗口前的我挥动拳头。拳头落在了金老太的家具上、玻璃上、木门上,因为她没有尽到看管的责任,要出钱赔偿。她夜以继日地坐在河边哭泣,说他们敲诈,叫一个老太婆怎么拿得出钱?

河对岸的一个女人好像是为了回应金老太的哭声,哭得撕心裂肺,是杨二虎的嫂子。她丈夫终于同意了将承袭了几代的医馆搬迁。据说杨二虎早就把自己的房子抵押卖了,现在，他竟要求兄长们再划出一间房屋归他所有，他便可以在新的小区重新拥有房子。女人哭诉着这个兄弟长了狼心和狗肺，要了阴谋和诡计，让他哥签下了协议。金老太哭诉着隔壁住了一个禽兽不如的人，害得自己一把老骨头了，还要被人一根根拆下来。

我病后的命运为什么会两次陷在同一个旋涡里？您一定会认真地思考，如果一个行为端正、品性高洁的人，怎么会被人一而再再而三地怀疑？

小果珍被送去做尸检，要查明死亡真相。家属们郑重地提醒法医，小果珍生前可能受到性侵犯。法医郑重地出示了死亡说明：溺水死亡，身体无明显伤痕，内脏未受损，生前未受到性侵犯。

可是这个证明并不能让我逃脱镇上居民的神色之中对我的惶恐和憎恶。我说到这里，您会认为我是为了洗脱跟小果珍的死因有关的嫌疑，而大费周章地写下这些的。

我要言归正传，在她出事的前两天我对她做了什么。小果珍出事之后，外界的频繁干扰让我更加细致地去回忆那两天发生的所有事情，不断巩固和加强我的记忆。出事的前一天，她一早就跑过来，散开着头发，手里抓着两个红色的皮筋，我帮她梳了辫子。从一开始的时候，我并不特意亲近她，她像小动物一样，蹭进了我家的院子，没过几天就蹭到了我的膝盖上。我教她和秧子用粉笔写字，画院子里的花朵。她们调皮的时候用葫芦瓢滴下的水阻断蚂蚁搬家的路，翻动我的书柜,摸索着爬到漏光的阁楼,在一道道光束里伸出她们的手,试图去抓住悬浮转动的尘埃。整幢木结构的屋子随着她们的欢乐,咿咿呀呀地发出年迈却喜悦的声音。

秧子和小果珍整个下午都在玩憋气的游戏,她们在脸盆里装满了水,将脸埋下,看谁憋得时间长。这是我教她们的方法。因为小果珍问我,怎么样才能像对岸的几个男孩子一样下河游泳。我说,先要练习憋气。

她们两个把地板都弄湿了。

"为什么在水里不能呼吸?"小果珍抬起湿漉漉的脸问我。

"水里没有空气。"我发现秧子继续埋在脸盆里,发出咕咕的进水声。我揪住她的脖子,拉开了连连咳嗽的她,轻轻地给她拍了拍背。"人要呼吸,呼吸空气,没有空气就会死去。"我继续跟小果珍解释。

"那怎么呼吸?"

"鼻子吸,嘴巴呼……像这样,吸……呼。"我做着示范。

"每个人都要呼吸吗?"小果珍总有好多好多问题。

"是啊。"

"那为什么,平常我总听不到你的呼吸?阿婆(金老太)的声音我是听见的,她总是大口大口地……像这样。"小果珍嘴张大着,又学起了金老太的动作,"还有,像杨豪的叔叔,有一次他带我和杨豪去村里跟人打牌,他呼吸的时候可是会发出咻咻的声音的。"

小果珍最近结识了新朋友,是河对岸的杨豪,他有一把水枪。小果珍总会在下午四点前等在他家门口,为了在他放学后能跟她一起玩。

我脑中闪现出桑园里附近见过几次的杨二虎。

我摸了摸秧子的脑袋,秧子不知道为什么很别扭地走开了。

傍晚的时候,我看见秧子和小果珍在河滩上采牵牛花,她们挤出了许多汁液,说是要画画。

小果珍掉入水里的那一天,她只在早上来过我家一趟。我照例给她扎了羊角辫,她还小声嘀咕,说要换一种扎法。可是我除了这一种简单的扎法,对其他的花样就束手无策。

那一天,秧子一整天都没有来过我家。

我和秧子从墓地回来时,几个孩子在夕阳洒下余晖的桥上玩谁是木头人的游戏。我拉着秧子远远地绕着走。秧子突然指了一下他们说:"谁是木头人,谁是木头人,谁是木头人……"

我问秧子:"你玩过?和谁啊?"

"小果珍……杨豪、杨豪。"

秧子将手伸向水面的方向,又迅速地缩回,全身突然颤抖了起来,抬起惊恐的眼睛对我说:"我要杀了你,我要杀了你。哈哈……我要杀了你。"

我躺在床上不能入眠,听着古老的房间里发出嘟嘟的声音。我知道这是报死虫在发出啃噬木头的声音,它在向我报送死亡的声音。我并不惊惧于此,秧子惊恐的喊叫更让我害怕,是谁在威胁她发出那样的声音:"我要杀了你。"

我听到楼下苍老的咳嗽声,是秧子的爷爷。

老人坐在河边上喝醉了酒,不停地喊着我的名字。他的声音苍老无助,比报死虫更让我忧伤。

老人一手还握着酒瓶,一手在我面前挥着,让我相信,他没有喝醉。

"我真没有醉,真的。我跟你说……我大半辈子都醉了,但今天肯定没醉……"他拍着自己骨瘦如柴的胸口。

我扶他进了院子。不知道为什么大热天,他却穿着一件很厚的黑色外套,下身却只穿了一条短裤。

"我知道,你是个好人……以前,我误会你,你真的真的是个好人,对我家秧子这么好。"他的手拉着我的手,丝毫没有害怕我有疾病的意思。

老人的胸口像堵着一团火,燃烧着他的难受,不时伸出舌头去舔干裂的嘴唇。

"你知道小果珍是怎么死的吗?"他问。

"小果珍,不是溺亡的吗?"

"我告诉了你,你可得答应我,要照顾秧子啊。这孩子……她父母都不要她……你可得答应我啊。"老人又拉着我的手,使劲握紧。

"如果我还能活得久一点的话,我会的。"我说。

"好,那我告诉你,是我们杀死小果珍的。"老人好像一下子酒醒了,声音都变得冷静。

"……"

"真的,是我们一起杀死了小果珍,河对岸的老李、老杨还有杨二虎,还有两个老太婆,我们一起杀了小果珍。"他把脑袋放到了大腿中间,整个身体缩进了黑色的外套。

"那天,我和对岸还住着的几个老头老太在茶室里商量,要尽快劝说杨二虎的哥哥签订拆迁同意书……你知道这整条街是要统一签字才能拆迁的,只有他家不愿意,所以拖了一年多。我是想快点拿到钱,其他几个人也和我一样。"

老人沉默了一会儿,像在平复情绪。我却如院中的月季一样,在风中无助地抖动,不敢揣测,不知道接下来的话,是不是颠覆我所有想象的残酷事实。

"我们七八个人从茶室出来,准备找杨家老大好好谈谈,远远看到小果珍、秧子、杨豪在玩游戏……"他向我比画一下,我会意地点了下头。"我们看到小果珍被杨豪推下了河,看着小果珍在河面上伸出的双手,小秧子想去拉,杨二虎跟她说了一句'你敢,我要杀了你'。他做出掐秧子的样子,我知道他不敢的,他无非跟我们一样。我知道的……我们心里都有鬼……"老人把头重又埋进了颤抖着的大腿间,"我们无非是想逼迫杨家老大签字……"

"小姑娘伸出水面的手,这两天一直还在我面前晃,无论我喝多少酒都没办法忘记。"他用衣袖去擦眼睛,动作大了,黑色的外套里竟然掉出了一把亮晃晃的镰刀。

他自己像是吓了一跳,赶紧捡起镰刀。接下来的动作很利索,完全不像一个喝了酒的人。镰刀柄用一根绳子系了一圈,他先把自己的外套脱掉,然后把镰刀挂到了肩膀上,再慢慢地仔细地穿上衣服,整个过程都不看我一眼。

我觉得想呕吐,并且真的呕吐起来。

他站起来拍拍我的后背,说:"你答应过我的事,一定要做到。我是个没了良心的人,像金老太说的,心放在粪缸里生蛆,沤掉了。"

他佝偻着身体走到门口,又回过头来,那双又小又红的眼睛不知道为什么会迸射出鹰捕捉猎物前的目光。

"我是沤掉了良心的,但杨二虎比畜生还不如。"

我回想着杨二虎那双狩猎般的眼睛在桑园附近转悠,突然感到心里一惊。

杨二虎被人偷袭的当天,秧子爷爷的尸体在小果珍曾经漂浮的水面上出现,他依然穿着黑色的外套,手里握着一柄锋利的被河水洗刷干净的镰刀,没有任何人能掰开他的手。

小镇上从来没有发生过如此恶性的凶杀案,据说死者的咽喉被切割了。

我在漆黑的夜里躺在床上,我知道我还活着,还能听到河流里发出哭泣的声音。有些人死了,有些人还活着,其实,我并不知道他们是谁。但这一片老街将会很快地结束它的时代,就如我行将就木一般被河流带走,一切终将归于宁静。

胆小的人

石磊去车站取车,我站在原地等她,十月的北方凉意十足。

她骑着二十八英寸老式自行车,迎风敞开着咖啡色棉衣,像蝙蝠张开的翅膀,压低了身体向我飞来。

她个子矮,踮着脚尖去蹬车,整个身体往前倾,就像赛车手要把胸膛匍匐到车把上,模样显得滑稽可笑。我高出她一头,但驾驭这种高大又老掉牙的车而且还要负重载人,可实在没有太大把握。

我们刚去县城的一个同学家吃中饭,逛了集市。鲁西南的小县城,卖着一些曾在我童年时代风靡的零食,有果丹皮、大袋的爆米花。我跳上她的车,悠哉地晃荡着腿,抓一把爆米花塞进嘴里,又抓一把塞进她的嘴里。

没有公交站台,灰头土脸、坑坑洼洼的路上斜竖着一块木板,上面溅着过往车辆的泥浆,面目全非的站名只能靠猜。

石磊说，在这里等车，比车站便宜两块钱。她让我耐心等待，等待过路车把我俩以及这辆二十八英寸的自行车顺路带走。当然，等待的还有满面的尘土。

望眼欲穿，终于来了一辆破旧的中巴，车顶上装满货物，像一座颤颤巍巍的小山正摇摇晃晃地开来。驾驶员麻利地扛着我们的自行车爬上车顶，三下五除二就把自行车固定在一堆货物之间。

中巴车每开十多分钟都要停靠，有人上车，有人下车。每次停车，刹车都不太灵光，身后的一笼鸡鸭发出吵闹声，矮脚凳和编织袋拼命地往前蹿，一直蹿到我们身上。我时刻都有种被杂物和吵闹声淹没的感觉。

我和石磊本来各自占着座，到最后却只能挤成一团，像两块不断被挤压的肉饼。我嗅到她身上的气味，她刚刚蹬车出了一身大汗，汗液里还有学校食堂早餐提供的腐乳味道。

暮色在广阔的平原慢慢合拢，车内逼仄的空间愈发的黑暗。每站有人下车，要取车顶的行李。石磊一定会跟着挤下去，再上来时，原先的位置被人占去，她就只能摇摇晃晃地站着。

不会有人要你的破车。我对她这种小心翼翼有点不耐烦。

不是怕被人拿走，是担心司机卸下来之后，忘了再装上去，以前车上就发生过这种事。她跟我小心翼翼地解释。她跟任何人说话的时候都是小心翼翼的，生怕得罪了别人。

车窗外的平原上，依稀有农家的灯火亮着，一派静谧安详的乡村图景。此时，车上只剩下我和石磊。车厢空旷，她便把自行车推进车厢。于是每次颠簸，自行车就在耳边引发一阵轰鸣，以及余音不绝的颤音。

她有些累，却依旧紧张地注视着窗外，生怕司机开得过快，错过了下车的最佳地点。月亮不知道在哪里，窗外黑着，什么也看不见。她站起来，走到驾驶员的后座，扶住车椅背，借着车前的灯光辨别位置。她跟驾驶员说着方言，大约是提醒他在哪里停车。

她又瘦又小，扶着一张座椅东摇西晃，像个提线木偶。

终于到站，车子甩了我们一脸的灰尘。我和她还有一辆自行车立在一条路的中间，两边是黑漆漆的行道树。车子远去的声音越来越微弱，直到只剩我们在一片静寂中。

前不见村，后面不见人，我恍了会儿神，才发现前面有条路，并不是一个村庄。她说，还要骑四十分钟的车才能到家。从清晨由学校出发，到现在，满腔的兴奋和热情都被辗转的路程消磨殆尽。

我跟石磊同一个宿舍，她比我长一岁。从入学起见到她，她就剪着齐耳的短发，清汤挂面地衬着一张娃娃脸。同宿舍舍友一致公认，她的嘴巴生得漂亮，樱桃小口。可惜因为胆小，遇到事情她习惯把嘴唇咬起来，一咬嘴就没了。她的做派不像一个大学生，倒像是一个小学生，挂在嘴上的时常是："我不敢。""这样不好吧？""还是算了。"哪怕一同出去逛街，超过规定的返校时间，我们依然镇定自若，她却像热锅上的蚂蚁,催促我们赶紧回去,甚至不等我们,一个人先回去了。所以舍友们要密谋做点什么事,一定得把她排除在外,生怕她不是逃兵就是叛徒。

同学们说她不像是北方的姑娘,倒像个腼腆的江南姑娘。

宿舍里六个人,她跟谁也不交好,跟谁也不交恶。她去打开水,一定会把宿舍里的水壶都掂一遍,哪一个没水,她就一并带去打水。平日里,她话不多,即使有话也说得挺含蓄。喜欢顿顿吃馒头,就着腐乳。如果哪天破天荒打了一个菜,那就得吃上两天。大多数时候吃最便宜的榨菜和海带丝。她躲在宿舍的角落里吃饭的时候,我们从不跟她打招呼,也从不会盯着她看,刻意地避得远远的。

冬天,她突然想吃辣汤煮白菜,还有泡面,不知道从哪弄来的煤球,还有一个面目全非的破旧炉子。碍于室友的面子,我们没有表示强烈的异议,甚至在她煮出香喷喷的汤时,忍不住喝了一口。后来这个炉子在宿舍里存在了三天,不是被宿管员抄走的,而是她主动扔掉的。

半夜里,有一个室友说难受,跑到厕所。接着另一个室友说头痛,呼吸困难。我在眩晕状态下被摇醒,后来大家意识到是一氧化碳中毒。炉子一直燃着,宿舍是全然密闭的空间。几个人哆哆嗦嗦地裹着被子站到走廊上,过了一个多小时才敢进被风刮得像冰窖一样的宿舍。

在宿舍里用炉子煮泡面大约是她干过最胆大的事。但我们也见识到了她胆小到极致的一面。

我们隔壁宿舍,有个女生的存折上突然被取走了五千块,可是存折明明在她身边。她跟老师反映,报了案。警察到宿舍查看,也向同学们询问情况。石磊就把宿舍门开了一条缝,屏住呼吸从门缝里瞧着隔壁的情况。我们在里面笑她,想看就正大光明地站到走廊上嘛,好多同学就站在那里看热闹,这有什么好偷看的?

可她并不是出于好奇。

她的脸都涨红了,整天提心吊胆的,听到走廊上有动静,就竖起耳朵。有时深夜听到有人走过,她都紧张地坐起来。同宿舍的舍友要不是看她平时胆小的样子,简直要怀疑是不是她偷的钱。

没几天,警察就查到是隔壁同宿舍的人干的。她仿佛松了口气,好像她是那个偷了钱没被逮到的贼。我们忍不住要嘲讽她,有时还带着轻蔑的笑声。

大二那年,我发现她喜欢上计算机系的一个男生傅春。傅春不仅是我的高中同学,还是一条街上长大的邻居。小的时候,两个人还干过上房揭瓦、追猫打狗的事。最臭名昭著的是,我们用水灭了一条街上所有早餐铺生的炉子。

石磊开始在食堂吃饭,每天老位置,坐在傅春的隔壁桌。如果傅春打球,她一定跑去篮球馆。

我问她,是不是对傅春有意思。

她咬着嘴唇,脸红了半天才点头承认。

我说:"这有啥不好意思的,他又没女朋友,你去跟他表白。"

她头摇得像拨浪鼓。

石磊问我:"他平时喜欢做些什么?"我想了半天,也不想出来他喜欢做些什么,只记得高中时他带着一本收集的火柴盒贴纸,被人恶作剧撕掉了一张。放了学,他约了那个人在操场上打架,打得两个人都鼻子流血。

真性情。石磊听完仿佛对他的爱慕之情更加深了,只是她从来没有对他表白过,只是暗恋。

国庆节我不想回家,怕火车太挤,就约了同学去周边逛逛。可同学临时爽约,我只能一个人过节了。我正唉声叹气,看到石磊正在下铺理东西,准备回家。

我问她能不能跟她回家去玩。

她一本正经又小心翼翼地说,她家里条件艰苦,怕我这个城里长大的人住不习惯。

怕什么,我大手一挥。她也不好意思再用别的理由拒绝我。看得出来,对于我的要求,她既欢喜又担忧。

夜风里,她把自行车蹬得飞快。我只得紧紧抱住她的腰。她问我冷不冷,我说有点。

她停下车,把围巾给我。我不要。我说:"你骑车更冷。"她不依,将围巾缠到我的脖子上,像给小孩子系围巾一样,一丝不苟。棉布料的短围巾还带着她的体温。

没有灯,也没有村庄,月色下的田野,分辨不出种的什么植物。有两辆自行车跟在后面,打了几次响铃。

她问我:"后面是男的还是女的?"

黑暗中,我也看不清是男是女,只能模糊地认为,骑那么快的车,应该是两个男的。

她一听吓坏了,蹬得更快了,屁股都离开了坐垫。

自行车骑得像一阵狂风,她惊恐不定、气喘吁吁地问我:"后面还有车跟着吗?"

我说听不到自行车的声音,可能被我们抛在后面了。

她这才深深地吐了口气,放慢些速度。她说,这个地方附近有小混混,经常晚上骑车出来乱晃,以前隔壁村庄有个姑娘就被小混混拉到玉米地里强奸了。这种地方叫天天不灵,叫地地不应。

我本来以为她又神经过敏,听她这么一说,背上起了一层鸡皮疙瘩。

进村的路,车子不能骑了,到处坑坑洼洼。她在前面推着车,我摸黑在后面跟着,经过一些人家的院子,狗在里面狂吠。不知道走了多久,她说到了。眼前隔着半高的院墙,里面一间屋子亮着灯。

她朝里面喊了一声:"妈,我回来了。"

屋里马上应声,急急忙忙小跑着出来,打开院门。灯光晦暗,看不清人脸。她介绍说:"我同学,是浙江人。"

厨房锅里热着的面糊汤,我也没客气,咕咚一碗就下去了。石磊有一个姐姐,很小就外出打工,好多年没回家了。她排行老二,下面还有一对上初中的双胞胎妹妹。她爸爸今天晚上去别家帮忙,要很晚才回来。

她带我去休息,告诉我厕所在院子里,不分男女。房间里有两张床,大床靠着门口,小床挨着里墙,还有一张书桌,上面放着课本、学习用品。她让我一个人睡小的,并塞给我一个手电筒,可以晚上起夜用。

迷迷糊糊之间,我听到有人进门,几个人压低声音讲话,带着几声轻微的笑声。大约是她爸爸回家了。我身上盖的被子很硬,双脚冰凉。半夜,我去上厕所,手电晃过,发现大床上挤挤挨挨的五个人,床外拼了两条凳子,石磊半个身子就睡在凳子上。

出了门,晕头转向,厕所门口扔着几块石头,我没踩稳,一脚就踩到旁边的淤泥中。我拿手电筒照了照,那些可疑的黑色的粘连物不知道是什么,我也不愿意去想。可怜我那白色的运动鞋,还有半个脚后跟。我怕吵到沉睡中的一家人,摸黑在床边找到我的包,从里面随便拉出一件衣服,把脚擦拭一下钻进了被窝。

刚开始,我想着脚后跟沾的不明物有点睡不着,后来便睡得死沉死沉。第二天起来时,我发现被子上面多了一床被子。大床空着,他们都出去了。

石磊正站在泥坯的矮墙边给她妈妈梳头,一看到我出来,她妈赶紧站起来招呼我进厨房。她跟石磊一样,个子矮小,头发几乎全白了,瘦削的脸留着许多冻伤的痕迹,深一块,浅一块,显得坑洼不平。

她挤了块热毛巾递给我,我这才看到她的左手,只有一个手掌。我的目光不能在那个手掌上面停留,接过毛巾,捂住自己吃惊的表情。

母女两个围在灶台边做早饭,小声地说着方言。我开始环顾这个家,没有粉刷的墙壁,几乎没有一件像样的家具。屋内光线极差,石磊搬了一张方凳做桌子,摆在门口,这样晒着太阳吃早饭,暖洋洋的。

石磊妈妈煮了十几个鸡蛋,放在一个大碗里,还有一碗很稠的小米粥,一碟咸菜。我们两人对坐着吃早饭,热气在我们眼前升腾,石磊给我剥鸡蛋,让我多吃几个。我问起两个妹妹,她说,一大早去地里帮爸爸干活了。

院子很小,围着一堵半人高的矮墙,墙边栽了两棵枣树。院内总共两间低矮的土坯房子,一间就是昨晚睡觉的地方,另一间是厨房,也作杂物间用。厕所就在枣树边上,可以清晰地看到,昨夜我在那里留下的一个很深的脚印。

我想,这个地方我住不了第二个晚上。

石磊刚洗了碗,甩着手上的水,告诉我,今天赶集,很热闹,我们一起去看看。

我说:"我来你家,你都没有地方睡了,我还是回学校吧。"

她沉默了一下说:"我知道,你不习惯的,我们家的条件太艰苦了。"

我盯着自己脚上的运动鞋,鞋帮子上的淤泥已经干了。

"今天是国庆节,你要不要先给家里打个电话,昨天太晚了,也没地方打电话跟家里人说一声,现在去打吧。"她故意

胆小的人　245

做出一副轻松的样子。

她永远比我想得多。我很少想起要给父母报平安,都是他们主动打电话来问。

她领着我出门,去邻居家借电话用。我们穿过一片小树林,晨雾还停留在树林间,太阳已经出来了,光线穿过晨雾,照出树木美丽的躯干。树林的旁边是一条月牙形状的河流,可是这个季节,河床都干涸了。树林沿着河的弧度延伸。

我拿出相机来拍照。

太阳渐渐高过树顶,阳光落在石磊的头发上、脸上。镜头里的她面容平静、眼神清澈,不像在学校里永远拘谨着脸和绷紧着身体。

她的手抚摸着一棵棵树,跟我说,她从小便喜欢和小伙伴们在这片林子里嬉笑打闹,但从来都没误点回去做饭、干农活。"我妈生了对双胞胎后,精神出现问题,发作的时候胡言乱语、横冲直撞,有时甚至会跳进河里。我去拉,她就打我。有一次她拿棍子打我,打得狠,直接断了我的两根肋骨。她清醒后,看到把我伤成这个样子,就拿菜刀砍断了自己的手指。说来也很奇怪,从此她的疯病就好了,但同时丧失了劳动能力。我爸拼命打工赚钱,养活一大家子人,但总是入不敷出。长年劳作,他身体不是这里痛就是那里疼。特别近几年,他虚弱得厉害,也没钱去大医院检查。你知道的,像我们家这种境况,在村里除了被人可怜就是被人瞧不起。我爸就一定要让我念大学,要好好争个面子。我上初中那会儿,我爸在庄上的一户人家做木匠,做了半个月,收工没几天,就听说那家人报案。说是家里存放的金器被偷了,值很多钱。警察就三天两头到我家来,盘问我爸,要不就是盘问我或是我妈。我以为这是例行公事,每一家都盘问。可事实上不是,只有被列入怀疑对象的才被盘问。归根到底,就是我家太穷,太需要钱了。这案子一时半会儿查不出究竟,那户丢钱的人家本来就是狠角色,他们一致认为是我爸偷了金器。一天晚上,他们叫了许多人,拿着棍子敲围墙吓唬我们,还用石子砸我们的房子。我们都被吓坏了,我爸想冲出去,但我妈按着他,不让他出去。我们几个抱在一起,躲在灶口哭。十里八乡都传遍了,说我们家的人就是小偷。我们姐妹几个出门,有些人就会盯着我们的耳朵和脖子,好像那些金器就真的戴在我们身上。直到后来,偷钱的人被抓到,这件事情才平息下去。"

我知道她跟我说起这件事情,是因为以前我们嘲笑她,隔壁宿舍失窃,她整日惶惶不安的样子。

她跟我谈起理想,大学毕业后要考公务员,最好就在本地县城,收入稳定,又能照顾家里。

而我年轻不经世事的生命,却从来没有认真地思考过,自己将来何去何从。

给家里打完电话,她就送我去赶车。路过赶集的地方,好热闹,我们穿行了好大一会儿,才从人群中钻出来。

集市的尽头,一个货摊上挂着长长的手织围巾,很漂亮。

我挑了两条白色的,一条围在她的脖子上。

等车的时候,她焦急地张望着车子来的方向,似乎又变成了一个胆小的人。她拉着我的手,问我,能不能不要告诉傅春,说她喜欢他?

我点点头。

后来,我把一切都忘了,我忘了怎么搭上车,怎么转车回到学校。我的记忆永远停在那个集市的上午,我们背后是赶集的人群,来来往往,剪着齐耳短发的她站在我面前,对我笑着,还有那长长的白色围巾在十月的秋风里被吹起的流苏。

假期结束后,有几个同学问我,在她家过得怎么样?我不好意思说,只说在她家住了一晚。

石磊回来后,有几次在食堂打菜,我会多打一份排骨给她。她吃着饭,又朝右手边的傅春看一眼,把装排骨的碗推还给我。

她开始对我冷淡,我暗自猜测,可能是觉得我会把她家的情况多多少少跟同学们说。我懒得解释,没过多久,她突然搬了宿舍。

我和她就再没有更深的交集。毕业之前,她特地来宿舍找了我一次。她给我带了煮熟的鸡蛋,说是她妈让她捎来给我的,上次去她家,没好好招待我。

我有点惭愧,收下鸡蛋,说下次有机会,再去看望她妈妈。

她犹犹豫豫,一副欲言又止的样子。我知道她的性子,也不催促她,最后她拿出一个信封,说让我有机会转交给傅春。

我跟她开玩笑,如果没有机会呢?因为那个时候傅春已经离校,实习单位在老家。

她说,那也没关系,没有机会就不用给他了。

她的声音听上去就像是一种告别,一种跟她心中的暗恋告别的伤感。

毕业之后,我也回老家工作。收拾宿舍里的一大堆东西,我愣是不知道把信封塞在哪里。我想,过段时间总会想到,于是就没把这件事放在心上。

我跟石磊毕业后也不再联系,只偶尔听同学说,她努力考公务员,可是每次总是笔试第一名,面试最后一名。终其原因,是胆子太小,不会说话。

二〇〇八年,她给我打过一次电话。她说,暂时先在上海打工,等赚点钱,再回家去考公务员。我说,上海离我家距离只有一百公里,一个半小时就能到。她说:"我会来看你的。"

我告诉她,那封信,我没有给傅春。她在电话那端沉默了一下,说,没有关系。接着她又换了轻快的语调说:"你不提起,我都忘了这回事。"

那一年,我一直等着她,想把她带到我家,让我妈妈做江南的点心给她吃,好回报她妈妈煮给我的鸡蛋。我想,如果她不来,哪一天,我也会去上海看她,会跟她坐下来聊聊,说起曾经的理想与我们各自的人生。我还会道歉:年轻的未经历苦难的生命,曾经是多么无知和尖锐,伤害了谨小慎微却自尊心极强的她。

我想着,这一天总会来到。

可她再也没给我打电话,我也联系不到她。我在QQ里给她留言,她的头像一直是灰色的。毕业五年之后开同学会,我因为工作赶不过去,自然也见不到她。可是同学跟我说,压根就没联系上她。

二〇一五年,我出差去母校的城市,探访当地的同学,逐一打听她的消息,仍是一无所获。她就如同人间蒸发了一般。

回家后,我收到一个陌生电话,是我大学同学的闺蜜,她嫁的老公正是石磊村上的。她听我同学说,我一直在找石磊,便觉得有必要打电话告知我。她说,石磊多年前就被人杀害了。因为她从不跟同学们联系,大家自然不知道这件事,遇害的原因据说是石磊在面试公务员的路上,遇到一个女孩向她求救,一个男人正持刀追赶着女孩。清晨,荒僻的乡村路上,她把自行车让给了女孩,急红眼的男人把刀捅向了一向胆小怕事的她。石磊的妈妈接受不了打击,一周后也过世了。

很久之后,我在一本书中翻到当初石磊让我转交给傅春的那封信。里面是一张照片,是我在小树林里给她照的。她微微抬着头,阳光从树梢落在她的脸上,侧面的脸宁静柔和。当时洗的相纸质量不好,有点发黄,可照片上的女子却那么鲜活、美丽。

照片的背面用小楷写着一首诗:

我坐你左手之侧

隔着一条走道

你左手的痣落在我心里

两百三十六次

直到这颗痣

在我的心中长成一棵树

永远、永恒地矗立

我一直觉得，石磊并没有死去，因为没有参加她的葬礼，因为没有亲眼见证。所以她一直还活着，活在鲁西南那个有着漂亮小树林的村子里，活在那个给妈妈梳头的泥坯矮墙边。她考上了公务员，嫁给了一个朴实的老公，生儿育女，赡养体弱的父母，照顾妹妹。虽然很辛苦，但这个胆小的人，却还是过上了最平凡、最幸福的生活。

十一 叶常春藤

1

我们决定在镇上留宿一晚。

群山夹峙的镇子,如果从高处往下望,狭长的镇子如同山体裂开的缝隙,四周是险峻的山峰,太阳一西斜,巨大的山影便笼罩下来。

夹缝而生的镇子被一条湍急的溪流分隔成两半,木头房子沿岸而建,它们被高山逼迫,只得把安身立命的基础交给竖在水里的木头桩子。

桩子日日夜夜跟水耳鬓厮磨,说不定哪天就会跟溪水私奔而去。

吴越泽欢快得像个孩子,立马脱下登山鞋,光脚踩进溪水中。

"太凉了,这是雪山融化的雪水?"他掬起一捧水,朝我泼过来,飘洒的水珠散射着夕阳的光芒落在我的头顶上。

我们的童年时代也是在河边度过的,那些发大水淹没街道的黄梅季,吴越泽总要拉着我的手,蹚过水去上学。

客栈门口挂着两盏红灯笼,有点武侠小说的氛围。吴越泽偏说,这是《聊斋》里的那对红灯笼,晚上风一吹,就呜呜地响,像哭声。我向他健硕的小腿踢了一脚,说他这是取笑我。小时候,大家坐在一起看《聊斋》,主题曲前那段阴风恻恻、红灯笼魅影重重的画面出现,我一定躲在门外,等结束了才敢进去看。

老板娘是个美人,一笑就弯起两道眉毛。她以为我们是徒步登山的情侣,给了我们一张登山线路图。她跟我们描述这条线路上要经过的几个海子,还有大片的草甸,最后可以到达雪山的脚下,那里有牧民留下的木屋,可供安营扎寨。

"如果运气好,赶上落日,便可看到光芒落在雪峰上,日照金山。雪山下面还有一片红树林,现在这个季节树林是红的,湖水是绿的,天空很近。"老板娘这番话显然出自哪个游客的艺术加工,不过听着还是挺让人心动的。

吴越泽把胳膊支在坑洼的柜台上,盯着老板娘的脸,听得津津有味,仿佛明天他就会出发去那里。可我们要去的偏偏是相反的方向,那里没有海子,没有草甸,只有成片的茶园。

我回到房间,准备洗澡。坐飞机和火车在身上留下复杂的气味,我有点喜欢带着陌生气味的自己。

房间里挤着两张单人床,白色的床单上有复杂的黄色痕迹。靠窗的位置放着竹制的衣帽架,歪歪扭扭的,外套一挂上去,它就倾斜,像脱臼的胳膊。行李箱一放,可供走动的空间几乎占掉了大半,两个人要是同时在房间里走动,估计就得前胸贴后背了。

为什么不要两间房?我有点幸灾乐祸,一会儿看看吴越泽这大个子是不是要把天花板顶穿。刚才老板娘拿出一块钥匙牌时,吴越泽一声不吭地接过来。他没说要两个房间,我也没有提出来。

在童年和少年时代,我们同睡一张床,同吃一碗饭,那个时候觉得我们这辈子都不会分开。可事实是,我们已经分开了十年。十年的时光,巨大的时间洪流将我们冲击在不同的渡口。

行李箱里装着两套换洗的衣物及洗漱用品。衣物上面搁着一本绿绒皮的相册和一本《荆棘鸟》。火车上,我给吴越泽看过这本相册。他问我:"这每页夹着的树叶是什么意思?"我说:"你不是警察吗?这么多蛛丝马迹不够你破案?"

"这是你爸收藏的?"他问我。

我合上书,不回答这个问题。

晚饭就在客栈里解决,老板娘推荐了老笋干炖腊肉、炒野菌子,还有一个石磨老豆腐。我们坐在窗口,溪水湍急地打地板下经过,缝隙大的地方能看到水流冲击到木桩上激起的水花,水流震颤,脚底酥麻,在这里喝酒一定更容易喝醉。

老板娘给我们拿了地瓜泡制的酒，琥珀色的，里面还放了几根参须。

吴越泽显得有点兴奋，他说终于可以无所顾忌地喝酒了。禁酒令之后，哪怕下了班也不能喝酒。本来他并不贪酒，只是有了禁制之后，反而觉得酒是可爱的东西。

客栈里没有别的住客，也没有吃饭的客人，老板娘坐在柜台深处用手机看电视。手机音量开得很大，电视剧里的对话成了我们聊天的背景声音。

"纪念一下，二十年后你又成功把我诓出来了。"他拿起杯子跟我碰杯。

七岁那年，我用半块米花糖把吴越泽诓着走出街道。我们沿着河流走到郊区，穿过田野，迷失在村庄里。最终凭着对吃的不懈努力，我们找到走街串巷卖米花糖的小贩的家。他瞪大眼睛，无可奈何地请身无分文的我们大吃了一顿米花糖，并送我们出村。回去的路上，我们一边捡着粘在彼此衣服和头发上的米花糖碎屑放进嘴里，一边发誓要保守这个秘密，绝不能让同街的任何一个小朋友知道哪里可以吃到米花糖。为了誓言的可靠性，我们互钩手指承诺做彼此最好的朋友，谁也不离开谁。可是还没到家，我们就被找疯了的家人截住，两人不用棍棒相逼就把誓言忘得一干二净，招供得比吃米花糖的速度还快。

"这酒的味道可真冲。"我皱紧了眉头，问他记不记得，小时候我们曾经给邻居老王调包黄酒的事。

"你是说用捣烂的紫苏叶和糖、盐、酱油拌在一起,兑水,把颜色调配成跟黄酒一样的那次吗?"他对这个配方竟然记得这么清楚。

王爷爷一口把"酒"喷出来,他揪出躲在门后面的两个闯祸者,罚我们喝了一杯真正的烧酒。那是我们第一次喝酒,喝得龇牙咧嘴,发誓再也不要喝这么难喝的东西。

誓言发得太多,我们总会选择忘记一些誓言。

我们两人被罚关在阁楼,要写满一百张字帖,写不完,就不要下楼。窗口有棵粗壮的梧桐树,隔壁家的黑猫爬到上面,幸灾乐祸地看着我们。吴越泽学着猫的样子抱着树干往下爬,跑到烧饼摊赊了两个烧饼,又赊了豆奶。我用篮子把食物吊上来,待他气喘吁吁地爬上来,我已经把食物吃了个大半。

我和吴越泽小时候住在河下街,听这个地名就知道那是整个城市最低洼的地段。运河支流打门前流过,驶过的运输船惊起水浪拍到岸上,吐着白沫的水流就拼命地涌向美人蕉、到处攀爬的丝瓜,还有成排的玉米。一到黄梅天气,整条街就全是水,美人蕉溺在水中,可怜巴巴地抻长脖子露出红色的、被雨水打残的花朵。我们上学就得提着裤腿,拎着鞋子蹚水过去。吴越泽比我大两岁,受家人委托,他得拉着我走。

从曾祖那辈起,或者更早,我家与吴越泽家就是邻居。河下街曾经是整个城市水运的商贸街,沿街多是商铺。后来公路发达了,水运便失去了优势,加上地势较低,饱受水患,房子大多是木头建筑,一家着火,十家受害。河下街整体搬迁,我们两家买房子时又买在同一个小区。直到吴越泽高中快毕业时,他和芯姨搬了家。

那个时候,吴越泽的爸爸因公牺牲快两年了。

2

吴越泽抱着自己的一团衣服去狭小的卫生间。也许酒喝得有点多,走到卫生间门口被自己的脚绊了一下,亏得他抓住了门框,还不好意思地探出脑袋朝我扮鬼脸。

花洒发出水流的声音。他从卫生间探出头,闷声闷气地问我,先前是不是洗的冷水澡?

"我前面洗的时候是热的。"我说,"可能热水器容量小,没热水了。"

他又钻进卫生间。

过了十几分钟,他龇牙咧嘴地跑出来:"这雪山上下来的水,冻死我了。"

他钻进被子,把自己裹得像毛毛虫,半晌都没声音。

我随意地翻着《荆棘鸟》,屋内的灯光不太适合阅读。书页泛黄,有几处可能是因为经常翻动,显得又薄又脆。我从来没有读过这本书,直到爸爸在病榻时,他让吴越泽为他念某一些片段,我才注意到这本书。

"你在看带的那本书?"他终于从被子里探出脑袋,眯缝着眼睛。

"嗯。"

"你打算把书送给她吗?"

"我也不知道,我只是带着。"

"季听雨,我想喝点热水。"他把被子拉在脖子下方,只露出脑袋,好像自己得了重感冒。

我烧了壶水,他又问我带茶叶没有。

"还真带了,就是那个人寄来的。"

"她炒的茶?泡来尝尝。"

这一路,我们对于那个人的称呼,一直是她,或者那个人。

白瓷杯子都有缺口,像被牙齿啃过。

"好茶,"吴越泽喝了一口,"这个地方自然环境这么好,不出好茶也难。"

他喝了几口茶又钻进被窝,我关了灯。

"你这次来找她……"他欲言又止,大约跟我一样,总在问自己,这次出行的目的是什么?

"刚开始,我还真没想过来找她干什么。"我说,"到这里之后我才慢慢想到,或许,我只是想看看另一个人。"

"另一个人?"

"如果我爸爸不再作为我的爸爸、他妻子的丈夫,如果他是作为别的一个人,或者纯粹是他自己,那么他是怎么样的?"对,没错,我是这么想的。

"这个女人能给你答案吗?"

"一切都是未知。"我叹了口气,"吴越泽,你知道的,我爸爸这短暂一生,如果光从家庭看,没有人觉得他会是幸福的。所以,我多想找一些别的什么证据,证明他是幸福的。或许,我只是为自己的心安找个理由。这些年,有他在的日子,我一直是逃避的。"

"生活给予我们重击时,我们的本能就是逃避。"

"你现在都成哲学家了。"我对吴越泽说。

河对岸也是家客栈。橘黄色的灯光落在水里,水波就把光反射到房间的墙壁上,就像墙壁上有一条潺潺流动的浅黄色的河流。水声是真切的,它在我们的下方流动,仿佛要裹挟着我们去遥远的地方。

我朝墙上流动的河流注视了一会儿,这才发现,房间里没有窗帘。

"吴越泽,你快看,墙上的河水。"我兴奋得喊起来。

他在被窝里动了动,钻出脑袋。

"你盯着看十秒钟,就会感觉身体在水上漂。"我说。

他没吭声,我们两个静静地盯着水流晃动的墙壁。

"季听雨。"吴越泽为了表达说话的郑重性的时候,总喜欢连名带姓地叫我。

"干吗?"我在被窝中小心翼翼地挪动身体,床是木板的,发出一声呻吟。

"这些年,你有看过心理医生吗?"他小心翼翼地问。

我不喜欢他这样的口气,带着谨慎的距离感。

"没有。"我说,"吴越泽,这个世界上有几个人心理没毛病?而且,你为什么觉得我需要心理医生,你一直觉得我有病?"我的声音听上去有点刺耳。

"我不该这么问。"他轻轻叹息,就像床板之下水流的呜咽声。

"你还记得吗?有一次,我们走在凤起路上,路边有个楼房搭着脚手架。我们离它有几十米的距离,然后它突然间坍塌了。我十八岁那年,支撑生命的脚手架突然坍塌了,感觉自己就被困在那堆废墟里。"

他深吸了口气,仿佛要进行深深的潜泳:"那件事发生后,什么都变得不乐观了。我妈为了我能顺利进入警校,请我爸单位的领导出面说情,出具证明。而那个人,他对我妈心怀不轨。"

我想看到过这种事故的人都不会忘记:脚手架上忙碌着几个工人,还有一个工人正在大声地唱歌。突然,脚手架垮塌,一股巨大的烟尘从地面升起,尖锐的、金属破碎的声音以及人们惨烈而恐惧的叫声,像海啸般袭来,把我们打蒙在地,哆嗦好半天也无法移动脚步。

水流的形状一直在墙板上晃动,曲曲折折的。不知道它们打哪里来,要去向何处,今夜被月光拘囿在这窄小的屋子里。

3

我跟吴越泽失联十年后,才在马路上遇到他。

我在下班必经的路口看到他,他戴着墨镜、白色的手套站在车流之中。我看不清他的脸,却知道是他。

每天下班我都走路回家,就算刮风下雨,我依然用最慢的脚步走回家。我数过了,我步行回家的步数是3558步,可很多时候我并不走在回家的捷径上,我喜欢走岔路,想看看那些从我脚底下延伸的路最终通向何方。

吴越泽站在执勤的路口,帽檐阴影下侧脸的轮廓分明,手臂修长有力,温和却不容抗拒地跟想逾矩的驾驶员敬礼。

人行道边虞美人的花丛中摆着长条的石凳子,我盘腿坐在凳子上,取出背包里的书,在夕阳的光线中看书。眼睛看得累了,我就会朝着他看上一会儿。

"我听我同事说,有个喜欢我的女孩天天坐在这里看我,是你吗?"有一天,他走到我身边。

他皮肤黝黑,眼睛发亮,额前的一滴汗从我眼前落下,落在我翻开的书本上,洇湿了上面的两个字。

我仰头朝着他微笑,太阳在他的身后沉沦下去。

"你还是喜欢这么晚回家吗?"他说话的声音和语调变了,不再是十八岁少年时容易激动、脸红而发出急促的声音。

他问起我的近况。

"我爸在住院,肺癌晚期。"好像这些天所有的等待,只是为了要告诉他这一件事。

"他拒绝任何治疗,快支撑不住了。我想,他如果见到你,应该会很高兴。"我盯着他的眼睛,看到瞳孔收缩中那个慢慢清晰的我。或许,我只是借爸爸这个理由来找到他。

爸爸自从查出癌症,就像变成了一个要准备出门旅行的人。他成日整理自己的书籍,毫不避讳地谈论病情在他身上所发生的变化。他有条不紊地减少学院里的任课,跟他的学生告别。好些朋友不依不饶地要他去接受治疗,大家不明白,为什么他不去跟病魔抗争,因为他还这样年轻。他总是温和、平静地面对他人的焦虑和伤感。

最难以接受的是妈妈。刚开始她并不相信,认为是爸爸骗她,对此冷嘲热讽。直到周围的朋友和亲人逐渐知晓,她才似乎真的相信爸爸得了癌症。她开始歇斯底里地闹,躺在地板上哭喊,深更半夜走到书房,盯着行军床上的爸爸,眼神里充满着愤怒和仇恨,她似乎认为这样就能恐吓到癌症。

爸爸很高兴见到吴越泽,紧紧拉着他的手,似乎有千言万语,但说出口的只是:"长成真正的男子汉了。"

爸爸的几个学生每周都会轮流来到病床前,给他读普里什文的《大自然的日历》、狄金森的诗。有一次,他让我从他的书房带了《荆棘鸟》,挑了喜欢的章节,让吴越泽读给他听。

吴越泽从小就是出了名的好嗓音,爸爸常说,吴越泽的声音就如同他的名字一样,深邃且透彻。

"他把她拉到自己的怀中,搂着她,遍吻着她那鲜亮的头发。'我由衷地希望我能娶你,再也不和你分开。我不想离开你……从某种意义上来说,我永远也不能再摆脱你了。我要是不到麦特劳克来就好了。但是我们已经无法改变我们现在的关系,也许还是这样好,我了解我自身的许多东西,要是我没有来的话,恐怕我永远不会了解,或面对它。在竞争中知己总比不知己要好。我爱你,以前一直是这样的,将来也永远是这样。'"

吴越泽的声音听着有点沙哑,爸爸的眼泪却早已滑出眼眶。我站在门口,把头转向走廊。我很难过,我不知道他为了什么而哭泣。他拒绝一切治疗手段,从没有为自己即将逝去的生命和承受的痛苦掉眼泪,却为了书中的男女主人公的命运而哭泣。

他瘦得脱了形,我拉着他的手,手上的皮肤又薄又脆,像一层即将褪去的皮。

"爸爸。"我没有忍住自己的眼泪,为了他即将逝去的生命,还有我逐渐意识到他仅存的生命里还有一种比死亡更大的悲伤。

4

司机老刀是个瘦小却精悍的老头,猫着腰驾驶着一辆红色的三轮摩托车,让人联想到猴子驾车的画面。

他在客栈门口等我们,昨天晚上老板娘给我们联系的,一位专门为山上住户采购东西的司机来带我们上山,名字叫老刀。

"那里的住户没有我不熟的,你们要去哪户人家?"老刀眯缝着眼,我怀疑他根本就是睁不开眼睛。

"我们去郁月荷家。"我说。

"哦,是她呀。月荷住在更远的地方,村子最上头,车子还不能开上去,要走一段山路才能到。"他又眯起眼打量起我和吴越泽,晒得黝黑的脸像把老旧的斧头,眼角堆着心灰意懒的皱纹,"你们是她远房亲戚?"

他的口气带着一点谨慎。

"朋友。"这个称呼就这么直接地从我嘴里出来了,我跟郁月荷才通过几次电话,从来没见过面。

爸爸过世后第二年,我才知道郁月荷这个女人的存在。有一天,我下班回家,我妈悄无声息地站在门口,神神秘秘地递给我一个纸箱,很小,分量很轻。

她总是不敢自己拆快递,这些都要劳烦家政阿姨帮忙,要不就是等我回家。

我以为是她的快递,可她神情古怪。

"包裹单上写的是你爸的名字。"她脸部绷紧,眼睛凸出,说话的口气就像什么人的把柄正掌握在她手里。

"我爸的名字?"我端详了一下纸箱的收件人。

去年初夏,我们也莫名其妙地收到过快递,是两包茶叶。白色的宣纸,系着麻绳,包装太过于普通,连个茶叶盒也没有,普通到简直让人生疑。

"难道又是茶叶?"我妈狐疑不定地盯着,仿佛我正捧着炸弹。

"可能是爸爸曾经资助过的学生。"我不希望这普通的茶叶又让她神经过敏。

"你爸就是个老好人,所以死了都还会有人惦记着他。"她说话瘪着嘴,带着一种不屑。到底是对什么不屑,我猜她也不清楚。她只能相信我的推断,是一个学生,并不知情我爸已过世,所以一直给他寄茶叶。

她每天都化妆,涂一层很厚的粉,皮肤的褶皱里就像填满了石膏。一天中,她要问家政工吴阿姨好几遍,今天她的脸色看起来怎么样?如果阿姨回答得稍有迟疑,她马上跑回镜子前,给脸重新刷上一层粉。所以往往等我下班回到家,她的脸都很僵硬。我差不多忘记了,她不化妆的时候脸长什么样子。吃晚饭的时候,我总是尽量避免去直视她的脸,不夹她面前的菜碗。

她左手戴着两枚戒指,右手也戴了两枚戒指,钻石和红宝石、蓝宝石和纯银。她痉挛的手把汤洒到桌面上,戒指跟碗碰撞发出声响,这是餐桌上唯一的声音。戒指来自爷爷奶奶外公外婆的馈赠。本来,她还有一枚戒指,是和爸爸结婚时的戒指,她把它扔到了护城河里,在她和我爸散步的某个晚上。

快递箱子坑坑洼洼的,忍受了一路的颠沛流离。纸箱上写着地址,记号笔写的字倾斜得厉害,就像从山坡上一路滚落下去。郁月荷,这是寄件人的名字?倒是一个很美的名字。大概这个女人蹲在邮局的柜台下,为了避让别的物件或者人,只能侧着身体夹紧肩膀,在纸箱上写上一个遥远的地址。

我把上面的电话存进手机。

牛皮纸袋上捆的绳子,是用一种草类搓揉而成,细密紧致地扎成一个蝴蝶结的样式,再里面是两包宣纸包装的茶叶。纸上有一个图案,是一张叶子,看着怪眼熟。起初,我以为是印上去的,后来才发现那是一笔一画画上去的。

我不能想象,这是一个怎么样的人,会拿着铅笔,在纸上画出来,或者不是叫画,完全像是从脑海里拓印下来的,脉络清晰,厚薄有度。我对画画的女人充满了好奇。

我照着号码打了几次,电话是通的,却一直没有人接。

第二天,我又拨通了这个手机号,我想如果对方没有接通,以后就不再打这个电话,也永远不会去告诉这位姓郁的女士,我爸已经过世。

对方说了声"喂"。

我被电话那端突然出现的声音吓了一跳。

"我是季舟的女儿,您寄来的茶叶我们收到了,谢谢您。"我竟然莫名其妙地表现出一种紧张。

"不客气,收到就好。"她显然还想说一句什么,却被自己硬生生掐断了。

"郁女士,有个事我想告诉您。"我想到那些茶青在铁锅里不停地翻转,采摘适宜编织柔韧的草,裁切宣纸,用笔画上一片叶子的画面。

"您请讲,我听着。"一丝紧张的情绪从控制平和的口气里泄露出来。

我想我比对方更加紧张:"我爸前年过世了,因为癌症。"

我突然想安慰她一下,可是除了说出这个事实,我还能跟她说些什么?

电话那头没有声音,连轻微的呼吸声也没有,沉默在电话线两头无限膨胀。

"真对不起。"她终于开腔了,"我不知道你爸爸已经过世了。他以前一直喜欢喝茶,如果你也喜欢的话,以后我就寄给你。"她的声音听上去很远,就像热气变成了轻烟,轻飘飘的。

"您太客气了。"我生出一点愧疚,好像活生生地把一个站在岸上的人拖进了水里。

"你和你妈妈都还好吗?"她问我。

"我很好。我妈,呃,她也还好,在努力调整自己。"我想妈妈肯定不喜欢我这样说。

"你叫季听雨吧?这些茶是我自己采下来炒的,你喜欢喝,我很高兴。"她说话的语调缓慢,就像在慢慢吞咽难以下咽的食物。

"您还知道我的名字啊,看来您肯定跟我爸爸很熟,是好朋友。"我说。

"我很早以前就认识你爸爸,你爸爸跟我提过你的名字,厚积落叶听雨声,季听雨,特别美的一个名字。"她说,"下次,我寄茶叶的时候,就写你的名字。"

"郁女士,我能问一下,宣纸上的一片叶子是您画的吗?"

"让你见笑了,是我画的常春藤,非常普通常见的植物。"她说。

我挂了电话。

我知道有个女人的存在,是妈妈生病以后。她有时会歇斯底里地跳起来,指着爸爸的鼻子喊叫:"你在外面有女人。"有时她正在做某一件事,眼泪突然就掉下来,抽抽搭搭,肩膀一耸一耸,如果我去问她,她会叫起来:"你爸在外面有个女人。"

每当这个尖厉的声音响起,我就会感觉住在她身体的魔鬼冲出来,肆意地伤害每个人。

这种话问得多了,我就不问了,因为我妈指的女人仿佛就是窗外路过的邻居,或者大街上闲逛的人,她们跟我们家庭没有丝毫关系。

爸爸对于妈妈的指责,没有辩解,从来没有。

我不相信我爸外面有女人,他兢兢业业地工作,还要抽空去特殊学校做义工,帮一些老朋友的孩子补习功课。在家需要包揽大部分的家务,陪我妈散步、逛街。有时辅导我做作业,陪我去打羽毛球。他哪里还有精力去找另一个女人?

不过,在我成年之后,特别是他患上癌症、拒绝化疗时,我才渐渐相信,爸爸有另一个女人。她不在我们任何看得见的地方出现，她只在爸爸的心里。有时，我会相信，如果没有这个女人，爸爸会撑不了这么久，我不是指他生病，而是他在妈妈身边，几乎像殉道者般贡献着自己。

办完丧事两个多月后，我去整理爸爸的书房。我站在厨房门口，刚刷过的盘子还在碗架上沥水。妈妈坐在沙发上，收看一档她大学同学主持的购物节目。

屏幕上的女人穿着黑色的高跟鞋，拥有完美的身材比例，脸庞精致，妆容完美，和坐在沙发上的妈妈完全是两个年代的人。皮衣、羊绒衫、床上用品，还有珠宝，这些产品都会在这个女人身上展示。

妈妈边看边说，听的对象是我，或者是家政工。"快看，她今天涂的那个眼影太浓了，像个鬼；哎哟哟，快看，这头发整得像头狮子；你知道吗，她以前是从农村出来的，没皮带扎裤子，扎了根布条。"

妈妈说这些话时的表情，我总怀疑她是在观看《动物世界》，充满惊奇和惊愕。她松松垮垮的发髻用一根木制发簪没有章法地固定着，随时就会坍塌。事实上，一天中她的发簪要坍塌无数次。可是她毫不在意，随手抓起头发，拧两下，再用簪子随意地固定。这只是她一天中无数重复的琐事中的一件。爸爸去世后，她的生活变得更加空白，时间像个深不见底的黑洞。

"我去整理爸爸的书房。"我对妈妈说。

她不出声，直到我走到楼梯，她尖叫起来："你爸一直有个女人,藏在书房里。"

她的声音瞬间刺穿家里所有的墙壁和门窗。

我冲她笑了一下,带着安慰和妥协。换以前,我会掉头就跑,不去理会她的歇斯底里。

书房的一张行军床收在角落里,这是爸爸去医院前自己折叠起来的。他或许想到他再也不会回来用它了,上面盖着块蓝色的布。爸爸和妈妈很早就分开睡,他也不喜欢睡客房,就一直蜷缩在窄小的行军床上。我曾提议他买一张大一点的床,最起码带个垫子,睡着舒服一些。他说,不要。有时,我深夜回来,隔着墙壁,行军床发出吱吱呀呀的声音,他可能刚要爬上去准备睡觉。这些声音总让人觉得不舒服,仿佛他正准备承受折磨,一种心甘情愿的折磨。

书桌上放了一台笔记本电脑、几本杂志、一沓素描画,画的都是苔丝,一只灰色的猫。画中的苔丝四脚朝天躺在地板上或是独自蹲在窗台上眺望。爸爸很喜欢苔丝,一直把它当模特。很多年前,爸爸不知道从哪抱回来的苔丝,妈妈极力反对,因为她可能对猫毛过敏。爸爸把苔丝关在自己的书房里,不让它乱跑。妈妈几次想发作也是无可奈何,渐渐地,她也喜欢上苔丝,还经常抱它,事实证明她并不对其过敏。爸爸过世时,家里来往人多,门常常打开着,大概是那个时候苔丝离家出走的,我再也没见过它。

书桌抽屉里都是一些旅游的纪念明信片、获奖的证书,还有一个小信封里装的是一寸、两寸的证件照——从黑白到彩色,从年轻到年老。哦,爸爸走的时候还算不上老。奶奶以前经常夸口,爸爸是远近闻名的帅小伙,读高中的时候,每天骑自行车上下学,后面就会跟着好多女生,一长排呢。

"对,还排到了另一条马路。"爸爸会对奶奶毫无节制的夸口接上一句,惹得我们发笑。随着我年纪渐长,家里这样大笑的时刻再也没有过。

书桌最底下的抽屉里有一本很小巧的相册,绿色绒布的封面,只有巴掌大小。相册里夹着树叶,看来是植物标本。每一页夹着一片叶子,下面标着时间。奇怪的是,都是相同的叶子,时间跨度也很长。第一张标的是 1999 年 8 月 15 日,第二张是 2000 年 8 月 17 日,第三张是 2001 年 8 月 13 日,我发现了规律,一共有十一张相同的叶子。这是爸爸观察的什么植物?叶子已经发黄,只有叶脉清晰纵横。第十一张叶子的时间是 2011 年,那一年他已经确诊了癌症。

我把相册带进我的卧室,放进背包,准备存放到单位。家里所有带锁的抽屉,妈妈不止一次全部撬开过,之后我们对所有的东西都不上锁。我的房间、爸爸的书房、所有的物品都会发生翻天覆地的变化,我不知道妈妈要找一些什么东西。也许,她自己也并不知道要找寻什么。

郁月荷的名字开始时常盘桓在我的脑海里,我决定休一次长假,去看看这个女人。

"这里自然环境很好,就是条件比较艰苦。"郁月荷接到我的电话很意外也很惊喜,语气诚挚,欢迎我去她那里。

我打电话给吴越泽,让他陪我走一趟。

"你又打算拐带我出门?"

5

老刀的三轮车装着一堆塑料衣架、洗衣粉、面粉、食用油、复合肥,还有几桶油,哐哐当当地挤在一起。我们只能占很小的位置,因为我们只是被捎带的。

山路一直盘旋,贴着悬崖进入幽深的丛林,一会儿又重新冒出来。有些路段没有硬化,坑坑洼洼,颠簸中我们尽量按住跳跃的不锈钢盆子,以免它们跳出车外。

老刀说,水岙村是他送货的最后一站,沿途还要给两个村子送货。他每周去水岙村一到两次,时间并不固定。村里人都知道他的电话,家里要是缺点啥,就给他打个电话,他负责采购进村。水岙村一共才十二户人家,住得分散,现在村里大多数是老人,年轻一辈都在外打工。

村里人种的蔬菜、鸡鸭下的蛋都托他卖到镇上的饭店,他就赚些辛苦费。村里人都信任他。他有一个小本子,一笔账一笔账记得很清楚。

我们中途休息,老刀要抽烟,他把账本掏出来给我们看。他的字歪歪扭扭的,上面有月荷的名字,后面写着:"两斤猪肉,十斤面粉。"他嘿嘿一笑:"月荷是吃素的,所以专门给你们买了两斤肉。"

"你们是她在外面打工时认识的吧?"老刀问我们。

我点点头。

"她小时候跟着秋雪庵的师太生活,后来一直在外面打工。"老刀说,"有人说她在外面杀人了,判了十几年。这才刚回来没两年,你们是她外面的朋友,知道这个事吧?"

我和吴越泽对视一眼,没有说话。

"她是个好人,现在水岙村里谁有个头疼脑热,或者有临终的老人,她总会去帮忙照顾。"老刀抽着烟,眉头皱着,"人活一辈子,有时碰到事情,总有身不由己的时候。"

老刀继续说着:"她今年还搭我的车去镇上寄茶叶,我要帮她带去,她都不愿意,非得自己去。"

"这茶叶是寄给我们的。"我告诉老刀。

老刀硬朗的脸上刀刻的纹路,像极了不远处裸露的山岩,层层叠叠。它们被大海遗弃了许久,屹立在这风雪的世间,慢慢改变着容颜。他给自己套了件外套,说海拔在上升,温度会降下来,会冷。

我们从箱子里翻出冲锋衣穿上,吴越泽用围巾把我的头包起来,只露出两个眼睛。

我和吴越泽这次坐在两袋面粉上,正对着老刀的后背。他的皮衣许多地方都开裂脱落,像个严重的皮肤病患者。我揪下一块飘动的"皮肤",吴越泽也撕下一块。

"皮肤"在风里打转,跌落。吴越泽说我们两个加起来的岁数都快六十五岁了。可我们在一起时,却依然还是河下街那两个拉着手去上学的孩子。

冷风中，我拉了拉吴越泽的手。

妈妈情绪失控的时候，她拿着剪刀把爸爸的外套和衬衣剪成一块一块。她也剪过我的衣服，甚至是校服。脱离的两个袖子，还有独立出去的拉链，我成了周一升旗仪式上唯一的黑点，四周的目光提醒我：我如此叛逆。

我们吃饺子，她会把半包的盐都搅拌在碗里。她情绪良好时，就会练习踮脚尖，这样能让小腿修长。她试着做各种各样的面部护理，让脸看起来容光焕发。她还没有生病的时候，去美容院做护理就像朝圣者一样虔诚。曾经，我为妈妈生病找过原因，比如在抽屉里翻到了离婚协议书。

妈妈年轻的时候一直都是精明强干的形象，直到她莫名其妙地生了一场病。她在政府机关里从一名办公室小科员逐渐升到主任。很多人向她暗示过，凭着她出色的办事能力和精明的头脑，前途无限光明。她剪着短发，露出耳朵，衣服都是裁缝铺量身定做的，灰色的西装外套，黑色的、灰色的、藏青的裤子，衣服的任何部位都不会有富余的空间。为了这个缘故，她身材一直保持得很好。她严格管理自己，当然对家庭成员的要求也很严格。我吃饭用的勺子，爸爸去做讲座时打哪条领带，都要合乎她的心意，更别说，我读哪所小学那样的大事。她就像老鹰抓小鸡游戏里的那只操碎心的老母鸡，笔直瘦削的身体里装满了忧虑。

她渴望成功，渴望别人对她的"严格管理"抱有尊敬。奶奶的葬礼上,她单位的人过来吊唁。她披麻戴孝跟一群人站在灵堂外说话,声音响亮、严肃。爸爸坐在里间的一个角落,我看到他眼睛里的一片阴影。我并不清楚这片阴影是为了故去的奶奶,还是此刻站在一群人间讨论工作的妈妈。

我后来渐渐明白,妈妈只是需要"瞩目"。

她什么时候病的,我不太清楚,因为她不是一下子病倒的,何况那个时候对抑郁症、狂躁症没有那么多的认识。

她生病之后也不是不管我们,而是换了另一方式。譬如,半夜一定要吃馄饨、面条之类。她能走也能动,可总说一个人下楼会害怕。所以这个任务一般都由爸爸完成,烧完给她端上去。如果爸爸在楼下耽搁的时间有点长,她就蹲在楼梯口,用手拉着扶梯,探出一个脑袋,朝爸爸喊话。那段只有十几个台阶的楼梯,仿佛是个巨大的深渊,会随时吞没她。

那段时间,爸爸几乎从来不出差,轮到他哪次真的不在家,我要帮她去烧的时候,她就说不想吃。她以前并不黏着爸爸,两个人散步,总是她走在前面,爸爸跟在后面,一个昂着头,即使是散步也穿着高跟鞋,另一个总会走得很慢,抬头看看天,或者是观察正在发生变化的树叶、一只飞过天空的鸟。后来,生病后的妈妈只要出了家门,一定要把手搭在爸爸的胳膊上,似乎要把全身的重量交付给他。我趴在窗口,看妈妈像一只兔子,瘦弱的腿几乎沾不到地,就那么奇怪地挂在爸爸的胳膊上,他们看上去如此紧密,爱却从他们婚姻里剥离出去。而我,却是一直游离在他们关系之外的一个人,无法进入,也无法逃离。

经过很长一段时间的治疗,服用各种药物,妈妈的精神比较稳定了,医生说只要保持心情舒畅,多一些运动。她并不相信医生的话,一直把自己当病人,断断续续地在单位里上班。有一次,她跟同事吵架,指着同事的鼻子大喊大叫:"我是个病人,我如果死了,你要负全责。"单位领导来找爸爸,跟他谈了好久,表达的意思是病人最好还是在家养病比较妥当。

"怎么办呢?妈妈以后都没工作了,你要快点长大来照顾我。"在我每天放学回家后,妈妈拍着我脸,用一种拍痛皮肤的力度。

她冲着我笑,笑得脸好像要裂开,露出心里面的许多无望。我还是怀念她没有生病的时候,那时她还会关心我,记得给我买内衣,更换应季的拖鞋。后来当她内心失去平衡的时候,那股要吞没她的旋涡狠命地进行拖拽时,她就会歇斯底里。

放学后,我会在外面晃荡很久,我跟她撒谎在同学家写作业。其实,我哪有什么地方可以去,没有亲近的同学,更没有可以交心的朋友。有很多次,我徘徊在小区楼下,抬头默默地看着家中的那盏灯,它让我感到绝望。

吴越泽总是把游荡在外的我拉回他家。

芯姨拌葱油面,先在锅里放油把葱炸过,然后倒入料酒和生抽,加一些白糖。调料做好,面煮七分熟,拌匀,放入几片海苔和油炒花生。我嘴里吃着定胜糕,站在厨房里看芯姨做面,她每做一道程序就会说一遍,所以,理论上我对做葱油拌面相当熟悉,实际却缺少操作能力。等芯姨和吴越泽离开我后,我才开始真正学着做葱油面,并且做的时候嘴里也会像她一样念着,就像某个人站在我身边,我要教会她一般。葱切碎,过油,不能太焦,要放白糖吊鲜……

我对芯姨充满惭愧。妈妈所有的怀疑对象里面,芯姨的嫌疑最大。芯姨生得小巧,五官精致,即使四十多岁的年纪,眼睛仍清澈得像一汪清泉。

妈妈在我的面前辱骂芯姨:"死了丈夫的女人,臊气的狐狸精,眼睛成天盯着别人家男人,不害臊。"

我真替妈妈感到害臊。

芯姨没有女儿,从小到大把我当成她的小闺女。小时候,她抱着我走好远的路去买糖炒栗子,她吹散热气,一个个剥开给我。她性格温和、隐忍宽厚,从来不跟妈妈起正面冲突,还时常开导我:"你妈妈因为生病了,所以才做不了自己的主。"

有一次,妈妈发现了我的踪迹,她跟踪我到吴越泽家。

她把门敲得震天响,进来后看到吴越泽正在客厅写作业,而我躺在吴越泽的床上睡觉。

我很害怕,甚至是恐惧。虽然我见过她很多次疯狂的模样,却还是第一次看到她的脸扭曲成一团,眼球胀大,似乎要进出眼眶。

她脱下高跟鞋,像一头猛兽般朝我扑过来,恶狠狠地说,要毁了她给我的这张好看的脸。

高跟鞋尖锐的后跟戳中我的额头,我吓得直颤抖,跪在地上大声地求饶。

她骂我是烂货,不知羞耻,主动送上门让人糟蹋。越是难听话,她就越是讲得过瘾。她砸着我的颧骨、太阳穴,吴越泽拉着她的胳膊,芯姨跑过来抱住我的脑袋。

她被彻底激怒了,手里挥舞着"武器",落在每个想护住我的人身上。

芯姨的手背后鲜血直流。

"你们等着,狐狸精和狐狸精生的儿子,不会有好下场。"她威胁着他们。

妈妈无比悲怆地揪着我的领子走过楼道、电梯、邻居家的门口,带着愤怒和受辱的口吻跟见到的每个人哭诉:"那个寡妇不仅勾引我的丈夫,现在连我的女儿也被她儿子骗。"

邻居的嘴里说着同情安抚她的话,他们的眼神里泄露着对我的同情和担忧。

如果那个时候能祈求什么,我觉得应该是地球爆炸这样毁灭性的灾难才能埋得下我的绝望。

我以为只要她平息怒火,什么事情都会过去,最多我以后就不去芯姨家。可是,谁也没想到,事情最后竟然发展到不可控的地步。

她报了警,说吴越泽强奸我。她又去学校,跟校领导反映,要求开除吴越泽。

这件事闹得满城风雨。不知情的人真以为吴越泽对我做了什么。学校里闪闪烁烁的言辞,大家从我伤痕遍布的脸上想象吴越泽对我施暴的残忍。小区里那些怎么也甩不掉的目光,总是对我充满着同情与无奈。

吴越泽面临着被开除的危险。爸爸正在外地出差,得知情况后赶紧回来四方调停,拿着妈妈的病历去跟校方解释。学校准备息事宁人,可妈妈不停地打电话到教育局,还扬言,如果警方不处理吴越泽,她就去上访。

芯姨到我家里来,几乎是哀求她不要再闹了,吴越泽马上要高考了,这关系到孩子的前途。

妈妈正逮到机会好继续痛骂她,各种污秽的词弥漫在明亮整洁的房间。我看到绿色的盆栽正快速萎去,家具正颓丧成废墟,尖刀一样的语言切割着沙发、床垫、薄纱的窗帘。所有构成家庭温暖的物件,此刻全部分崩离析。

等她骂够了,她拿出纸,让芯姨写下保证书,保证以后再也不能勾引爸爸。

"我是个寡妇,但从来不会做这样的事情。"芯姨克制着自己的情绪,挺直着窄小的背部,却因为巨大的痛苦,肩头在微微地颤抖。

妈妈坐在沙发上冷笑着,眼神里尽是嘲弄和冷酷。这个样子,倒真不像是一个病人,而是嫉妒成魔的女人。

她从茶几下拿出一叠纸,上面用广告体写着吴越泽的名字。她威胁芯姨,如果不写保证书,明天这些纸上就会印上她儿子的"罪行",她会拿到学校和公安局门口去分发,让所有人都看看一个好警察生出了什么样的坏儿子。

"妈,你不能这样做,你不能这么对芯姨和吴越泽。"我无力地哭泣着,垂在身体两侧的手指深深地掐入大腿。

如果能还清妈妈给予我的生命,我愿意当着她的面,取出身体里的每一样器官,陈列在她的面前。

芯姨深深地看了我一眼,清澈明亮的眼睛因为痛苦而变得更锐利。她拿起笔。这个跟我没有血缘关系的人,能在瞬间让我明白她的意思,她让我冷静下来,不要继续激怒妈妈。

"芯姨,你不能写。"我无法控制我自己。

我肿胀不堪的脸上又挨了记耳光。

她不再看我,迅速地写下保证书,丢下笔,窄小的肩膀夹着瘦弱的身躯消失在门口。

第二天,小区楼下的公告栏里贴着这张被放大的塑封纸。

我能想象吴越泽有多生气。自从他爸爸过世后,他们母子二人相依为命,他宁愿自己受侮,也绝不会让自己的妈妈受到这种屈辱。

他用拳头砸开我家的门,周身散发着狂暴的气息。他指着我妈的鼻子问,为什么她不被关到精神病院去?

我妈若无其事地坐在沙发上。她打电话报警,跟警察说,强奸我女儿的人又跑到家里来寻衅滋事。

吴越泽搬起凳子砸烂电视机,转身跑了出去,在走廊上发出凄厉的喊声,就像一头困兽。

"吴越泽,吴越泽……"我哭着追赶他。

我们从小区跑到街道,从街道跑过公园,跑到郊区。他终于气喘吁吁地倒下,躺在桥底下。我们两个像两条搁浅的鱼,随时都会死去。

我们不知道躺了多久,河流在黑暗中喘息。

"小雨,你知道我爸死后,我妈过的是怎么样的生活吗?她为了我假装坚强,深夜里总是会哭。你知道她从来都是个不生事情的人,能忍的都会忍下去。可是,你妈逼着她承认她是那种女人。她回家后,一滴泪都没有掉过,还跟我说,我们不跟疯子计较。"

吴越泽伤心地哭着,我也哭,仿佛整条河流都装在我的眼眶里。

"可是,我没能保护她,你妈在那里贴的那张纸,就像把我妈赤身裸体地绑在那里。"

"我是男人,我是她儿子,我怎么就保护不了她?爸爸走之后,我在心里发过誓,我要保护我妈,不让她受一点点伤害。"他扇了自己一个耳光,"我就是没用的混蛋。"

我去拉吴越泽的手,他狠狠地甩开我。他的胸腔在剧烈地起伏,压抑着哭腔。

我哭着,丧失了把嗓音凝结成词语的能力,只有眼泪跟着这条河流去往大海。可是海水也是苦的,难道是人太过悲伤的结晶?

"哭有什么用? 季听雨!"他朝我咆哮。

他揪住我的肩膀,把我按倒在地上,双手用力撕扯我的身体,就像我是个洋娃娃,他是个暴力的男孩,试图将我撕破。刚开始,因为恐惧,我微弱地挣扎了一下,可是马上就安静下来,带着赎罪的心理,让他撕扯我,好平息他的愤怒。

我们住在河下街的时候,看到比我们大的三个男孩,不知道从哪里抓到一只兔子。他们把兔子夹在门缝里,一点一点地把门往里推。兔子到死都不能发出呼喊,只有骨头破裂的声音。

"为什么不挣扎,什么都逆来顺受?"吴越泽抓起我的肩膀,又把我狠狠地摔下去。

他停止了他的暴力,用伤心和无奈的口吻说:"小雨,你以后怎么办呢? 我和我妈可以避开,你呢?"

我没有回答,只在黑暗中啜泣。

6

郁月荷在路边等我们。她上身穿着淡灰色灯芯绒的翻领外套,露出里面橘色的圆领,黑色的裤子,上面有几道折痕,脚上一双蚌壳开口的黑色布鞋。

老刀跟她说了几句方言,我们都没有听懂。她腼腆的笑容宛若一个少女,伸手就要来拿我的箱子。我急忙摆手,表示自己完全拎得动。

她不好意思空着手,又要去拿吴越泽的背包。他一个大高个的男人当然也不会给她机会。

"还要走一段山路。"她微笑着,似乎是因为路途遥远,用带着些许歉意的口吻说,"你们坐了大半天的车,肯定都很累。"

郁月荷的声音我在电话里听过,还根据声音想象过她的长相。眼前的这个女人比我想象中的更加朴实或者说平凡。

我猜不出她的年纪,觉得她应该比我大很多,却又觉得她跟我差不了几岁。她的头发梳得很光洁,扎成一个低马尾辫,五官说不上有多精致,只是搭配在一起,显出一种宁静。

如果,她真的坐过牢,或者杀过人,那么在她的面容里并没有我想象中带着复杂的痕迹,那种充满苦难和伤感的紧张。这是一张平静、不需要抚慰的脸。

"你跟你爸爸长得很像,特别是眼睛。"她深深地注视着我,似乎要从我的面容中攫取另一个人的面容。哪怕我与她脑海深处的那个人只相像了一点点,她也会将这一点无限放大。

山路陡峭,两边都是高大的松树、栎树和枫香,松鼠在枝头上跳跃,鸟声不绝。

她常在山里行走,脚步轻盈。我和吴越泽都有点气喘,起先他把我的箱子拎过去,不知不觉间,箱子就在郁月荷手中了。

我们爬到山顶,接着是下山的路。她停下来,让我们平缓一下粗重的喘息。

"你爸爸走的时候安详吗?"她回头看着我的眼睛,问得小心翼翼。显然这个问题,已经在她的脑海盘旋了很久。

"他坚持不化疗,走的时候人很瘦,我和他的几个学生都守在旁边,听到他突然重重地吐了一口气,如释重负一般,然后就放轻了自己的身体。他之前嘱咐过我们,不要哭泣。他说,今生无悔。"我尽量把每一个细节都讲述清楚。

"今生无悔?"她的眼眶里迅速涌满了泪水。

"今生无悔。"我重述了一遍,带着点爸爸说这句话时坚定的口气。

饱满晶莹的泪水从她的眼眶滑落,她并不回避我的注视,只是身体慢慢地蹲到地上,像一组极慢的镜头。

"对不起。"她轻声说着。

我不知道她是在向我致歉,还是跟另一个世界的爸爸在对话。

群山环抱的山谷里种着成片的茶树,由高到低,层层叠叠,不知道是有意还是无意,形状如同一个八卦图。茶园中间还有一幢极小的屋子。她指着那里说,那就是她住的地方。

"这里真美。"我由衷地赞叹。

"雨落进山谷,清晨雾就从谷底升起,这些水汽滋养着茶树,就是远近闻名的云雾茶。"她说话的语气一直很谦逊,说到茶时带着点由衷的自豪。

"您寄来的茶竟来自这么美的地方,喝到的人真有福气。"我赞叹。

"昨晚我就喝了您做的茶,味道鲜爽。"吴越泽说。

"你们喜欢就好。"她用手指了一个方向,示意我们看向那里,"那是个溪水汇聚的地方,我在那里种了些菜,自给自足。"

如果她没提醒,我还以为那也是茶树。因为水绿得让人难以置信,一束光穿过树冠落在水面上,就像有精灵在跳跃。

"茶园的房子,是你爸爸盖的。"她脸上弥漫着幸福,带着点不好意思的神情。

在她这个年纪,动不动就会显出这种神态,让我和吴越泽多少有点吃惊。但或许正因为她的谦逊和腼腆,如同温热的熨斗,让我内心最后一丝对她是爸爸曾经的女人这种复杂的情感都被熨平了。

"想不到我爸除了教书还有盖房子的本事。"我看着那个隐在茶园里只露出黑色瓦片的屋顶。

"我也不知道他有这个本事。"她说了这句话后突然微笑起来,脸上浮现红晕。

我竟然毫无芥蒂地笑起来。

"他来盖这个房子的时候,我还在监狱里服刑。"她第一次不用"你爸爸"这个称呼,而是"他"。

"监狱?"我只是嘴上表示吃惊。

"啊,对不起,我知道你爸爸肯定从来没跟你提过我的事。"她说,"我坐过牢,前年出来的,在里面有近十一年。"

"所以,我爸过世的时候,你还在监狱?"

她点点头:"你给我打的电话,我才知道他已经不在了。"

她把目光投向山谷,想要极力地去看清一些什么。

休息够了,我们又重新出发。下山的路比较轻松一些,她迈出了脚步,外套的扣子解开着,山风微微吹起衣服的下摆,拎着箱的右手使得肩膀往一侧倾斜,马尾辫有些松散,她的背影像个少女。她身体轻盈,神态安详。十多年的牢狱生活似乎并没有在这个女人身上留下任何阴影。

我们走到了谷底,一条蜿蜒在茶园里的小径通往屋子。

"郁阿姨,您这里可真是世外桃源。"吴越泽说。

"那欢迎你们来世外桃源。"她笑容明净,像此刻吹拂的山风。

屋前筑着木槿篱笆,一人多高的木槿正在开花,淡紫色、喇叭状的花朵。院子里的鸡和鸭听到我们的脚步声,吵吵嚷嚷起来。一只灰色的猫悄无声息地溜过来,绕在郁月荷的脚边,发出亲昵的叫唤。

"苔丝,我们家来客人了。"她蹲下去抚摸猫,猫舔了一下她的手心。

"猫的名字叫苔丝?"竟然跟我们家猫叫同一个名字?

"我给它取的名字。它大概是从村里跑来的,喂了几次,它就赖着不走。"她轻轻地揪了一下苔丝的耳朵。

"我们家也养着一只猫,是我爸从外面捡来的,也叫苔丝。"我想伸手抚摸一下猫,这家伙缩了缩脑,警惕地后退了两步。

"我知道。"她似乎有些歉意地微笑,"有一次,你爸来监狱看我,说他捡到一只猫,一直围着他脚边打转。后来,他把它带回到家里养起来,取名苔丝。"

屋子是个大开间,左边一间是卧室。冒着热气的大锅灶、餐具柜,还有煤气灶,冲洗餐具的花岗岩水槽,两扇很大的玻璃窗紧挨着大锅灶,站在那里干活的时候就可以看到窗外的景色。窗外是个缓坡,徐徐地向上,种满了茶树,有一条小路,蜿蜒在里面。我想,如果是月光下,这条绿丛里的清晰小路会焕发出多么迷人的光彩来。

一张半米宽的长桌上,放着茶杯和餐具,都是陶土的颜色,器型却显得不太匀称,一只细颈瓶里插了枝薄荷。

"这桌子是你爸爸挑的一棵树,他找人加工做成的。"她察觉我正注视着餐桌木板的纹理。

"我早上做了南瓜包子,在锅上热着。想着你们到这儿中午都过了,将就先吃点。"她揭开锅盖,热气冲出来,屋子里一团暖洋洋的味道。

我们放开肚子吃,包子色泽金黄、圆润饱满。她又麻利地炒了份榨菜鸡蛋端上来。

院里的鸡鸭突然一阵叫嚷,接着一个女人的声音传来:"小荷,你在家吗?"

郁月荷正在给我们泡茶,她放下茶壶走了出去。过了一小会儿,她就转回来,跟我们说,她要陪村里的一位姐姐去采些草药,一个多小时就能回来。

"你们可以先休息一下,走这么远的路一定累坏了。"她说。

"不用,我们想在这附近四处走走。"我说。

石木结构的房子,看着敦厚可亲。院子里栽着芍药和月季,一棵很大的梅树,无花果树上挂着即将成熟的果子。院墙根下种着许多菊花,还有一些草药。

苔丝大约很少见到外人,它好奇地尾随着我们。看到它的眼睛时,我怀疑,它就是我家那只离家出走的猫。

"苔丝,过来。"我蹲下去,向猫发出召唤。以前,家里的苔丝蹲在楼梯口,我喊它,它会不动,但只要我蹲下去,它就会慢慢走过来。

苔丝犹豫着,缓慢地移动脚步,它伸出侧脸蹭了蹭我的手背。

"苔丝,真的是你吗?"我抚摸着它的背,它对我还保持着警惕,绷紧着身体,尾巴藏在腹部。

吴越泽伸出手想撸一下猫。苔丝一下子从我手中蹿出去,并躲藏到墙根下,用警惕的眼睛告诉我们,不要轻易惹它。

"我至今不太相信,这些都跟爸爸有关。"我环顾院子,仿佛每一块石头、每一根木柱上都有爸爸的体温和爱,"这种感觉好奇怪。"

"我小时候很敬爱叔叔,钦佩他渊博的学识、从容的风度。我逐渐长大,对他却是越来越多的怜悯。"吴越泽说,"我每次看到他,觉得他像是在风中燃烧着的蜡烛,让人不忍直视。"

他用刚刚想去撸猫的手拍了拍我的肩膀。

"我到了这里,看到这些,看到郁阿姨,我想,我的感受跟你应该是一样的,得到了某种告慰。小雨,叔叔是从来都不会让人失望的人,对不对?"

"我对爸爸有许多歉疚。"我说,"我总以为时间还有很多,所以一直到他离开,我从来都没有跟他表达过我的歉疚。"

"叔叔很爱你,他什么都理解你。"

自从芯姨和吴越泽搬家,我意识到那个自己的家已经沦为了冰窟和火屋。许多次,妈妈发疯发狂的时候,我都选择逃避,逃得远远的,剩下爸爸一个人面对。就连读大学,我都报了外省的。我心里只有一个想法,离开妈妈,离开家。

我读大三那年,宿舍里的其他三个女生都在谈恋爱。中秋节,她们都出去约会,我既不回家,也没有可约会的对象,一个人在宿舍看电影、睡觉。

清晨,一阵敲门声把我惊醒。我以为室友提前回来了,便睡眼蒙眬地去开门。

"爸爸,你怎么会来?"我惊呼。

他微笑地站在门口,呢大衣上披着清晨的晨露,背在身后的手拿出一束雏菊,递到我眼前。他从家里出发到我学校,最起码要开五个小时的车,那么他在凌晨十二点就出发了。

我眼眶酸涩,上前搂住他的脖子。自从妈妈生病这些年来,家中的气氛压抑,我再也不会跟爸爸有亲昵的表现,我把自己渐渐冰冻起来。

我们一起去校门外喝豆浆,吃油条,旭日在他的眼镜上反着光。

爸爸跟我聊起他这一届的毕业生。他班上的学生每人从自己的旧衣上裁下一块布拼成了乞丐装,当作毕业礼物送给他。他就穿着这件衣服去上课,把他们给乐坏了,每个人都要跑上来合影。

"我们那张大合影里,花花绿绿的我站在中间,那样子就像刚从马戏团跑出来的。"爸爸说。

"他们都喜欢你。"我伸出手握住他的胳膊,他没我想象中的那样强壮,两鬓有了白发。

我想好好拥抱这个疲惫的身体和灵魂。

"小雨,你没有谈恋爱吗?"爸爸问我。

"没有谈。"我说。

"小雨,你要勇敢些。"爸爸说。

"我会的,爸爸。"我安慰他。

我觉得爸爸很可怜。他一生被妈妈以爱情的名义绑架,绝不让他自由,不停地恐吓、逼迫他。我时常觉得在时间的流逝中,他变得贫乏直至潦倒。

我们不知道走了多久,绕着茶园又走回了起点,站在一个制高点上。茶园在山坳里,呈阶梯形状,太阳的余晖落在上面熠熠闪光。我和吴越泽穿行在茶园里,摘了一两片茶叶放在嘴里咀嚼,味道苦涩微甜。

太阳已经西斜,远处的山峰镀上了一层耀眼的光辉,本来投射在山岙里的光线,此刻正一点点地收回。

暮色很快涌满了山谷,漫过群山,然后只剩下前方暮霭之中亮着灯的屋子。

这座房子,这片山谷,这片茶园。如果爸爸的心中一直有这样一个取之不尽之谷,纵然,他一生冰冻或严寒、分离与等待,也会甘之如饴吧。或许,这只是我自私的想法。

"小雨,你有没有觉得这像一场梦?"吴越泽望着暮霭之中的灯光,"经历了那些事后,我们还能像今天这样站在一起。"

暮色沉潜的山谷中,他的眼睛尤为明亮。

"为什么不呢?"我微笑着问他。

"当时,我和我妈是你最想依靠的人,结果我们都离开了,留下你一个人。"他的声音变得沙哑,"我把我对你妈的愤怒全转嫁到你的身上,而那时我明知你已经承受了那么多,我是多么残忍。"

"越泽,我从来没有怪过你,我妈差点就把你毁掉,让芯姨痛不欲生,对我来说,对你们只有愧疚。"我深深地叹了一口气,"虽然那个时候,我特别想跟你们一起搬家,走得远远的,再也不要回到我妈身边。"

我紧紧拥抱住他,暮色又密不透风地把我们包围。

郁月荷已经做好了四菜一汤,摆放在长桌上。她拿着抹布缓慢细致地擦拭着桌子,她在等我们。手的压力和毛巾的热量正渗透木桌,泛起暗光,映出的光芒来自一棵爸爸曾经挑选的树木，来自死去树木的内心。而她的手，布满生活劳苦生茧的手，从这块木头当中提取了生命的潜在力量。

晚饭后，我把相册和《荆棘鸟》从行李箱中取出来，交给郁月荷。

"我爸去世后，我整理他的书房，发现一本相册里有十一张常春藤的叶子，每一张叶子下面都标了日期。"我对她说，"这些叶子，就跟你画在茶叶包装上的是一样的。"

她看着书和相册，眼神既渴望又犹豫，仿佛不好意思受人馈赠一般。

"这是十一张，我见过的只有十张。"她小心翼翼地接过相册，"那年他应该是生病了，没有来看我。"

"叶子我都见过，可惜都没有亲手触摸过。"她小心翼翼地从相册里取出一张叶子，用食指抚过干枯的叶脉。

"我没有想过，有一天我还可以亲手触摸到这些叶子。"

她把叶子全部取出来，并排放在铺了宣纸的桌面上。我面前的她，像座沉默的雕像，默默地注视着眼前的每一张叶子。过了好久，才发现，原来她的手指触摸着叶子的脉络正在缓慢地几乎令人毫无察觉地移动。

常春藤的叶子曾经在她的脑海留下过模子，此刻正一叶一叶地安放进去。她眉头深锁，显得既痛苦又愉悦。

对于那张剪报，她只扫了一眼就放在一边，似乎那上面讲的都不是她的事情。的确，别人写的她，就是她吗？

"这感觉就像做梦一样。"她把叶子小心翼翼地装回相册,摘下眼镜,揉了下眼睛,"当我知道你要来,我都高兴得睡不着觉。"

"你不怕我是来兴师问罪的?"我说。

"不会。"她带着非常自信的笑容,"因为你是季舟的女儿。"

"我想听听你跟我爸爸的事情。"我说,"你不用顾及我的感受,我只是很单纯地想知道。"

"他曾经为我读完过这整本的书。"她把相册轻轻合起,用手去抚摸旁边的《荆棘鸟》。

"叔叔过世前,这本书一直放在他的床头。"吴越泽告诉她。

她目光深深地凝视着书:"你们都很意外吧?我是这么一个没有文化,普通到一无是处的人。而他,对我来说,是那么完美。"

"我不知道。"我说,"我没有想过。如果爸爸还会去爱一个人,那个人是什么样子,我不知道,也没有办法想象。"

7

我认识季舟那年二十六岁,在服装厂做缝纫工。厂里有一大半是比我年轻的女孩,她们常笑话我,这么大年纪不找对象,可是会变成老姑娘的。我没有这种忧虑,可能是没有父母的关系,所以也就不存在压力。我是个孤儿,出生没几天就被丢弃在尼姑庵门口。慧心师父常跟我回忆:那天晚上,听到有小猫的叫声,气息很弱。她打开门,是一个裹在襁褓中的小婴儿。月满中庭,种在石臼里的荷花正要开放,她就给我取了月荷这个名字。慧心师父是庵里唯一的尼姑,她照顾我长大,并让一位姓郁的信众收养我,只是名义上收养,落个户口。七岁那年,师父把我送到半山腰的小学,没上几天学,我就被同学打了回来。他们嘲笑我是尼姑的女儿,把我按在地上,用泥巴和墨汁涂了我一脸。第二天,我就不愿意去上学了,任凭师父再怎么劝,把我赶出门外。我躲起来,满山遍野到处是藏身的好地方。慧心师父叹了口气,不再勉强我去上学。她便教我识字,简单的计算,诵读经文,采集药材。离我们庵半个多小时山路的地方,住着位姓颜的老人,我就叫他颜老师。慧心师父领我去了一次。往后,不论刮风下雨,我都去颜老师那里学习书法,背诵古诗,背不出来就去他院子里锄草,一边锄一边念,写不好毛笔字,他就在我脸上画上一个大花猫,还不能洗掉。这样回到庵里,慧心师父就知道我有没有用功。

八九岁时,师父开始教我静坐。可我哪坐得下来?鸟在叫,风在吹,小松鼠正飞快地从这棵树跳到那一棵树。不过慢慢地,从一分钟都坐不下来,到后来终于能把身体平静下来,可是思想并不平静。但最终,自我的骚动慢慢被克服。长大之后走上社会,我才渐渐明白,师父训练我静坐的意义,才真正感觉到生活中不可避免的变化和动荡,即使痛苦也要保持内心的宁静。

可是，我始终都没有做好。

我和师父管理山上的茶树，每年春天采茶、炒茶，然后用宣纸包成小包，香客来庵里请香、拜菩萨，我们就送给他们，当作结缘品。我十八岁那年，慧心师父圆寂，只留了一个破败的庵庙给我。她没有要求我出家，叫我守着庵过一辈子。虽然，我曾问过她，以后我要怎么办，慧心师父只说，个人生死由个人了。

颜老师建议我，如果不打算出家就让我下山去学一门手艺，好歹要养活自己。快十九岁的我，从来没有见过外面的世界，连见过的人也能数得清。我在他的介绍和帮助下，去学了缝纫。颜老师那个时候年事已高，在山外的子女把他接到他们身边。他临终前，托人到镇上找到我。我赶了过去，跪在他面前，泣不成声。我生命中最紧密的两个人都先后离去。从那时起，我便是个真正的孤儿……

我认认真真地学了两年手艺，本来早就可以出师了，但小镇上没有工厂可以提供这样的工作，除非去县城，或者更远的地方。

我举目无亲，对远方也是一无所知。好在，镇上裁缝铺的生意一直很好，可以跟着师傅干干活，养活自己是没有问题的。春节，裁缝铺老板的女儿琼芳正好打工回家探亲，她性格开朗，没过几天，我们就热络起来。她觉得我老实，在这里拿着一点可怜的薪水，实在太委屈，于是便自告奋勇地说要带我去打工，顺便带着我去闯荡闯荡这个世界。

可这哪里是闯荡？只是从一个小一点的地方换到另一个地方。后来我也去了几个地方，经历了一些事，兜了一圈后才发现又回到了起点。

琼芳介绍的工厂包吃包住，待遇也还可以，只是要不停地加班。就这样，几乎所有的日子都在工厂里度过，城市是什么样子，我并没有概念。有时，琼芳领着我去超市，买一些生活用品。我很简单，也不讲究，需要买的不多。琼芳说我像只傻里傻气的呆鹅，跟一群女孩子住在一起，我总是那个反应最慢的人。

有一次，她们无意间得知我从小生活在寺庙里，觉得很新奇。她们问我会不会念经。我点点头。她们起哄，让我诵经给她们听。五六个人住的宿舍里顿时安静下来，我诵了《楞言咒》，那是我跟着慧心师父早晚都要做的功课。她们只听了一小段，先是屏着呼吸，接着就哗然大笑，有人甚至笑得滚到地上。

我不明白，为什么她们觉得那样可笑。从此以后，她们看我的眼光总是很怪异，在她们眼里我是另类。这个问题，我是在几年之后想明白的：人的局限性决定了他的狭隘性，如果不学习，不努力去超越自己，这是很难突破的，甚至是觉察不到的。

琼芳很生气，说别人让你念你就念啊，真是傻得无可救药。她一气之下去外面租了房子，就我们两个人，足够清静，省得早晚还要抢卫生间。她总是维护我，看不惯别人取笑我。

可是关于这些事,我并不会生气,琼芳因为我的不生气而更加气恼。

过了一年多,琼芳说她交了个男朋友,想搬出去住,问我怎么打算。我喜欢清静,并且有点积蓄,于是决定独自把房子租下来。琼芳笑话我是个不喜欢挪窝的人。在车间里,我长时间坐在同一个地方,不会因为夏天天热想靠近窗,又或是因为喜欢跟哪个人多讲几句话而挪位置。租房子也是一样的,既然安定在那里,便不会轻易地换房子。

独住之后,我开始在窗台种植天南星、垂盆草、麦冬、夏枯草,这些都是我外出散步时发现的,我把它们请到出租房,让它们跟我做伴。

出租房是以前铁路工人的宿舍,楼梯是架在外面的。生了锈的铁楼梯,一到下雨天就很湿滑,不得不抓住生了铁锈的扶手,一手的铁屑。

房东住在一楼,有一双十岁的儿女。平日,他们白班夜班倒着上,所以两个孩子看到我在家,就找我陪他们玩。周末下午,他们一定会拉我去打羽毛球。就在人行道上,那个时候没什么车,也没几个行人,我们轮流打着球。路边经常停着一辆黑色的轿车,车里坐着一个男人,捧着书,不知疲倦地看着。有一次,我们把球打到了他的挡风玻璃上,我跑过去捡,他的车窗开着,朝我微微一笑。

我觉得他笑得很好看。因为我身边的人从来没有这样笑过,礼貌、谦逊又非常平和。那一刻,他让我想到慧心师父,我不由得怔了一下。

再下一个周末,他从车里走出来,双手插在黑色风衣的口袋里,站在一边看我们打球。等到我们换人的时候,他上前来跟我说,接球的时候要在最高点击球,手肘不要弯曲,腰部和手腕发力。他非常自然地从我手里拿过球拍,轻轻松松地跟男孩打了几个球,虽然穿着风衣行动有点不便,但姿势却依旧潇洒、漂亮。

两个孩子缠着他不放,他只得脱了风衣,跟他们打了一场。

在服装厂工作快四年,身边的同事来来去去,大多数都认不清脸。也有愿意跟我交往的男性,去看场电影、吃夜宵,交往不会超过三次。可能在这个过程中我不太活泼,对通常他们感兴趣的话题我都融入不进去,所以,最后都是不了了之。

他跟我们打了几次球,渐渐地,好像每个周日都成了惯例,他认真、不厌其烦地指导我和孩子们。只要他的车一靠近,我们就欢天喜地地迎过去。

有一次,我们三个人轮番上阵把他打得满头大汗,连他的T恤都湿透了。两个孩子跑去买雪碧喝,我请他去屋里喝杯茶。我以为他会拒绝,却没想到他很爽快就答应了。一邀请完,我就后悔了,想到要走那样一截楼梯,还有逼仄的屋子,我竟然有点脸红。除了第一次,他穿着皮鞋跟我们打球,以后每一次,他穿的都是运动鞋。所以那悬空的铁楼梯上不会发出让我心颤的咚咚声。我只有一张从二手市场淘来的折叠桌,一张房东提供的虎皮纹海绵沙发。他一坐下去,整个人就陷进去。他不得不直起腰,调整位置,尽量坐在沙发的边缘上。开水壶发出支离破碎的声音,墙壁因为返潮,到处是鼓起的水泡。

我们开始有了比较深入的聊天。

他问我从哪里来,我说了一下自己的身世。我以为很少有人愿意安静地听另外一个人说起自己的事情。就像琼芳,她只知道我是孤儿,却对我在山里成长的经历没有丝毫兴趣。的确也很平淡:一棵秋天最早落叶的榔榆,枫香树叶子的形状,丝光椋鸟脖颈下绿紫色的光圈,我喂养的鸽子和麻雀。他却听得入迷,有时甚至眯起眼睛,好像他正身临其境。两个孩子在铁楼梯上发出跑动的声音,他才低头看了下表,说抱歉,他还要去接在旁边美容院做护理的妻子,下次有时间再听我的故事。

以后的每个周日,陪孩子们打完球,他就会去我的房间喝茶。我问他美容院环境好像不错的,为什么要在车里等。他说那个地方会让他感觉不自在。我心里很高兴,我这间陋室比装修考究的美容院让人感到更加舒服。

我新买了玻璃杯,还有一把原木椅子,给他泡上茶。我说,等冬天到了,可以摘梅花窨梅花茶。他说,这是古人过的日子。我说,这是慧心师父教我的。他说,他的职业是老师,教授文学。我就跟他说起小时候逃学的事。有一次躲在一棵枯树的树洞里睡着了,醒来时发现月亮挂在树上。真是好大好圆的月亮,感觉自己从来都没有见过月亮一样。

他听我说话,总是神情专注,好像被我带到那个世界去了。他也会说自己的事情,比如十岁的时候他练习自行车,刚学会没多久,就觉得技术熟练得不得了,带了一个比他小的孩子到处转悠。结果两个人从一个斜坡直奔下去,栽进了河里。他为这件事情后怕得不得了。

我从小在山里长大,都没有机会学自行车,羡慕别人像阵风一样骑车。我并没有把这个心思告诉过他,或许他是从我的脸上读到我的心思。下一次,他带着一辆小巧的女式自行车来教我骑车。他扶住后座,让我放心大胆地去骑。我身体僵硬,扭着更僵硬的车子,摔了很多次,才学会了骑自行车。

我们仅有过一次骑车的郊游,半路遇到暴雨,四周没有可以躲避的地方,全身上下淋了个湿透。好在,太阳一会儿就出来了,我们推着自行车在田野上走。我看到草丛里有一个蜘蛛网,便停下来,招呼他看:大地在呼吸,蛛网正在跟随土地的呼吸而极轻微地起落,缀在上面晶莹的水珠正在滑落。

我学会了这种对别人来说算不得什么的技能,可是对我来说是不一样的。在他离开以后,我常常骑着自行车,穿过大街小巷,去郊外,去更远的农村。这样技能帮我走得更远,在我随时想停下来看某样植物的时候提供便捷。我骑着车,从城里的护城河出发,沿着河流,骑到很远很远的没有人迹的地方，只有芦苇和水鸟。

　　那一年，临近春节，连下了几场大雪，厂里提早放假，让一些外地的员工好赶车回家，琼芳邀我一起回老家。可我哪还有什么老家？师父不在了，颜老师也不在了，我在哪过年都一样。我包了饺子，送给房东，感谢他们一家的照顾，准备和他们一起过年。两个孩子买来写春联的红纸，我们嫌屋内太拥挤就把饭桌搬到走廊下，磨墨、洗笔。两个孩子吵吵嚷嚷，来回打闹，一会儿写字，一会儿画动物，好不热闹。雪下得好大，我看到他从没脚踝的雪地里一步一步朝我走来，黑色的帽子，藏青色的围巾，手里提着红色的袋子。两个孩子先喊起来，挥舞着毛笔，把墨汁甩到脸上。看着从漫天飞舞的雪中走来的人，我的心都在颤抖。他说刚从学校回来，顺便给我捎点东西，让我好好过年。

　　春节的一天，他来找我，说知道一处地方梅花开得正好，可以采回来供我做茶。天还飘着点雨，采回来的梅花有点水珠，我用扇子轻轻扇，让它自然地风干。我将梅花与绿茶按比例密封在罐中，过几日将梅花再一一拾出来。如果想要花香更加浓郁，就得再加入一批新鲜的梅花下去。他在旁边静静地看着，不时地帮我递个工具。春天的时候，我们带着茶，去户外泡了梅花茶。他说，这是他这辈子喝到过的最美妙的茶。

　　他说，因为他妻子换了一家美容院，所以不能经常过来了。我一听，顿时好失落。可是没过多久，他却来了。那天我下班回家，看到他站在铁楼梯旁边，提着一袋东西。我给他做面条,凉拌了芹菜。我们两个人吃得很简单,吃完他刷碗,我就负责泡茶。他带来的那堆东西里有核桃,可是没有工具打开它们。他说我那扇铁门就可以。我们把核桃放进门缝里,我一推门,核桃就发出破裂的声音,然后再放一个进去挤压。我捂住嘴,生怕因为自己笑得太大声,而被房东发现。他细心地把核桃肉挑出来,装进瓶子密封。

琼芳有一次过来,碰到了他。我们三个人一起吃饭,琼芳的眼睛就像蚊子一样,不时叮他一下。我都感到不好意思。后来,琼芳跟我说,像他这样一个大学老师怎么会跟我在一起玩?琼芳没有说这些话以前,我真没考虑过。我觉得喜欢一个人就是自然而然的事。他没有刻意地要讨好我,也从来不隐瞒他有家庭。我们在一起,就好像是非常自然的事。

我给了他一把钥匙。有时我要上晚班,他等不到我,就先做了饭菜,然后放进保温盒。有时,我们一起吃饭、谈天说地,他脱了鞋,把脚搁在新买的凳子上,整个身体都陷进沙发里。

他读书给我听,《德伯家的苔丝》《呼啸山庄》《荆棘鸟》,读得累了就换成我读。他走之后,我会一个人静静地思考:我从一个遥远的山里走出来,到一个镇上学习手艺,再到一个城市谋生,这个过程中我认识了一些人,也有些接触。但这些经历就像手指划过水面,只在表面留下一刹那的痕迹。直到我认识他,他和我谈话,让我开始读书。我不是突然明白的,或许对所有人来说,都不是这样的。他是逐渐侵入我的内心,然后让我慢慢睁开了眼睛。

寒假里,他带我去了一所特殊学校,里面的学生多数是聋哑儿。他告诉我,他在这所学校做了很多年义工。他专心致志地教一个双目失明的孩子触摸一张叶子的正面、背面和几条清晰的脉络。孩子在他的带领下,仿佛正在进行一场神奇的旅行,脸上泛着兴奋的光。我忍不住问他,是不是有宗教信仰?他说,没有。我说,那你花了这么多的时间和精力在这些小朋友的身上?他沉默了一会儿说,帮助这些孩子,有时也在帮助自己。关心和爱护别人,并不是这个宗教和那个宗教的事,爱人其实是不需要理由的。如果说爱别人,都需要一套说辞,那么这个世界已经不是人的世界。

他的话让我感到很羞愧,同时又让我受到启发。我从小生活在寺庙里,代众生受苦,为众生祈福。那些常在嘴边念叨的词,再一次充满了神秘和鼓舞的力量。短短的跟他在一起的时间,我的心智发生了变化。第一次,我那么强烈地感受到,我要看到他全部的世界。

我问他:"为什么喜欢和我待在一块儿?"

他说:"和你在一起会感受到喜悦与宁静。"

我说,我什么也没有。的的确确,样貌、才学,我什么都没有。

他问我,最早跟我有交集是什么时候?我说是打羽毛球。

他摇摇头,说,更早,早到我还没有察觉到他的出现。

我每次跟孩子们打球,从小区走出来,会在一处停下,观察铁栅栏的墙根。他很好奇,为什么,我总是会在那里。等我们离开后,他就上前看,发现开裂的墙根处长着一株矮小的植物。他看着平淡无奇,上网查了一下,知道了名字,叫婆婆纳。婆婆纳不断地长大,长成一片。我们把球打到他挡风玻璃上的那一次,他看到了我的眼睛,他觉得我的眼睛看得到植物根系的深处,隐藏着某种秘密。

可见可触的实物人人都得以看到,而我却知道它们暗自生辉之处。他在我身上感受到了美,就如同我是个媒介,自然带给我的震动,也震动了他。

我们不断地深入聊天,在初来的爱的世界里,我渐渐明白,维系在我和他之间的,并不是外在所凸显的美貌、才华或者是物质,我们在一起时并不执着于各自的欲望。我们只是自然地相交,用各自的气息与节奏不断地渗透、融入、振动生命,带来单纯而亲切的放松时刻。他是继慧心师父之后又一个牵引我向上的人。往后,在我不堪的牢狱生活里,我总能回忆起跟他在一起的短暂时光,这使得我的生命更加坚韧,不会轻易地被撕裂。

他有好长一段时间没来看我,再次来的时候,告诉我,他妻子的病情需要时时地照顾,他没有更多的时间来跟我见面。

我陷入了悲伤,独处的日子再也回不到从前。我拼命克制自己,用从前慧心师父教我的话开导自己。成住坏空,世间没有哪一种东西能恒常不变。

日子很难熬。上班,漫无目的地骑车;下班,偶尔去福利学校当义工。日子便一天天地过去。有一次,我在骑车的时候突发奇想,我从来没有见过大海,大海是怎么样的呢?我给他打了电话,跟他说,我想去看大海。

他让我请好假,他会安排好一切,等到暑假就带我去一个海岛。

那天我们坐了一天车,到了海边又换坐渔船。风急浪高,我一直在呕吐,天旋地转。

渔村的房子都很破落,感觉都是被海风吹破的。我们住的屋子得沿着几个台阶爬上去,有一个水泥平台,其实就是房主在自家屋顶上又盖了间房。房间正对着大海,床很大,有炉子,还有一张矮桌子。他跟我说,晚上把屋顶掀掉的话,就可以看星星。房间门口种了一盆很大的仙人掌,正开着黄色的花。

早上,我们去海边渔船停泊的地方买刚捕回来的海鲜,这些食材我以前从没有做过,他也不太会做。我们两个人就在水泥平台上磨蹭了好久,对着一堆奇形怪状的螺、肥肥胖胖的鱼,还有体型硕大的虾。傍晚,我们沿着海滩散步,海滩上都是鹅卵石,夕阳下,异彩纷呈,我一边走一边捡,装满衣兜。他说,我捡回去的石头都可以盖一幢房子了。后来,我们两个就把捡回来的石头再放回海滩,可是我还是会忍不住去捡,捡了再放回。晚上,我们出门散步,海面上过路的船,远远地,就像星星在漆黑的夜里移动。如果起风,大风就像一堵移动的墙,沿着海岸边飘移,这个时候就像有人托着我们的后背,推着我们往前。有时起雾,云雾、海水、天地就好像合为一体,我们被包裹在里面,既轻盈又安稳。

他跟我说,爱的感受加深了他对感受自然界奇妙的敏锐度。

渔村有个做陶器的老头,我后来才知道是他曾经的同事,退休之后就隐居在海岛。他的院子里开满了波斯菊,那些破碎的陶器堆在花丛里。我和他经常去玩泥巴,跟着老头烧出各种奇怪的器皿,衣服、头发、指甲缝里全沾了泥。晚上,我们做完陶器往屋子走,七月的海边也是非常凉的,海风又大,就像淘气的孩子鼓足了气往我们的衣服里乱钻。他紧紧拉着我的手,非常大声地跟我说:"泥与火,在没有相遇之前,它们都是独立的个体。可是有一天,因为种种的机缘,它们相遇,产生了新的东西。"

他全心全意地陪着我,可我知道,这样的关系就像海边的那些鹅卵石,满心欢喜地装进口袋,之后还是要放回海滩。

我们在一起吃饭的时候,我还会想到琼芳,这个可怜的、想要抓取生命中更多东西的女孩,再也看不见阳光,听不到风声。

我对着饭碗叹气,他就夹了一筷子菜放进我的碗里。我把碗往桌上一放,掉起眼泪。这么热的菜夹给我,热气熏得我都要掉眼泪了。他就笑,让我也夹一筷子菜给他,把他也熏出眼泪来。我破涕为笑。我说:"你为什么要消耗自己,把时间浪费在我身上?我相貌不出众,没有文化,也没什么见识,而你为什么要跟我在一起?"

他说:"你把手伸出来。"我伸出手,他夹了一筷子米饭放在我的手心。是什么感觉?他问我。我说,是温暖的,还有踏实的感觉。

相信自己以及此刻手中的感觉和心中的感受,这就够了。

生活的真实就在生活中得以验证,欲望的实现不就存在于欲望本身吗?

晚上,他睡着的时候,我就望着他,极力想把他的面容深深地铭刻在我的脑海中。我当时想,不管我多么爱他,随着时间的流逝,他的形象、他的容貌都会模糊不清。

我给他留了字条:"我先走了。"

那天,他还在陶艺坊,我乘坐最后一班渡轮回到陆地。我还是晕船,蜷缩在角落,不停地呕吐。

我过着跟以前一样的日子,上班,重复地工作、阅读,周日去福利院陪孩子们游戏,骑车去很远的地方。但我明白又跟以前完全不一样,我在这一段关系中得到了成长与富足。

就这样,时间很快地过去,我不再刻意去记起我与他分别的时间。并且,我做了个计划,等再工作五年,我就回到山里,去守着慧心师父的庙,到那里种茶叶,把自己托付给养育我长大的土地。

琼芳总是不停地送东西给我,衣服、包、化妆品还有各种吃的。除了一些吃的留下,其他的我都不需要。她不依不饶,还是不停地把东西堆到家里来，说我不要的话，就全当帮她保管。我说，人不需要这么多包和衣服，使用不了。她笑我是个傻子，不知道这些东西值多少钱。不久，琼芳怀孕了，她有点不知所措地来找我。

我本以为这是好事，她可以与男友结婚生下孩子。她却一脸愁容，说孩子的爸爸是徐宝峰。我吓了一跳，原来琼芳嘴里一直说的男友竟然是老板的儿子。据我所知，他几年前就已经结婚了。

我对于这些方面毫无经验，提供不了任何建议。

"你说他愿意离婚娶我吗？"琼芳处于患得患失中，口气焦虑。

徐宝峰我没见过几面，来车间走动时对人亲切，不会动不动就端起老板的样子。不过，他跟年轻的女工眉目传情，绯闻传得也不少，本质上是个花花公子，不可靠。

"他并不可靠，就算能嫁给他，以后他会善待你吗？"我说。

"他对我倒是一向很好。"她说。

我知道她心里已经打定了主意。关于两个人之间的感情，第三个人倒是真的不能去说什么。你不是她，无法探知她内心真实的感受。这些也是我在经历过后才明白的，所以我并没有过多地劝琼芳，而是尊重她的选择。但对于后来造成的悲剧，我总是很自责。

琼芳决定生下孩子。她说要从徐宝峰给她租的房子里搬出来，这样他找不到她，等她生完孩子，他就不能坐视不理。

我和琼芳重新找了房子。搬家的时候，我在想，他以后若是来，就真的找不到我了，多少会有些伤感。

琼芳在家中养胎，我除了上班就是照顾她。这期间，我听闻了几次徐宝峰跟其他女人传出的绯闻，但我没有说给琼芳听。她怀孕之后，人变得安静，会静下心来与我聊聊天，聊一聊我们曾经生活过的小镇。她问起我的感情生活，觉得我从小生活在寺庙，在男女情爱上总是迟钝。我说并没有，我一直深爱着他。琼芳觉得不可思议。我知道，她可能永远都不会懂。我和季舟就像两棵树，隔着距离，但绵延在黑暗之中的根系经过无数次的挣扎与探索，紧紧地联系在一起。

离琼芳生产还有一个多月，我下班回家，发现家里一塌糊涂，锅碗瓢盆摔得到处都是，为小孩子准备的尿不湿、小衣服都扔在地上，琼芳却不见踪影。

我打她电话，一直打，没人接。我就找人打听到了徐宝峰的电话，给他打过去，也是不接电话。

我忐忑不安地等到半夜，琼芳苍白着脸回来了，肚子空空荡荡。她摇摇晃晃地躺下，跟我说，徐宝峰强拉着她去打胎。孩子出来的时候，小手小脚都往上举着。她说徐宝峰杀了孩子，她不想活了。她刚刚从私人诊所逃出来。

她紧紧地捂住被子，全身上下没有一丝血色，还不停地在冒汗。我说，出了这么大的事，一定要去医院呀。她安慰我说，回到医院会让她想起孩子，想到孩子她会活不下去。

我守在床边，她终于入睡了。凌晨，她起来去卫生间，好长时间也不见出来,她喊我,让我去递卫生巾。接着,我被一阵痛苦的呻吟吵醒,琼芳在卫生间声音虚弱。我赶紧去扶她出来。她坐在地上,便池里全是血,裤子也是湿的。我吓坏了。裤子就像湿绷带,让她的每一步都走得异常艰辛。我扶她到床上,给她换了裤子。她整个身体蜷缩在一起,还不时地痉挛。

我打120,琼芳已经昏迷过去。医生来的时候,我掀开被子,发现她整个人几乎泡在血水里。她的身体不停地颤抖,牙齿紧紧地咬合在一起。血在床上蔓延渗透,我几乎能听到血穿过床垫正往床底下积聚的声音。

琼芳从鬼门关走了一遭,住院半个多月才略有好转。我不能天天往医院跑,车间主任对我意见颇大。我索性辞职,我有手艺,在哪里找不到工作?

琼芳说,我比亲姐妹还好。我说,从她把我领出来的时候,我们就是姐妹了。她因为心情抑郁,身体康复得很慢。我每日去买新鲜蔬菜,精心调理她的饮食,也时常跟她说话,安慰她,但收效甚微。

有一日,我买菜回去,发现琼芳不在家。我打她电话,也没有接。左等右等,我担心她想不开会自杀,便开始出门去找。我先去河边,然后去附近的高楼,这样很盲目,但我实在不知道去哪里找她。后来,我突然想到徐宝峰曾经给她租的房子,或许她会去那里。我跑过去,大门虚掩着,我走进去,听到琼芳正在卧室歇斯底里地喊叫。卧室门是锁的,我急切地拍门。门没有开,我听到徐宝峰的声音,两个人在争执。

琼芳显得失去理智,重复着让徐宝峰还她孩子,跟她结婚,否则她不能活下去。

我拼命地拍门,没人理睬,于是便找了把凳子砸门锁。

门推开的那一刹那,我看见琼芳正拿着水果刀挥舞着,徐宝峰四处躲闪,她和他的身上都有好几处伤痕,流着鲜血。我冲上去握住琼芳的手腕,她的力气超出我的想象。我只能全力地抱住她的腰,劝她冷静下来。

徐宝峰借机脱身,但显然他也丧失了理智,依旧对着琼芳污言秽语。

我夺下水果刀扔在地上,琼芳瘫坐倒地上。

徐宝峰朝着琼芳踢了一脚,正中她的肚子。她抱住他的脚脖子,狠狠地咬上去。一声惨叫,徐宝峰打她的脑袋,她死死地咬住不松口。

徐宝峰拿起我刚刚砸门进来的木头圆凳子,朝着琼芳背上砸去。

我拉住了徐宝峰的胳膊,但他把我甩开了。他朝着琼芳第二次砸去,我捡起地上的水果刀,扎进了他的后背。可是他没有停止下来,那一下砸中了琼芳的脑袋。

我把刀拔出来,血喷溅到我的脸上。他回过头,打算也用凳子对付我,我把刀插进了他的胸口。

真是一场噩梦。可这并不是梦,琼芳死了,徐宝峰也死了。我被带到了看守所,不断地被提审,一遍遍地重复细节,如同我一次又一次地将刀子刺进徐宝峰的胸口。我陷入了深深的自责与不安之中。

判决下来后，我的心才慢慢安定下来。许多人刚入监狱时表现出的各种焦躁和不适应，我没有。只有当有人来探监时，我会想他。我想过，或许他都不知道我所发生的这些事。这样也好，省得他为我担心。

半年以后，狱警告诉我，有人来看我。

他还是没有变，一脸熟悉的笑容，温柔谦和。我没有想过，我和他之间有多久没见了，但在我见到他的一刹那，这些时间的距离一下子就消失了——仿佛我从来都没有离开过那个渔村，也没有杀过人。

我在他微笑的眼睛里，看到的还是曾经的那个我，丝毫没有改变。他仿佛天生就带着神力，让我在身心创伤累累的时候，见到他，就能痊愈。隔着玻璃，望着他，我情绪激动，泪流满面。

他用手掌贴着玻璃，微笑着示意我伸出一只手。就这样隔着玻璃，我把手放在他的手中。

他告诉我，暑假他去了宁夏，带了十多个学生去游学，看到了真正的"大漠孤烟直"。因为视野特别开阔，极远处如果下雨，雨落在沙上，落下的同时几乎就蒸发了，所以形成了垂直的烟柱，远远望去，就会有好几个地方同时出现这种景象……

他跟我说着这些话，就像曾经在我的出租房或者在渔村，而不是在监狱，我终于能慢慢平静下来……

他问我在里面待得可习惯。我说，我在哪里待着都是一样的。他点点头,手摸向自己的口袋,然后神秘兮兮地说,给我带了一份礼物。他把手张开,是一张叶子,常春藤的叶子,白绿相间。他说,我前天就来了,可是监狱有规定,每周四和周六才能允许探望,我就去找了家旅馆住下。我在监狱的附近绕了几圈,看到行道上种了许多常春藤,你喜欢看这些绿色的植物,我想,在里面应该看不到许多的绿色,所以就摘了一叶常春藤给你看。他把叶子放在掌心,靠近玻璃。我告诉他,我种了土豆和地瓜,还有西红柿和青椒。不过,我最喜欢他带来的这片叶子。以后十年中,每一年他都来一次,每一次都带一张叶子,隔着玻璃给我看每一张叶片的叶脉、虫洞、颜色的深浅……他走之后,我就凭着记忆,把一张张叶子画下来。同监室的人都觉得我画得好,还跟我要。她们要来也没什么用,就是有空的时候端详着。在监狱里,值得让人端详的东西真的太少了。

我出狱前的一年,他跟我说,以后不再来看我了。我注视着他:眼前这个男人的鬓角已经有了白发,皱纹爬上眼角,像我们曾经站在海边,潮水退去后沙滩上留下的痕迹,让人忍不住想要伸手去抚平它。他的眼睛依然温柔明亮,从铁楼梯的出租房、海岛的渔村到监狱,从来没有改变过的温柔注视。

我伸出手,隔着玻璃,去抚摸他眼角的皱纹。

我尊重他所有的决定,就像当初他尊重我离开一样。我没问为什么。可是,一想到往后再也不能见到他,身上所有的部分都叛离了我。我拖着像不是自己的腿走回监室,我的眼睛无法在任何一个地方聚焦,我听不到风从很高的窗户刮过,直到沉重的铁门上的铁锁发出咔嗒一声把我惊醒。我骤然地意识到:今生,我再也见不到他了。

我像疯了一样,张开手臂在过道上往回冲。狱警吓了一跳,她赶紧追我,一把将我扑倒在地。狱警的名字叫木如花,她个性随和,再过几年就要退休了。我平日里表现很好,她会与我聊聊家常,我叫她花姐。当时,我抱着她的腿,泣不成声,我恳求她,让我再去会面室,再见他最后一面。她说这不符合规定,拖着我往监室走。我死命地抱着她的腿,她不得不喊来另一名狱警。她们架着我的双手在水泥地面上拖动,我拼命扭动着身体,像一条要极力挣脱的泥鳅。警棍落在我身上,我被突然而至的疼痛怔住了,像一个被惊醒的人看着狱警手里高举的警棍。最终,没有第二下落到身上,我停止挣扎,睁大眼睛看着同样无奈的她们。

他已经走了,花姐告诉我。她叹了口气,把手搭在我肩膀上:"你多幸运啊,这一生还有个念想,你看看监狱里其他好多人,他们心灰意冷地活着。"

晚上,我躺在六个人睡的监室,她们都入睡了,有人打呼噜,有人磨牙,有人在说梦话。我瞪着眼睛,看着黑暗中的一切,只有边上的墙是冰凉而实在的。慧心师父说过,生命在一呼一吸间,也就是生命在不到一秒的时间就消逝了。可是那一整夜,我认为时间真的只能以钟表来计算。可惜我没有钟表,光亮也总不变换。没有人真正知道一秒钟的痛苦究竟有多长,说不定那是经历整个地狱的时间。

出狱前一天,花姐递给我一封信,她什么话也不说,就冲着我眨眼。信封没有粘住,打开信纸,是熟悉的字迹,我知道是他写给我的信。

我的生命中,因为他的出现,才让我现在更加珍惜这每一天的晨昏、雨露、星辰。这里的一草一木,对我来说,被重新赋予了生命存在的意义。出狱后,我一直在这里生活,在他给我建造的房子和种的植物间生活,很满足。

她把脸转向窗外,窗外是沉默的群山。月光落在院子里,温柔地抚摸着树木与花朵。

"我把我一生的故事都讲完了。"她又是歉意地笑笑。

听完她的故事,我并不确定,那个"他"是不是我的爸爸。可我愿意相信她嘴里描述的他,在并不漫长的一生里,因为跟这个温暖平静的女人曾经幸福地生活过,哪怕只是短短的一瞬,在他跟生命告别的时候,才会说,今生无悔。

8

我们在回去的飞机上,吴越泽交给我一封信。他说是郁月荷交给他的,是爸爸写给她的信。

我推开小窗板,万米高空,云的世界,光线落在灰色的信纸上,将每一个字都镀上了光辉。

亲爱的小荷：

当你看到这封信时，你已经获得了自由，阳光、空气以及每一棵树上的每一片叶子都将带给你全新的感受。虽然我很想与你分享此一刻的心情，想看到所有的事物在你的眼睛里闪闪发亮，可是，我不能了。

你已重返广阔天地，虽然选择去哪里，在哪个地方生活，都按自己的心意，可是，我想告诉你，前年，我去了你从小生活的尼姑庵，那个地方已经破败不堪，应该是因为自然灾害，半边的墙壁都已坍塌。我去了慧心师父圆寂的地方，祭拜了她。她的墓前长了一棵椰榆，用我的手掌测量了一下，有两个手掌那么粗。我把你的情况都跟师父说了，我相信慧心师父会理解你，原谅你。

无边无际的茶园，那副景象就是你跟我描述过的。有一位姓王的老板承包了这里的茶场，我跟他沟通了几次，并请他帮了许多忙，在茶园近水的地方盖了一个房子。这个地方，离你曾经居住的尼姑庵只隔了一个山头。很小的房子，你去了就会知道，你一定会喜欢。因为木桌是我为你做的，灶头上的灶画是我画的，是一朵黄蕊的茶花，窗帘是绿色的。还有，这里的盘子、碟、碗，都是我亲手烧的，我把它们从海岛带到了这里。还有一些你曾经喜欢的鹅卵石，我把它们养在花缸里，如果你种荷花，你就会天天看到它们了。我很高兴，除了能上课之外，我竟然还能做这些事情。你一定不知道，我是带着多大的愉悦来做这些事情，想到往后，你要在这里生活,好几次,都激动得流下眼泪。(你会笑我吧?)

　　我喜欢你笑。你没有看见,当我套着袖套,穿着松紧裤,大汗淋漓、跌跌撞撞地抱着一根木头,把它送到木匠师傅手中,他用机器刨出的木屑溅了我一嘴。飞虫围着我的脑袋打转,怎么也不肯离去。在这里的日子,我经常从远处打量自己,似乎变成了另外一个人,做着别人才会做的事情。当木屋盖好,我打量它的时候,真觉得它美极了,夕阳镀上金辉的时候,我都能看清它的每一寸纹理、静谧的光和影。

　　小荷,如果你愿意,就去那里生活吧。茶园的王老板缺人手帮他打理,你去了,就是他最理想的帮手。

　　小荷,我爱你!这句话来得这么迟,但我知道你从来不抱怨。感谢我的生命中有你出现,往后的日子,你要好好地过,纵使是一个人,山是你的,云是你的,草木、丛林都是你的,而你同样也属于它们。所以,亲爱的小荷,回到这里来生活吧!我会永远想念你,永远……

季　舟
二〇一二年九月

　　"她为什么自己不留着,把信给了我?"我摸着已经湿润的脸颊。

　　"她说,她已经拥有了全部。"